COLLECTION
FOLIO BILINGUE

Gottfried August Bürger

Wunderbare Reisen
zu Wasser und zu Lande
Feldzüge und lustige Abenteuer
des
Freiherrn von Münchhausen,
wie er dieselben bei der Flasche
im Zirkel seiner Freunde selbst zu erzählen pflegt

Les merveilleux voyages
par voie maritime et terrestre,
campagnes militaires et aventures amusantes
du
baron de Münchhausen,
tels qu'il a coutume de les raconter en personne
devant une bouteille dans le cercle de ses amis

Traduit de l'allemand par Olivier Mannoni
Préface de Théophile Gautier fils
Traduction inédite

Gallimard

Ce texte est également disponible dans la collection Folio Junior (nº 29), traduit par Théophile Gautier fils.

Tout le monde connaît, souvent sans les avoir lues, Les aventures du baron de Münchhausen. *Ces récits qui mêlent absurde, cocasserie et fantastique ont inspiré écrivains, comme Italo Calvino, illustrateurs et cinéastes depuis plus de deux siècles.*

Né en 1720, Karl Friedrich Hieronymus, baron von Münchhausen, servait comme officier de cavalerie dans l'armée russe et combattit les Turcs. Sa renommée dépassa rapidement les champs de bataille quand, à la retraite, il commença à raconter ses exploits, mêlés d'affabulations, à ses amis pour les distraire. Il mourut en 1797 de la fièvre typhoïde. L'écrivain Rudolf Erich Raspe s'empara de ses récits et les publia en 1785 en anglais sous le titre Baron of Münchhausen's Narrative of his Marvellous Travels and Campaigns of Russia. *L'année suivante, l'Allemand Gottfried Bürger publie à son tour* Wunderbare Reisen zu Wasser und Lande, Feldzüge und lustige Abenteuer des Freiherrn von Münchhausen. *Traduites en français et préfacées en 1862 par Théophile Gautier fils, avec des gravures de Gus-*

tave Doré, Les aventures du baron de Münchhausen *connaissent un grand succès et le baron est surnommé « baron de Crac » à cause de sa mythomanie. La traduction de Gautier comporte quelques omissions comme une partie de l'épisode du cheval coupé en deux.*

Dès 1911, le cinéma s'intéresse au célèbre baron. Georges Méliès, pionnier du cinéma fantastique, réalise une version muette, Les hallucinations du baron de Münchhausen. *En 1943, l'industrie cinématographique nazie décide de rivaliser avec Hollywood : Josef von Baky tourne en Agfacolor avec d'énormes moyens* Les aventures fantastiques du baron de Münchhausen. *Presque vingt ans plus tard, le cinéaste tchèque Karel Zeman mélange images d'animations et prises de vues réelles dans* Le baron de Crac. *En France, c'est un dessin animé qui voit le jour sous le crayon de Jean Image en 1979*: Les fabuleuses aventures du légendaire baron de Münchhausen. *Dernier cinéaste en date à s'être passionné pour ce personnage extravagant, Terry Gilliam tourne en 1988* Les aventures du baron de Münchhausen *avec John Neville dans le rôle-titre, Eric Idle, Sarah Polley, Oliver Reed, Robin Williams et Uma Thurman… Malgré un budget et un casting impressionnants, le film ne séduit pas la critique.*

Autre domaine, plus inattendu, dans lequel le baron laisse sa trace : la psychiatrie. Dès 1862, Théophile Gautier fils, dans sa préface, relève que « les inventions les plus monstrueusement extravagantes prennent un certain air de vraisemblance, déduites

avec cette tranquillité naïve et cet aplomb parfait». C'est à cause de cette vraisemblance que le célèbre baron a donné son nom à une pathologie grave : le syndrome de Münchhausen. Les victimes du syndrome de Münchhausen simulent tous les symptômes d'une maladie afin d'attirer sur elles l'attention des médecins. Elles peuvent également provoquer l'apparition de symptômes chez l'un de leurs proches (syndrome de Münchhausen par procuration).

Héros populaire de la littérature allemande, le baron de Münchhausen méritait une nouvelle traduction pour le suivre de la Russie à la Turquie ou sur la Lune.

PRÉFACE

Les Aventures du baron de Münchhausen *jouissent en Allemagne d'une célébrité populaire qu'elles ne sauraient manquer, nous l'espérons du moins, d'acquérir bientôt en France, malgré leur forte saveur germanique, et peut-être à cause même de cela : le génie des peuples se révèle surtout dans la plaisanterie. Comme les œuvres sérieuses chez toutes les nations ont pour but la recherche du beau qui est un trait de sa nature, elles se ressemblent nécessairement davantage, et portent moins nettement imprimé le cachet de l'individualité ethnographique. Le comique, au contraire, consistant dans une déviation plus ou moins accentuée du modèle idéal, offre une multiplicité singulière des ressources : car il y a mille façons de ne pas se conformer à l'archétype. La gaieté française n'a aucun rapport avec l'humour britannique ; le* Witz *allemand diffère de la bouffonnerie italienne, et le caractère de chaque nationalité s'y montre dans son libre épanchement. Le baron de Münchhausen, en dépit de ses hâbleries incroyables, n'a nul lien de parenté avec le baron de Crac, autre illustre menteur. La blague fran-*

çaise, qu'on nous pardonne d'employer ce mot, lance sa fusée, pétille et mousse comme du vin de Champagne, mais bientôt elle s'éteint, laissant à peine au fond de la coupe deux ou trois perles de liqueur. Cela serait trop léger pour des gosiers allemands habitués aux fortes bières et aux âpres vins du Rhin : il leur faut quelque chose de plus substantiel, de plus épais, de plus capiteux. La plaisanterie, pour faire impression sur ces cerveaux pleins d'abstractions, de rêves et de fumée, a besoin de se faire un peu lourde ; il faut qu'elle insiste, qu'elle revienne à la charge, et ne se contente pas de demi-mots qui ne seraient pas compris. Le point de départ de la plaisanterie allemande est cherché, peu naturel, d'une bizarrerie compliquée, et demande beaucoup d'explications préalables assez laborieuses ; mais la chose une fois posée, vous entrez dans un monde étrange, grimaçant, fantasque, d'une originalité chimérique dont vous n'aviez aucune idée. C'est la logique de l'absurde poursuivie avec une outrance qui ne recule devant rien. Des détails d'une vérité étonnante, des raisons de l'ingéniosité la plus subtile, des attestations scientifiques d'un sérieux parfait servent à rendre probable l'impossible. Sans doute, on n'arrive pas à croire les récits du baron de Münchhausen, mais à peine a-t-on entendu deux ou trois de ses aventures de terre ou de mer, qu'on se laisse aller à la candeur honnête et minutieuse de ce style, qui ne serait pas autre, s'il avait à raconter une histoire vraie. Les inventions les plus monstrueusement extravagantes prennent un certain air de vraisemblance, déduites avec cette tranquillité naïve et cet aplomb parfait. La

connexion intime de ces mensonges qui s'enchaînent si naturellement les uns aux autres finit par détruire chez le lecteur le sentiment de la réalité, et l'harmonie du faux y est poussée si loin qu'elle produit une illusion relative semblable à celle que font éprouver les Voyages de Gulliver *à Lilliput et à Brobdingnag, ou bien encore l'*Histoire véritable *de Lucien, type antique de ces récits fabuleux tant de fois imités depuis.*

THÉOPHILE GAUTIER fils

Wunderbare Reisen
des
Freiherrn von Münchhausen

Les merveilleux voyages
du
baron de Münchhausen

ERSTES KAPITEL

Reise nach Rußland und St. Petersburg

Ich trat meine Reise nach Rußland von Haus ab mitten im Winter an, weil ich ganz richtig schloß, daß Frost und Schnee die Wege durch die nördlichen Gegenden von Deutschland, Polen, Kur- und Livland, welche nach der Beschreibung aller Reisenden fast noch elender sind als die Wege nach dem Tempel der Tugend, endlich, ohne besondere Kosten hochpreislicher, wohlfürsorgender Landesregierungen, ausbessern müßte. Ich reiste zu Pferde, welches, wenn es sonst nur gut um Gaul und Reiter steht, die bequemste Art zu reisen ist. Denn man riskiert alsdann weder mit irgendeinem höflichen deutschen Postmeister eine Affaire d'honneur zu bekommen, noch von seinem durstigen Postillion vor jede Schenke geschleppt zu werden. Ich war nur leicht bekleidet, welches ich ziemlich übel empfand, je weiter ich gegen Nordost hin kam.

PREMIER CHAPITRE

Voyage en Russie et à Saint-Pétersbourg

C'est depuis chez moi, au cœur de l'hiver, que j'entrepris mon voyage à destination de la Russie, estimant fort justement que, les chemins traversant les régions septentrionales de l'Allemagne, de la Pologne, de la Courlande et de la Livonie, étant, si l'on en croit la description de tous les voyageurs, presque encore plus lamentables que ceux qui mènent au temple de la Vertu, le gel et la neige ne peuvent qu'en améliorer l'état sans occasionner de coûts supplémentaires aux très vénérés et bienveillants gouvernements régionaux. Je me déplaçais à cheval, ce qui constitue la manière la plus commode de voyager pourvu que l'animal et le cavalier soient bons. Car on ne risque alors ni d'être pris dans une *affaire d'honneur* avec un quelconque maître de poste allemand et courtois, ni d'être traîné devant chaque estaminet par son postillon assoiffé. Je n'étais que légèrement vêtu, ce qui devint assez désagréable au fur et à mesure que j'avançais vers le nord-est.

Nun kann man sich einbilden, wie bei so strengem Wetter, unter dem raschesten Himmelsstriche, einem armen, alten Manne zumute sein mußte, der in Polen auf einem öden Anger, über den der Nordost hinschnitt, hilflos und schaudernd dalag und kaum hatte, womit er seine Schamblöße bedecken konnte.

Der arme Teufel dauerte mir von ganzer Seele. Ob mir gleich selbst das Herz im Leibe fror, so warf ich dennoch meinen Reisemantel über ihn her. Plötzlich erscholl eine Stimme vom Himmel, die dieses Liebeswerk ganz ausnehmend herausstrich und mir zurief. »Hol' mich der Teufel, mein Sohn, das soll dir nicht unvergolten bleiben!«

Ich ließ das gut sein und ritt weiter, bis Nacht und Dunkelheit mich überfielen. Nirgends war ein Dorf zu hören noch zu sehen. Das ganze Land lag unter Schnee; und ich wußte weder Weg noch Steg.

Des Reitens müde, stieg ich endlich ab und band mein Pferd an eine Art von spitzem Baumstaken, der über dem Schnee hervorragte. Zur Sicherheit nahm ich meine Pistolen unter den Arm, legte mich nicht weit davon in den Schnee nieder und tat ein so gesundes Schläfchen, daß mir die Augen nicht eher wieder aufgingen, als bis es heller lichter Tag war. Wie groß war aber mein Erstaunen, als ich fand, daß ich mitten in einem Dorf auf dem Kirchhofe lag!

On imaginera sans doute dans quel état d'esprit se trouvait un pauvre vieil homme couché là, désemparé, tremblant de froid dans un climat aussi rigoureux et sous les bourrasques les plus brutales. C'était en Pologne, il était allongé sur une prairie communale balayée par le vent du nord-est, et ses hardes couvraient à peine sa nudité.

Ce pauvre diable me navra profondément. Bien qu'il eût fait un froid à me geler le cœur, je le recouvris de mon manteau de voyage. Soudain retentit une voix dans le ciel qui, soulignant avec force cet acte de miséricorde, me cria : « Le diable m'emporte, mon fils, cela mérite bien une récompense ! »

Je n'y prêtai guère attention et repris mon voyage jusqu'à ce que la nuit et l'obscurité s'abattent sur moi. Nulle part on n'entendait ni ne voyait de village. La neige recouvrait tout le pays, j'étais totalement égaré.

Lassé de cette longue chevauchée, je mis enfin pied à terre et attachai ma monture à une sorte de cime d'arbre pointue qui dépassait de la neige. Par sécurité, je coinçai l'un de mes pistolets sous mon bras, me couchai à proximité dans la neige et fis un petit somme tellement réparateur que mes yeux ne s'ouvrirent pas avant que le jour ne brille. Quel ne fut pas mon étonnement en constatant que j'étais au milieu d'un cimetière villageois !

Mein Pferd war anfänglich nirgends zu sehen; doch hörte ichs bald darauf irgendwo über mir wiehern. Als ich nun emporsah, so wurde ich gewahr, daß es an den Wetterhahn des Kirchturms gebunden war und von da herunterhing. Nun wußte ich sogleich, wie ich dran war. Das Dorf war nämlich die Nacht über ganz zugeschneiet gewesen; das Wetter hatte sich auf einmal umgesetzt, ich war im Schlafe nach und nach, so wie der Schnee zusammengeschmolzen war, ganz sanft herabgesunken, und was ich in der Dunkelheit für den Stummel eines Bäumchens, der über dem Schnee hervorragte, gehalten und daran main Pferd gebunden hatte, das war das Kreuz oder der Wetterhahn des Kirchturmes gewesen.

Ohne mich nun lange zu bedenken, nahm ich eine von meinen Pistolen, schoß nach dem Halfter, kam glücklich auf die Art wieder an mein Pferd und verfolgte meine Reise.

Hierauf ging alles gut, bis ich nach Rußland kam, wo es eben nicht Mode ist, des Winters zu Pferde zu reisen. Wie es nun immer meine Maxime ist, mich nach dem Bekannten »ländlich sittlich« zu richten, so nahm ich dort einen kleinen Rennschlitten auf ein einzelnes Pferd und fuhr wohlgemut auf St. Petersburg los.

Au début, je ne vis mon cheval nulle part ; mais je l'entendis bientôt hennir quelque part au-dessus de moi. En levant la tête, je compris qu'il était suspendu au coq du clocher. Je sus aussitôt comment cela m'était arrivé. Toute la nuit durant, la neige était tombée sur le bourg. Puis le climat avait changé d'un seul coup. Pendant mon sommeil, au fur et à mesure que la neige fondait, j'étais descendu tout doucement, et ce que j'avais pris dans la pénombre pour le moignon d'un petit arbre émergeant de la neige, auquel j'avais attaché mon cheval, était en réalité la croix ou le coq du clocher.

Je ne fis ni une ni deux, sortis l'un de mes pistolets, tirai sur les rênes, ce qui me permit fort heureusement de reprendre possession de mon cheval, et je poursuivis mon voyage.

Tout alla bien ensuite jusqu'à ce que j'arrive en Russie, où l'on n'a guère coutume de monter à cheval pendant l'hiver. Comme le dit ma maxime, « à Rome, comme chez les Romains ! », je pris donc un petit traîneau de course à un seul cheval et mis joyeusement le cap sur Saint-Pétersbourg.

Nun weiß ich nicht mehr recht, ob es in Estland oder in Ingermanland war, so viel aber besinne ich mich noch wohl, es war mitten in einem fürchterlichen Walde, als ich einen entsetzlichen Wolf mit aller Schnelligkeit des gefräßigsten Winterhungers hinter mir ansetzen sah. Er holte mich bald ein; und es war schlechterdings unmöglich, ihm zu entkommen. Mechanisch legte ich mich platt in den Schlitten nieder und ließ mein Pferd zu unserm beiderseitigen Besten ganz allein agieren. Was ich zwar vermutete, aber kaum zu hoffen und zu erwarten wagte, das geschah gleich nachher. Der Wolf bekümmerte sich nicht im mindesten um meine Wenigkeit, sondern sprang über mich hinweg, fiel wütend auf das Pferd, riß ab und verschlang auf einmal den ganzen Hinterteil des armen Tieres, welches vor Schrecken und Schmerz nur desto schneller lief. Wie ich nun auf die Art selbst so unbemerkt und gut davongekommen war, so erhob ich ganz verstohlen mein Gesicht und nahm mit Entsetzen wahr, daß der Wolf sich beinahe über und über in das Pferd hineingefressen hatte. Kaum aber hatte er sich so hübsch hineingezwänget, so nahm ich mein Tempo wahr und fiel ihm tüchtig mit meiner Peitschenschnur auf das Fell. Solch ein unerwarteter Überfall in diesem Futteral verursachte ihm keinen geringen Schreck;

Je ne me rappelle plus exactement si c'était en Estonie ou en Ingrie, mais je sais que c'est dans une forêt effrayante que je vis un loup terrible me poursuivre de toutes les forces que lui donnait une faim attisée par l'hiver. Il me rattrapa bientôt et il était parfaitement impossible de lui échapper. Par réflexe, je m'aplatis dans le traîneau et laissai mon cheval agir seul pour notre bien à tous les deux. Ce que je soupçonnais sans doute, mais osais à peine espérer et attendre, se produisit immédiatement après. Le loup ne se souciait pas le moins du monde de ma misérable personne, il bondit au-dessus de moi, tomba furieusement sur le cheval, le déchiqueta et dévora d'un seul coup tout l'arrière-train de ce pauvre animal que la terreur et la douleur firent galoper d'autant plus rapidement. Comme cela m'avait permis de sortir de cette situation en bon état et sans me faire remarquer, je levai très discrètement le visage et découvris avec effroi que le loup, à force de le dévorer, s'était peu à peu enfoncé dans le cheval. À peine s'était-il si joliment fiché dans mon attelage que je me souciai à nouveau de ma vitesse et lui fis proprement claquer mon fouet sur la fourrure. Pris comme il l'était dans cet étui, pareille attaque inattendue lui causa une terreur non négligeable ;

er strebte mit aller Macht vorwärts, der Leichnam des Pferdes fiel zu Boden, und siehe, an seiner Statt steckte mein Wolf in dem Geschirre. Ich meines Orts hörte nun noch weniger auf zu peitschen, und wir langten in vollem Galopp gesund und wohlbehalten in St. Petersburg an, ganz gegen unsere beiderseitigen respektiven Erwartungen und zu nicht geringem Erstaunen aller Zuschauer.

Ich will Ihnen, meine Herren, mit Geschwätz von der Verfassung, den Künsten, Wissenschaften und andern Merkwürdigkeiten dieser prächtigen Hauptstadt Rußlands keine Langeweile machen, viel weniger Sie mit allen Intrigen und lustigen Abenteuern der Gesellschaften vom Bonton, wo die Frau vom Hause den Gast allezeit mit einem Schnaps und Schmatz empfängt, unterhalten. Ich halte mich vielmehr an größere und edlere Gegenstände Ihrer Aufmerksamkeit, nämlich an Pferde und Hunde, wovon ich immer ein großer Freund gewesen bin; ferner an Füchse, Wölfe und Bären, von welchen, so wie von anderm Wildbret, Rußland einen größern Überfluß als irgendein Land auf Erden hat; endlich an solche Lustpartien, Ritterübungen und preisliche Taten, welche den Edelmann besser kleiden als ein bißchen muffiges Griechisch und Latein oder alle Riechsächelchen, Klunkern und Kapriolen französischer Schöngeister und — Haarkräuseler.

il fila de toutes ses forces vers l'avant, le cadavre du cheval tomba par terre et, croyez-le ou non, c'était désormais mon loup qui se trouvait pris au harnais. Pour ma part, je redoublais mes coups de fouet et nous arrivâmes à Saint-Pétersbourg sains et saufs, bien loin de ce que nous nous étions attendus l'un et l'autre, provoquant le singulier étonnement de tous les spectateurs.

Je ne veux pas, Messieurs, vous ennuyer en bavardant sur l'aspect, les arts, les sciences et autres curiosités de cette somptueuse capitale de la Russie, je veux encore moins vous divertir avec toutes les intrigues et les aventures amusantes de la bonne société où la maîtresse de maison reçoit l'invité à toute heure avec un verre d'alcool et du saindoux. Je m'en tiendrai à des sujets plus importants et plus dignes de votre attention, je veux parler des chevaux et des chiens, dont j'ai toujours été un grand ami ; et d'autre part des renards, des loups et des ours dont la Russie a, comme de tout autre gibier, une plus grande abondance que n'importe quel pays sur cette terre ; et pour finir aux parties de plaisir, aux exercices chevaleresques et autres actes louables qui habillent mieux le gentilhomme qu'un peu de grec ou de latin sentant le renfermé ou que tous ces sachets odorants, pompons et autres caprices de ces Français beaux esprits et coupeurs de cheveux en quatre.

Da es einige Zeit dauerte, ehe ich bei der Armee angestellt werden konnte, so hatte ich ein paar Monate lang vollkommene Muße und Freiheit, meine Zeit sowohl als auch mein Geld auf die adeligste Art von der Welt zu verjunkerieren. Manche Nacht wurde beim Spiele zugebracht und viele bei dem Klange voller Gläser. Die Kälte des Landes und die Sitten der Nation haben der Bouteille unter den gesellschaftlichen Unterhaltungen in Rußland einen viel höhern Rang angewiesen als in unserm nüchternen Deutschlande; und ich habe daher dort häufig Leute gefunden, die in der edlen Kunst zu trinken für wahre Virtuosen gelten konnten. Alle waren aber elende Stümper gegen einen graubartigen, kupferfarbigen General, der mit uns an dem öffentlichen Tische speisete. Der alte Herr, der seit einem Gefechte mit den Türken die obere Hälfte seines Hirnschädels vermißte und daher, sooft ein Fremder in die Gesellschaft kam, sich mit der artigsten Treuherzigkeit entschuldigte, daß er an der Tafel seinen Hut aufbehalten müsse, pflegte immer während dem Essen einige Flaschen Weinbranntwein zu leeren und dann gewöhnlich mit einer Bouteille Arrak den Beschluß oder nach Umständen einige Male da capo zu machen; und doch konnte man nicht ein einziges Mal auch nur so viel Betrunkenheit an ihm merken. — Die Sache übersteigt Ihren Glauben. Ich verzeihe es Ihnen, meine Herren; sie überstieg auch meinen Begriff.

Comme il me fallut attendre un peu avant d'être recruté dans l'armée, j'eus pendant quelques mois tout loisir de perdre mon temps et mon argent de la manière la plus noble qui soit. Je passai plus d'une nuit au jeu et beaucoup d'autres à entrechoquer des verres pleins. La froideur du pays et les mœurs de la nation ont assigné à la *bouteille* dans les divertissements sociaux, en Russie, un rang bien plus élevé que dans notre sobre Allemagne et j'y ai fréquemment trouvé des gens qui pouvaient passer pour de véritables virtuoses dans le grand art de boire. Mais tous n'étaient que de misérables apprentis à côté d'un général à la barbe grise et à la peau cuivrée qui mangeait avec nous à la table d'hôte. Ce vieux monsieur qui, depuis un combat contre les Turcs, déplorait la perte de la moitié supérieure de son crâne et s'excusait donc avec la plus gracieuse courtoisie, dès qu'un inconnu rejoignait la société, de devoir conserver son chapeau à table, avait coutume de vider pendant le repas quelques bouteilles de cognac, puis d'attaquer le *finale* ou bien, selon les circonstances, quelques *da capo* avec un litre d'arak ; et pourtant, on ne put jamais une seule fois discerner en lui la moindre trace d'ivresse. La chose dépasse votre entendement ? Je vous le pardonne volontiers, Messieurs : elle dépassa aussi le mien.

Ich wußte lange nicht, wie ich sie mir erklären sollte, bis ich ganz von ungefähr den Schlüssel fand. — Der General pflegte von Zeit zu Zeit seinen Hut etwas aufzuheben. Dies hatte ich oft gesehen, ohne daraus nur Arg zu haben. Daß es ihm warm vor der Stirne wurde, war natürlich, und daß er dann seinen Kopf lüftete, nicht minder. Endlich aber sah ich, daß er zugleich mit seinem Hute eine an demselben befestigte silberne Platte aufhob, die ihm statt des Hirnschädels diente, und daß alsdann immer aller Dunst der geistigen Getränke, die er zu sich genommen hatte, in einer leichten Wolke in die Höhe stieg. Nun war auf einmal das Rätsel gelöset. Ich sagte es ein paar guten Freunden und erbot mich, da es gerade Abend war, als ich die Bemerkung machte, die Richtigkeit derselben sogleich durch einen Versuch zu beweisen. Ich trat nämlich mit meiner Pfeife hinter den General und zündete, gerade als er den Hut niedersetzte, mit etwas Papier die aufsteigenden Dünste an; und nun sahen wir ein ebenso neues als schönes Schauspiel. Ich hatte in einem Augenblicke die Wolkensäule über dem Haupte unsers Helden in eine Feuersäule verwandelt, und derjenige Teil der Dünste, der sich noch zwischen den Haaren des Hutes verweilte, bildete in dem schönsten blauen Feuer einen Nimbus, prächtiger, als irgendeiner den Kopf des größten Heiligen umleuchtet hat.

Longtemps, je ne sus comment m'expliquer ce phénomène, jusqu'à ce qu'un pur hasard me livre la clef du mystère. — Le général avait l'habitude de soulever son chapeau de temps à autre. Je l'avais souvent remarqué sans m'en inquiéter. Il était tout naturel qu'il ait chaud au front et tout autant qu'il s'aère la tête. Mais je finis par constater qu'en même temps que son chapeau, il soulevait une plaque d'argent accrochée à celui-ci, qui lui servait de calotte crânienne, et qu'aussitôt toute la brume des spiritueux qu'il avait absorbés montait en formant un nuage léger. L'énigme fut ainsi résolue d'un seul coup. Je l'expliquai à quelques bons amis et, comme le soir venait, je me proposai de démontrer aussitôt à l'aide d'une expérience la justesse de cette remarque. Je m'installai avec ma pipe derrière le général et, au moment précis où il mettait chapeau bas, j'enflammai avec un peu de papier la vapeur qui montait. Nous vîmes alors un spectacle aussi splendide qu'inédit. J'avais en un instant transformé les colonnes de nuages au-dessus de la tête de notre héros en une colonne de feu, et la partie des vapeurs qui subsistait entre les poils du chapeau formait un nimbe au cœur d'une flamme du plus beau bleu qui fût — un nimbe plus somptueux qu'aucun des plus grands saints n'en a jamais vu briller au-dessus de sa tête.

Mein Experiment konnte dem General nicht verborgen bleiben; er war aber so wenig ungehalten darüber, daß er uns vielmehr noch manchmal erlaubte, einen Versuch zu wiederholen, der ihm ein so erhabenes Ansehen gab.

Il fut impossible de dissimuler au général l'expérience que j'avais menée ; mais il en fut si peu courroucé qu'il nous permit parfois de répéter cette mise en scène qui lui donnait une allure aussi sublime.

ZWEITES KAPITEL

Jagdgeschichten

Ich übergehe manche lustige Auftritte, die wir bei dergleichen Gelegenheiten hatten, weil ich Ihnen noch verschiedene Jagdgeschichten zu erzählen gedenke, die mir merkwürdiger und unterhaltender scheinen. Sie können sich leicht vorstellen, meine Herren, daß ich mich immer vorzüglich zu solchen wackern Kumpanen hielt, welche ein offenes, unbeschränktes Waldrevier gehörig zu schätzen wußten. Sowohl die Abwechselung des Zeitvertreibes, welchen dieses mir darbot, als auch das außerordentliche Glück, womit mir jeder Streich gelang, gereichen mir noch immer zur angenehmsten Erinnerung.

Eines Morgens sah ich durch das Fenster meines Schlafgemachs, daß ein großer Teich, der nicht weit davon lag, mit wilden Enten gleichsam überdeckt war. Flugs nahm ich mein Gewehr aus dem Winkel, sprang zur Treppe hinab, und das so über Hals und Kopf, daß ich unvorsichtigerweise mit dem Gesichte gegen die Türpfoste rennte.

DEUXIÈME CHAPITRE

Histoires de chasse

Je passe sur les scènes amusantes auxquelles nous assistâmes dans des circonstances analogues : je souhaite encore vous raconter diverses histoires de chasse qui me paraissent plus curieuses et plus divertissantes. Vous imaginez facilement, Messieurs, que j'ai toujours préféré la compagnie de ces vaillants gaillards qui savent estimer à sa juste valeur une forêt qui s'étend à perte de vue. Les distractions que m'offrit ce loisir et la chance extraordinaire qui me permit de réussir chacun de mes coups forment encore aujourd'hui la partie la plus agréable des souvenirs.

Je vis un matin par la fenêtre de ma chambre à coucher qu'un grand étang situé non loin de là était pour ainsi dire recouvert de canards sauvages. Je pris aussitôt mon fusil dans le coin de la pièce, bondis vers l'escalier, et ce en prenant si bien mes jambes à mon cou que ma tête se précipita imprudemment contre le chambranle de la porte.

Feuer und Funken stoben mir aus den Augen; aber das hielt mich keinen Augenblick zurück. Ich kam bald zum Schuß; allein wie ich anlegte, wurde ich zu meinem großen Verdrusse gewahr, daß durch den soeben empfangenen heftigen Stoß sogar der Stein von dem Flintenhahne abgesprungen war. Was sollte ich nun tun? Denn Zeit war hier nicht zu verlieren. Glücklicherweise fiel mir ein, was sich soeben mit meinen Augen zugetragen hatte. Ich riß also die Pfanne auf, legte mein Gewehr gegen das wilde Geflügel an und ballte die Faust gegen eins von meinen Augen. Von einem derben Schlage flogen wieder Funken genug heraus, der Schuß ging los, und ich traf fünf Paar Enten, vier Rothälse und ein Paar Wasserhühner. Gegenwart des Geistes ist die Seele mannhafter Taten. Wenn Soldaten und Seeleute öfters dadurch glücklich davonkommen, so dankt der Weidmann ihr nicht seltener sein gutes Glück.

So schwammen einst auf einem Landsee, an welchen ich auf einer Jagdstreiferei geriet, einige Dutzend wilder Enten allzuweit voneinander zerstreut umher, als daß ich mehr denn eine einzige auf einen Schuß zu erlegen hoffen konnte; und zum Unglück hatte ich meinen letzten Schuß schon in der Flinte. Gleichwohl hätte ich sie gern alle gehabt, weil ich nächstens eine ganze Menge guter Freunde und Bekannten bei mir zu bewirten willens war.

Du feu et des étincelles me jaillirent des yeux; mais cela ne me retint pas un instant. Je m'apprêtai à tirer; mais au moment où j'épaulais, je me rendis compte à mon grand dépit que le coup violent que je venais de recevoir avait aussi fait sauter la pierre de mon fusil. Que faire à présent? Je n'avais pas de temps à perdre. Fort heureusement, je me rappelai ce qui était arrivé à mes yeux quelques instants plus tôt. Je soulevai donc la gâchette, visai cette volaille sauvage avec mon fusil et m'envoyai un bon coup de poing sur l'œil. La force du coup fit de nouveau jaillir suffisamment d'étincelles, le coup partit et je touchai cinq couples de canards, quatre rousserolles et une paire de poules d'eau. La présence d'esprit est l'âme des actes virils. Si elle permet souvent aux soldats et aux marins de s'en tirer à bon compte, le chasseur lui doit tout aussi fréquemment sa bonne fortune.

Il advint ainsi que sur un lac au bord duquel m'avait conduit une partie de chasse quelques dizaines de canards sauvages nageaient en ordre trop dispersé pour que je pusse espérer en abattre plusieurs d'un seul coup; et par malheur j'avais déjà mon dernier coup dans le canon. Je les aurais pourtant volontiers eus tous ensemble, car je comptais sous peu recevoir chez moi une foule de bons amis et autres relations.

Da besann ich mich auf ein Stückchen Schinkenspeck, welches von meinem mitgenommenen Mundvorrat in meiner Jagdtasche noch übriggeblieben war. Dies befestigte ich an eine ziemlich lange Hundeleine, die ich aufdrehete und so wenigstens noch um viermal verlängerte. Nun verbarg ich mich im Schilfgesträuch am Ufer, warf meinen Speckbrocken aus und hatte das Vergnügen zu sehen, wie die nächste Ente hurtig herbeischwamm und ihn verschlang. Der ersten folgten bald alle übrigen nach, und da der glatte Brocken am Faden gar bald unverdaut hinten wieder herauskam, so verschlang ihn die nächste, und so immer weiter. Kurz, der Brocken machte die Reise durch alle Enten samt und sonders hindurch, ohne von seinem Faden loszureißen. So saßen sie denn alle daran wie Perlen an der Schnur. Ich zog sie gar allerliebst ans Land, schlang mir die Schnur ein halbes Dutzend mal um Schultern und Leib und ging meines Weges nach Hause zu. Da ich noch eine ziemliche Strecke davon entfernt war und mir die Last von einer solchen Menge Enten ziemlich beschwerlich fiel, so wollte es mir fast leid tun, ihrer allzu viele eingefangen zu haben. Da kam mir aber ein seltsamer Vorfall zustatten, der mich anfangs in nicht geringe Verlegenheit setzte.

Je me rappelai alors un petit morceau de couenne de jambon que j'avais emporté parmi mes provisions de bouche et qui était resté dans ma gibecière. Je l'accrochai à une assez longue laisse de chien que je détressai, ce qui me permit au moins d'en quadrupler la longueur. Je me dissimulai alors sur le rivage, dans les fourrés de roseaux, lançai mon morceau de lard et eus le plaisir de voir le canard le plus proche de moi nager rapidement dans sa direction et l'avaler. Les autres ne tardèrent pas à le suivre et comme le morceau tout lisse accroché à son fil ressortit bientôt par-derrière sans avoir été digéré, le canard suivant l'avala à son tour, et ainsi de suite. En un mot, le morceau traversa tous les canards sans se détacher de sa ligne. Ils s'y retrouvèrent donc tous comme des perles sur un fil. Je les tirai à terre avec le plus grand plaisir, m'enroulai la corde une demi-douzaine de fois autour des épaules et du corps et pris le chemin de la maison. Comme j'en étais encore passablement éloigné et que le poids d'une telle quantité de canards était assez embarrassant, je regrettai presque d'en avoir pris autant. Je vécus alors un étrange incident qui, au commencement, me plongea dans une certaine perplexité.

Die Enten waren nämlich noch alle lebendig, fingen, als sie von der ersten Bestürzung sich erholt hatten, gar mächtig an mit den Flügeln zu schlagen und sich mit mir hoch in die Luft zu erheben. Nun wäre bei manchem wohl guter Rat teuer gewesen. Allein ich benutzte diesen Umstand, so gut ich konnte, zu meinem Vorteil und ruderte mich mit meinen Rockschößen nach der Gegend meiner Behausung durch die Luft. Als ich nun gerade über meiner Wohnung angelangt war und es darauf ankam, ohne Schaden mich herunterzulassen, so drückte ich einer Ente nach der andern den Kopf ein, sank dadurch ganz sanft und allmählich gerade durch den Schornstein meines Hauses mitten auf den Küchenherd, auf welchem zum Glück noch kein Feuer angezündet war, zu nicht geringem Schreck und Erstaunen meines Koches.

Einen ähnlichen Vorfall hatte ich einmal mit einer Kette Hühner. Ich war ausgegangen, um eine neue Flinte zu probieren, und hatte meinen kleinen Vorrat von Hagel ganz und gar verschossen, als wider alles Vermuten vor meinen Füßen eine Flucht Hühner aufging. Der Wunsch, einige derselben abends auf meinem Tische zu sehen, brachte mich auf einen Einfall, von dem Sie, meine Herren, auf mein Wort, im Falle der Not Gebrauch machen können.

Les canards en effet étaient tous encore vivants et, lorsqu'ils se furent remis de leur étourdissement initial, ils se mirent à battre fort des ailes et s'élevèrent dans les airs avec moi. Plus d'un n'aurait su que faire à ma place. Mais je retournai cette circonstance à mon avantage et, me servant des pans de mon pardessus, ramai dans les airs jusqu'aux environs de mon logis. Alors que je venais juste d'arriver au-dessus de chez moi et qu'il me fallait à présent me laisser descendre sans dommage, je tordis successivement le cou de tous les canards, ce qui me fit descendre très doucement et progressivement par la cheminée de ma maison, sur l'âtre où par chance on n'avait pas encore allumé le feu, provoquant l'effroi et l'étonnement non négligeable de mon cuisinier.

J'eus un incident analogue avec un groupe de perdrix. J'étais sorti expérimenter une nouvelle carabine et j'avais tiré toute ma provision de petit plomb lorsque, contre toute attente, un vol de perdrix jaillit sous mes pieds. Le désir d'en voir quelques-unes le soir même sur ma table m'inspira une idée dont vous, Messieurs, je vous en donne ma parole, pouvez faire usage en cas de nécessité.

Sobald ich gesehen hatte, wo sich die Hühner niederließen, lud ich hurtig mein Gewehr und setzte statt des Schrotes den Ladstock auf, den ich, so gut sichs in der Eile tun ließ, an dem obern Ende etwas zuspitzte. Nun ging ich auf die Hühner zu, drückte, sowie sie aufflogen, ab und hatte das Vergnügen, zu sehen, daß mein Ladstock mit sieben Stücken, die sich wohl wundern mochten, so früh am Spieße vereinigt zu werden, in einiger Entfernung allmählich heruntersank. — Wie gesagt, man muß sich nur in der Welt zu helfen wissen.

Ein anderes Mal stieß mir in einem ansehnlichen Walde von Rußland ein wunderschöner schwarzer Fuchs auf. Es wäre jammerschade gewesen, seinen kostbaren Pelz mit einem Kugel- oder Schrotschusse zu durchlöchern. Herr Reineke stand dicht bei einem Baume. Augenblicklich zog ich meine Kugel aus dem Laufe, lud dafür einen tüchtigen Brettnagel in mein Gewehr, feuerte und traf so künstlich, daß ich seine Lunte fest an den Baum nagelte. Nun ging ich ruhig zu ihm hin, nahm mein Weidmesser, gab ihm einen Kreuzschnitt übers Gesicht, griff nach meiner Peitsche und karbatschte ihn so artig aus seinem schönen Pelze heraus, daß es eine wahre Lust und ein rechtes Wunder zu sehen war.

Dès que j'eus vu où les perdrix s'étaient posées, je chargeai rapidement mon fusil et y glissai, au lieu de plomb, la baguette — après en avoir un peu affûté la pointe —, autant qu'il était possible de le faire dans la hâte où je me trouvais. Puis je me dirigeai vers les perdrix, tirai dès l'instant où elles s'envolèrent et eus le plaisir de constater que ma baguette redescendait peu à peu, chargée de sept volatiles sans doute étonnés d'être si tôt réunis sur une broche. — Comme je l'ai dit, dans le monde, il suffit de savoir se débrouiller.

Une autre fois, dans une belle forêt de Russie, je me trouvai face à un admirable renard noir. C'eût été pitié que de percer sa précieuse fourrure avec une balle ou du plomb. Maître Goupil se tenait tout près d'un arbre. À l'instant même, je sortis la balle du canon, chargeai à la place un solide clou de menuiserie, fis feu et le touchai si précisément que je clouai fermement sa queue à l'arbre. Je le rejoignis alors tranquillement, pris mon couteau de chasse, lui fis une entaille en croix sur le visage, attrapai mon fouet et le fis si joliment sortir de sa belle fourrure que c'en fut un vrai plaisir et un authentique étonnement.

Zufall und gutes Glück machen oft manchen Fehler wieder gut. Davon erlebte ich bald nach diesem ein Beispiel, als ich mitten im tiefsten Walde einen wilden Frischling und eine Bache dicht hintereinander hertraben sah. Meine Kugel hatte gefehlt. Gleichwohl lief der Frischling vorn ganz allein weg, und die Bache blieb stehen, ohne Bewegung, als ob sie an den Boden festgenagelt gewesen wäre. Wie ich das Ding näher untersuchte, so fand ich, daß es eine blinde Bache war, die ihres Frischlings Schwänzlein im Rachen hielt, um von ihm aus kindlicher Pflicht fürbaß geleitet zu werden. Da nun meine Kugel zwischen beiden hindurchgefahren war, so hatte sie diesen Leitzaum zerrissen, wovon die alte Bache das eine Ende noch immer kauete. Da nun ihr Leiter sie nicht weiter vorwärts gezogen hatte, so war sie stehengeblieben. Ich ergriff daher das übriggebliebene Endchen von des Frischlings Schwanze und leitete daran das alte hilflose Tier ganz ohne Mühe und Widerstand nach Hause.

So fürchterlich diese wilden Bachen oft sind, so sind die Keiler doch weit grausamer und gefährlicher. Ich traf einst einen im Walde an, als ich unglücklicherweise weder auf Angriff noch Verteidigung gefaßt war. Mit genauer Not konnte ich noch hinter einen Baum schlüpfen, als die wütende Bestie aus Leibeskräften einen Seitenhieb nach mir tat.

Le hasard et la bonne fortune réparent plus d'une erreur. J'en ai eu un exemple peu après celui-ci alors qu'au cœur d'une forêt je vis un marcassin et une laie trotter tout près l'un de l'autre. Ma balle avait manqué son coup. Pourtant, le marcassin continua son chemin tout seul, et la laie s'immobilisa comme si elle avait été clouée au sol. En allant y voir de plus près, je découvris que c'était une laie aveugle qui tenait la petite queue de son marcassin dans sa gueule afin que celui-ci la dirige, poussé par le sentiment du devoir filial. Comme ma balle était passée entre les deux, elle avait déchiré cette longe dont la vieille laie continuait à mâcher une extrémité. Son guide ne la tirant plus vers l'avant, elle s'était arrêtée. Je saisis donc le petit bout restant de la queue du marcassin et m'en servis pour raccompagner chez moi, sans peine ni résistance, le vieil animal désemparé.

Si effroyables que soient souvent ces laies sauvages, les sangliers mâles sont pourtant beaucoup plus cruels et dangereux. Il m'arriva d'en croiser un dans la forêt alors que, par malheur, je n'étais prêt ni à attaquer ni à me défendre. Avec la précision que donne l'urgence, je parvins tout juste à me faufiler derrière un arbre au moment où la bête furieuse me lançait de toutes ses forces un coup latéral.

Dafür fuhren aber auch seine Hauer dergestalt in den Baum hinein, daß er weder imstande war, sie sogleich wieder herauszuziehen, noch den Hieb zu wiederholen. — »Haha!« dachte ich, »nun wollen wir dich bald kriegen!« — Flugs nahm ich einen Stein, hammerte noch vollends damit drauflos und nietete seine Hauer dergestalt um, daß er ganz und gar nicht wieder loskommen konnte. So mußte er sich denn nun gedulden, bis ich vom nächsten Dorfe Karren und Stricke herbeigeholet hatte, um ihn lebendig und wohlbehalten nach Hause zu schaffen, welches auch ganz vortrefflich vonstatten ging.

Sie haben unstreitig, meine Herren, von dem Heiligen und Schutzpatron der Weidmänner und Schützen, St. Hubert, nicht minder auch von dem stattlichen Hirsche gehört, der ihm einst im Walde aufstieß und welcher das heilige Kreuz zwischen seinem Geweihe trug. Diesem Sankt habe ich noch alle Jahre mein Opfer in guter Gesellschaft dargebracht und den Hirsch wohl tausendmal sowohl in Kirchen abgemalt als auch in die Sterne seiner Ritter gestickt gesehen, so daß ich auf Ehre und Gewissen eines braven Weidmanns kaum zu sagen weiß, ob es entweder nicht vorzeiten solche Kreuzhirsche gegeben habe oder wohl gar noch heutigestages gebe. Doch lassen Sie sich vielmehr erzählen, was ich mit meinen eigenen Augen sah.

Mais ses défenses allèrent ainsi s'enfoncer dans le tronc, d'où il ne fut pas en mesure de les ressortir et donc de répéter son coup. « Eh bien, me dis-je, tu n'en as plus pour longtemps ! » Je pris une pierre avec laquelle je frappai de toutes mes forces et lui retournai ses défenses dans le bois, ce qui ne lui offrait plus la moindre chance de se détacher. Il dut donc prendre patience jusqu'à ce que je sois allé chercher dans le village le plus proche une charrette et une corde afin de le ramener sain et sauf à la maison, ce qui fut fait pour le mieux.

Vous avez sans aucun doute, Messieurs, entendu parler de saint Hubert, patron des chasseurs et des tireurs, tout autant que du grand cerf qu'il rencontra un jour dans la forêt et qui portait la sainte Croix entre les deux branches de sa ramure. Toutes ces années durant, j'ai sacrifié à ce saint en bonne compagnie et sans doute vu le cerf peint mille fois représenté dans des églises et brodé sur les écussons de ses chevaliers, en sorte que, sur l'honneur et la conscience d'un brave chasseur, je ne saurais guère dire s'il n'y eut pas à l'époque de tels cerfs porteurs de croix, ou s'il n'en existe pas même encore aujourd'hui. Mais écoutez plutôt ce que j'ai vu de mes propres yeux.

Einst, als ich alle mein Blei verschossen hatte, stieß mir ganz wider mein Vermuten der stattlichste Hirsch von der Welt auf. Er blickte mir so mir nichts dir nichts ins Auge, als ob ers auswendig gewußt hätte, daß mein Beutel leer war. Augenblicklich lud ich indessen meine Flinte mit Pulver und darüberher eine ganze Handvoll Kirschsteine, wovon ich, so hurtig sich das tun ließ, das Fleisch abgezogen hatte. Und so gab ich ihm die volle Ladung mitten auf seine Stirn zwischen das Geweihe. Der Schuß betäubte ihn zwar — er taumelte —, machte sich aber doch aus dem Staube. Ein oder zwei Jahre danach war ich in ebendemselben Walde auf der Jagd; und siehe, zum Vorschein kam ein stattlicher Hirsch, mit einem vollausgewachsenen Kirschbaume, mehr denn zehn Fuß hoch, zwischen seinem Geweihe. Mir fiel gleich mein voriges Abenteuer wieder ein; ich betrachtete den Hirsch als mein längst wohlerworbenes Eigentum und legte ihn mit einem Schusse zu Boden, wodurch ich denn auf einmal an Braten und Kirschtunke zugleich geriet. Denn der Baum hing reichlich voll Früchte, die ich in meinem ganzen Leben so delikat nicht gegessen hatte. Wer kann nun wohl sagen, ob nicht irgendein passionierter heiliger Weidmann, ein jagdlustiger Abt oder Bischof, das Kreuz auf eine ähnliche Art durch einen Schuß auf St. Huberts Hirsch zwischen das Gehörne gepflanzt habe?

Un jour, alors que j'avais tiré tout mon plomb, je découvris contre toute attente devant moi le cerf le plus majestueux du monde. Il me regarda dans les yeux comme si de rien n'était et comme s'il savait parfaitement que mon sac à plomb était vide. Mais à l'instant même, je chargeai successivement mon fusil de poudre puis d'une poignée de noyaux de cerises dont j'avais ôté la chair tant que faire se pouvait. Je lui tirai toute la charge au milieu du front, entre les ramures. Le coup l'assomma sans doute — il titubait — mais il décampa tout de même. Un ou deux ans plus tard, je me retrouvai à la chasse dans cette même forêt; et voici qu'apparut un magnifique cerf sur la tête duquel avait poussé, entre les ramures, un cerisier parfaitement formé de plus de dix pieds de haut. Mon aventure de l'époque me revint immédiatement à l'esprit; je considérai le cerf comme ma propriété acquise depuis très longtemps et le mis à terre d'un coup de feu, me servant ainsi d'un seul coup le rôti et la sauce aux cerises. Car l'arbre était couvert des fruits les plus délicats que j'eusse jamais mangés. Qui peut dire à présent si un quelconque saint chasseur passionné, un abbé ou un évêque adepte de la chasse, n'aurait pas planté la croix d'une manière analogue en tirant sur le cerf de saint Hubert?

Denn diese Herren waren ja von je und je wegen ihres Kreuz - und - Hörnerpflanzens berühmt und sind es zum Teil noch bis auf den heutigen Tag. Im Falle der Not, und wenn es Aut oder Naut gilt, welches einem braven Weidmanne nicht selten begegnet, greift er lieber wer weiß wozu und versucht eher alles, als daß er sich die günstige Gelegenheit entwischen läßt. Ich habe mich manches liebes Mal selbst in einer solchen Lage der Versuchung befunden.

Was sagen Sie zum Exempel von folgendem Kasus? Mir waren einmal Tageslicht und Pulver in einem polnischen Walde ausgegangen. Als ich nach Hause ging, fuhr mir ein ganz entsetzlicher Bär mit offenem Rachen, bereit mich zu verschlingen, auf den Leib. Umsonst durchsuchte ich in der Hast alle meine Taschen nach Pulver und Blei. Nichts fand ich als zwei Flintensteine, die man auf einen Notfall wohl mitzunehmen pflegt. Davon warf ich einen aus aller Macht in den offenen Rachen des Ungeheuers, ganz seinen Schlund hinab. Wie ihm das nun nicht allzuwohl deuchten mochte, so machte mein Bär linksum, so daß ich den andern nach der Hinterpforte schleudern konnte. Wunderbar und herrlich ging alles vonstatten. Der Stein fuhr nicht nur hinein, sondern auch mit dem andern Steine dergestalt zusammen, daß es Feuer gab und den Bär mit einem gewaltigen Knalle auseinandersprengte.

Car ces messieurs avaient toujours été célèbres pour leur manière de planter les croix et les cornes, et le sont souvent restés aujourd'hui. En cas d'urgence extrême, ce qui arrive fréquemment à un brave chasseur, on tente tout sans regarder aux moyens plutôt que de laisser s'échapper une occasion favorable. Je me suis moi-même trouvé plus d'une fois exposé à pareille tentation.

Que dites-vous par exemple du cas suivant? Un jour, en pleine forêt polonaise, je me retrouvai sans poudre alors que la lumière du jour déclinait. Alors que je rentrais chez moi, un ours épouvantable se précipita sur moi, la gueule ouverte, prêt à me dévorer. Je fouillai en vain et à la hâte toutes mes poches pour y trouver de la poudre et du plomb. Je n'y dénichai cependant que deux pierres à fusil, de celles qu'on porte toujours sur soi en cas d'urgence. J'en lançai une de toutes mes forces dans la gueule ouverte du monstre, dont elle dévala tout le gosier. Comme cela ne lui plaisait guère, mon ours fit volte-face, en sorte que je pus lui expédier l'autre par la porte de derrière. Tout se passa d'admirable et splendide manière. Non seulement la pierre entra, mais elle se télescopa avec l'autre, si bien qu'elles allumèrent un feu et que l'ours explosa en produisant une détonation considérable.

Man sagt, daß so ein wohlapplizierter Stein a posteriori, besonders wenn er mit einem a priori recht zusammenfuhr, schon manchen bärbeißigen Gelehrten und Philosophen in die Luft sprengte. — Ob ich nun gleich diesmal mit heiler Haut davonkam, so möchte ich das Stükkchen doch eben nicht noch einmal machen oder mit einem Bär ohne andre Verteidigungsmittel anbinden.

Es war aber gewissermaßen recht mein Schicksal, daß die wildesten und gefährlichsten Bestien mich gerade alsdann angriffen, wenn ich außerstande war, ihnen die Spitze zu bieten, gleichsam als ob ihnen der Instinkt meine Wehrlosigkeit verraten hätte. So hatte ich einst gerade den Stein von meiner Flinte abgeschraubt, um ihn etwas zu schärfen, als plötzlich ein schreckliches Ungeheuer von einem Bären gegen mich anbrummte. Alles was ich tun konnte, war, mich eiligst auf einen Baum zu flüchten, um dort mich zur Verteidigung zu rüsten. Unglücklicherweise aber fiel mir während des Hinaufkletterns mein Messer, das ich eben gebraucht hatte, heruntern, und nun hatte ich nichts, um die Schraube, die sich ohnedies sehr schwer drehen ließ, zu schließen. Unten am Baume stand der Bär, und mit jedem Augenblicke mußte ich erwarten, daß er mir nachkommen würde.

On dit qu'une pierre bien appliquée a posteriori, surtout lorsqu'elle rencontre une pierre a priori, a déjà fait éclater plus d'un érudit et philosophe aussi hargneux qu'un plantigrade. — Même si je m'en suis sorti cette fois-là sain et sauf, je n'aimerais pas rejouer cette petite pièce ou bien entrer en relation avec un ours sans autre moyen de défense.

Mais il semblerait bien que mon destin soit de voir les bêtes les plus sauvages et les plus dangereuses m'attaquer au moment précis où je suis hors d'état de leur tenir tête, comme si leur instinct leur avait révélé que je ne pouvais pas me défendre. Ainsi, cette fois-là, je venais juste de dévisser la pierre de mon fusil pour l'affûter un peu lorsqu'un ours, un monstre épouvantable, se mit tout d'un coup à grogner dans ma direction. Tout ce que je pus faire fut de me réfugier au plus vite dans un arbre pour me préparer à me défendre. Malheureusement, mon couteau, que je venais tout juste d'utiliser, tomba pendant que je grimpais, et je n'avais rien désormais pour refermer la vis qu'il était de toute façon très difficile de faire tourner. L'ours attendait en dessous de l'arbre et je m'attendais qu'il grimpe à ma poursuite d'un instant à l'autre.

Mir Feuer aus den Augen zu schlagen, wie ich wohl ehemals getan hatte, wollte ich nicht gerne versuchen, weil mir, anderer Umstände, die im Wege standen, nicht zu gedenken, jenes Experiment heftige Augenschmerzen zugezogen hatte, die noch nicht ganz vergangen waren. Sehnlich blickte ich nach meinem Messer, das unten senkrecht im Schnee steckte; aber die sehnsuchtsvollsten Blicke machten die Sache nicht um ein Härchen besser. Endlich kam ich auf einen Gedanken, der so sonderbar als glücklich war. Ich gab dem Strahle desjenigen Wassers, von dem man bei großer Angst immer großen Vorrat hat, eine solche Richtung, daß es gerade auf das Heft meines Messers traf. Die fürchterliche Kälte, die eben war, machte, daß das Wasser sogleich gefror und in wenigen Augenblicken sich über meinem Messer eine Verlängerung von Eis bildete, die bis an die untersten Äste des Baumes reichte. Nun packte ich den aufgeschossenen Stiel und zog ohne viel Mühe, aber mit desto mehr Behutsamkeit mein Messer zu mir herauf. Kaum hatte ich damit den Stein festgeschraubt, als Herr Petz angestiegen kam. Wahrhaftig, dachte ich, man muß so weise als ein Bär sein, um den Zeitpunkt so gut abzupassen, und empfing Meister Braun mit einer so herzlich gemeinten Bescherung von Rollern, daß er auf ewig das Baumsteigen vergaß.

Je ne tenais pas non plus à faire jaillir du feu des yeux comme jadis, dans d'autres circonstances, cette expérience m'ayant valu de vives douleurs oculaires qui ne s'étaient pas encore totalement apaisées. Je regardais avec envie mon couteau planté à la verticale dans la neige, en bas de mon arbre ; mais même les regards les plus nostalgiques ne changèrent pas la réalité d'une once. J'en vins enfin à une idée aussi singulière qu'heureuse. J'imprimai au jet de cette eau dont on a toujours une réserve considérable en cas de grande peur une orientation telle qu'elle atteignit précisément le manche de mon couteau. Le froid terrible qui régnait fit immédiatement geler ce liquide, et quelques instants suffirent pour que se forme au-dessus de mon arme une stalagmite de glace qui monta jusqu'à la branche la plus basse de l'arbre. Je m'emparai alors de cette tige et je n'eus pas beaucoup de mal à remonter mon couteau, en prenant toutefois d'infinies précautions. À peine m'en étais-je servi pour visser solidement la pierre que Messire Va-nu-pieds grimpa dans l'arbre. Vraiment, songeai-je, il faut donc être aussi sage qu'un ours pour choisir aussi mal son moment, et je reçus Maître Brun avec une décharge de plombs tellement cordiale qu'il en oublia définitivement l'art de monter aux arbres.

Ebenso schoß mir ein anderes Mal unversehens ein fürchterlicher Wolf so nahe auf den Leib, daß mir nichts weiter übrigblieb, als ihm, dem mechanischen Instinkt zufolge, meine Faust in den offenen Rachen zu stoßen. Gerade meiner Sicherheit wegen stieß ich immer weiter und weiter und brachte meinen Arm beinahe bis an die Schulter hinein. Was war aber nun zu tun? — Ich kann eben nicht sagen, daß mir diese unbehilfliche Situation sonderlich anstand. — Man denke nur, Stirn gegen Stirn mit einem Wolfe! — Wir äugelten uns eben nicht gar lieblich an. Hätte ich meinen Arm zurückgezogen, so wäre mir die Bestie nur desto wütender zu Leibe gesprungen. So viel ließ sich klar und deutlich aus seinen flammenden Augen herausbuchstabieren. Kurz, ich packte ihn beim Eingeweide, kehrte sein Äußeres zu innerst, wie einen Handschuh, um, schleuderte ihn zu Boden und ließ ihn da liegen.

Dies Stückchen hätte ich nun wieder nicht an einem tollen Hunde versuchen mögen, welcher bald darauf in einem engen Gäßchen zu St. Petersburg gegen mich anlief. »Lauf, was du kannst!« dachte ich. Um desto besser fortzukommen, warf ich meinen Oberrock ab und rettete mich geschwind ins Haus. Den Rock ließ ich hernach durch meinen Bediensteten hereinholen und zu den andern Kleidern in die Garderobe hängen.

De la même manière, une autre fois, je vis tout d'un coup un loup effroyable me talonner de si près que la seule issue fut de céder à un instinct mécanique et de jeter mon poing dans sa gueule ouverte. Pour assurer ma sécurité, je poussai de plus en plus loin et lui enfonçai mon bras presque jusqu'au garrot. Mais que faire à présent? Je ne peux pas vraiment dire que cette situation malaisée m'ait convenu particulièrement — qu'on y songe seulement, nez à nez avec un loup! Les regards que nous échangions n'avaient rien de particulièrement aimable. Si j'avais retiré mon bras, la bête m'aurait sauté à la gorge avec d'autant plus de rage. C'est en tout cas ce qu'on pouvait lire sans la moindre équivoque dans ses yeux enflammés. Bref, je l'attrapai par les entrailles, lui retournai l'intérieur comme un gant, le projetai au sol et le laissai couché sur place.

Je n'aurais pas refait ce petit numéro avec un chien enragé qui se précipita vers moi peu de temps après dans une ruelle près de Saint-Pétersbourg. « Prends tes jambes à ton cou », me dis-je. Pour me sortir de cette situation, je lançai mon pardessus au loin et me réfugiai avec agilité dans ma maison. Puis j'envoyai mon serviteur chercher mon manteau et le fis suspendre dans ma garde-robe avec mes autres vêtements.

Tags darauf geriet ich in ein gewaltiges Schrekken durch meines Johanns Geschrei: »Herr Gott, Herr Baron, Ihr Überrock ist toll!« Ich sprang hurtig zu ihm hinauf und fand alle meine Kleider umhergezerret und zu Stücken zerrissen. Der Kerl hatte es auf ein Haar getroffen, daß der Oberrock toll sei. Ich kam gerade noch selbst dazu, wie er über ein schönes neues Galakleid herfiel und es auf eine gar unbarmherzige Weise zerschüttelte und umherzauste.

Le lendemain, les cris de mon Johann me mirent dans une terreur considérable : « Mon Dieu, Monsieur le Baron, votre pardessus a la rage ! » Je le rejoignis d'un bond et trouvai tous mes vêtements déchirés et en lambeaux. Ce gaillard avait vu juste, mon manteau était enragé. Je n'eus que le temps de le voir de mes yeux s'abattre sur une belle nouvelle tenue de gala, puis la mettre en pièces et la dépecer sans pitié.

DRITTES KAPITEL

Von Hunden und Pferden des Freiherrn von Münchhausen

In allen diesen Fällen, meine Herren, wo ich freilich immer glücklich, aber doch nur immer mit genauer Not davonkam, half mir das Ohngefähr, welches ich durch Tapferkeit und Gegenwart des Geistes zu meinem Vorteile lenkte. Alles zusammengenommen macht, wie jedermann weiß, den glücklichen Jäger, Seemann und Soldaten aus. Der aber würde ein sehr unvorsichtiger, tadelnswerter Weidmann, Admiral und General sein, der sich überall nur auf das Ohngefähr oder sein Gestirn verlassen wollte, ohne sich weder um die besonders erforderlichen Kunstfertigkeiten zu bekümmern, noch sich mit denjenigen Werkzeugen zu versehen, die den guten Erfolg sichern. Ein solcher Tadel trifft mich keinesweges. Denn ich bin immer berühmt gewesen sowohl wegen der Vortrefflichkeit meiner Pferde, Hunde und Gewehre als auch wegen der besondern Art, das alles zu handhaben, so daß ich mich

TROISIÈME CHAPITRE

Des chiens et des chevaux du baron de Münchhausen

Dans tous ces cas, Messieurs, où je m'en sortis certes toujours sain et sauf, mais de justesse, je fus aidé par le hasard que je fis tourner à mon avantage par ma bravoure et ma présence d'esprit. Ces conditions réunies font, on le sait, le chasseur, le marin et le soldat heureux. Mais il serait un traqueur, un amiral et un général bien imprudent et blâmable, celui qui ne voudrait jamais se fier qu'au hasard ou à sa bonne étoile sans se soucier des artifices nécessaires selon les cas ni se pourvoir des instruments qui garantissent le succès. Je suis bien à l'abri de pareil reproche. Car j'ai toujours été célèbre aussi bien pour l'excellence de mes chevaux, de mes chiens et de mes fusils que pour ma manière très personnelle de manier les uns et les autres, de sorte que je

wohl rühmen kann, in Forst, Wiese und Feld meines Namens Gedächtnis hinlänglich gestiftet zu haben. Ich will mich nun zwar nicht auf Partikularitäten von meinen Pferd- und Hundeställen oder meiner Gewehrkammer einlassen, wie Stall-, Jagd- und Hundejunker sonst wohl zu tun pflegen, aber zwei von meinen Hunden zeichneten sich so sehr in meinen Diensten aus, daß ich sie nie vergessen kann und ihrer bei dieser Gelegenheit mit wenigem erwähnen muß. Der eine war ein Hühnerhund, so unermüdet, so aufmerksam, so vorsichtig, daß jeder, der ihn sah, mich darum beneidete. Tag und Nacht konnte ich ihn gebrauchen : wurd' es Nacht, so hing ich ihm eine Laterne an den Schwanz, und nun jagte ich so gut oder noch besser mit ihm als am hellen Tage. — Einst (es war kurz nach meiner Verheiratung) bezeugte meine Frau Lust, auf die Jagd zu gehen. Ich ritt voran, um etwas aufzusuchen, und es dauerte nicht lange, so stand mein Hund vor einer Kette von einigen hundert Hühnern. Ich warte und warte immer auf meine Frau, die mit meinem Leutnant und einem Reitknechte gleich nach mir weggeritten war; niemand aber war zu sehen und zu hören. Endlich werde ich unruhig, kehre um, und ungefähr auf der Hälfte des Weges höre ich ein äußerst klägliches Winseln. Es schien mir ziemlich nahe zu sein, und doch war weit und breit keine lebendige Seele zu erblicken. Ich stieg ab,

peux sans doute me vanter d'avoir laissé suffisamment la mémoire de mon nom aux quatre coins du pays. Je ne veux pas m'attarder à présent sur les particularités de mes écuries, de mes chenils ou de mes armureries comme le font souvent les palefreniers, les piqueurs et les maîtres-chiens, mais deux de mes chiens se distinguèrent si bien à mon service que je ne pourrai jamais les oublier et que je dois les évoquer en quelques mots à cette occasion. Le premier était un chien d'arrêt tellement infatigable, attentif et prudent que tous ceux qui le voyaient me l'enviaient. Je pouvais faire appel à lui nuit et jour : quand le soleil s'était couché, je lui accrochais une lampe à la queue et je chassais en sa compagnie aussi bien ou mieux encore qu'en plein soleil. — Jadis (c'était peu après mon mariage), ma femme eut envie d'aller à la chasse. Je chevauchai à l'avant pour débusquer quelque gibier, et il ne fallut pas longtemps avant que je ne trouve mon chien en arrêt devant quelques centaines de perdrix. J'attendis et attendis encore ma femme, partie à cheval juste après moi avec mon lieutenant et un palefrenier ; mais je ne vis ni n'entendis personne. Je finis par perdre mon calme, fis demi-tour, et j'entendis à peu près à mi-chemin un gémissement extrêmement pitoyable. Il me semblait être assez proche, et pourtant je n'apercevais pas âme qui vive autour de moi. Je mis pied à terre,

legte mein Ohr auf den Boden, und nun hörte ich nicht nur, daß dies Jammern unter der Erde war, sondern erkannte auch ganz deutlich die Stimme meiner Frau, meines Leutnants und meines Reitknechts. Zugleich sehe ich auch, daß nicht weit von mir die Öffnung einer Steinkohlengrube war, und es blieb mir nun leider kein Zweifel mehr, daß mein armes Weib und ihre Begleiter da hineingestürzt waren. Ich eilte in voller Karriere nach dem nächsten Dorfe, um die Grubenleute zu holen, die endlich nach langer, höchst mühseliger Arbeit die Verunglückten aus einer neunzig Klafter tiefen Schacht zutage förderten. Erst brachten sie den Reitknecht, dann sein Pferd, dann den Leutnant, dann sein Pferd, dann meine Frau und zuletzt ihren türkischen Klepper. Das wunderbarste bei der ganzen Sache war, daß Menschen und Pferde bei diesem ungeheueren Sturze, einige kleine Quetschungen abgerechnet, fast gar nicht beschädigt waren; desto mehr aber hatten sie durch die unaussprechliche Angst gelitten. An eine Jagd war nun, wie Sie sich leicht vorstellen können, nicht mehr zu denken; und da Sie, wie ich fast vermute, meinen Hund während dieser Erzählung vergessen haben, so werden Sie mir es nicht übelnehmen, daß auch ich nicht mehr an ihn dachte.

posai mon oreille au sol et non seulement perçus que ce gémissement provenait de sous la terre, mais reconnus très distinctement la voix de mon épouse, celle de mon lieutenant et celle de mon palefrenier. Je vis aussi que non loin de moi se trouvait l'entrée d'une mine de houille, ce qui dissipa hélas mes derniers doutes : ma pauvre femme et ses accompagnateurs y étaient tombés. Je me précipitai vers le plus proche village pour aller chercher les mineurs qui, après un travail long et extrêmement pénible, réussirent enfin à faire sortir les accidentés d'un puits de quatre-vingt-dix brasses. Ils commencèrent par extraire le palefrenier, puis le lieutenant, puis son cheval, puis mon épouse et, en dernier lieu, la haridelle turque de cette dernière. Le plus étonnant dans toute cette affaire fut qu'au cours de cette chute monstrueuse, mis à part quelques contusions, ni les hommes ni les chevaux n'avaient été blessés ; mais ils avaient d'autant plus souffert de leur peur indicible. Vous vous l'imaginez facilement, il n'était plus désormais question de chasse. Et comme, ce que je ne suis pas loin de supposer, vous avez oublié mon chien pendant que je vous faisais ce récit, vous ne m'en voudrez pas de ne pas avoir non plus pensé à lui à l'époque.

Mein Dienst nötigte mich, gleich den andern Morgen eine Reise anzutreten, von der ich erst nach vierzehn Tagen zurückkam. Ich war kaum einige Stunden wieder zu Hause, als ich meine Diane vermißte. Niemand hatte sich um sie bekümmert; meine Leute hatten sämtlich geglaubt, sie wäre mit mir gelaufen, und nun war sie zu meinem großen Leidwesen nirgends zu finden. — Endlich kam mir der Gedanke: sollte der Hund wohl gar noch bei den Hühnern sein? Hoffnung und Furcht jagten mich augenblicklich nach der Gegend hin, und siehe da, zu meiner unsäglichen Freude stand mein Hund noch auf derselben Stelle, wo ich ihn vor vierzehn Tagen verlassen hatte. »Piel!« rief ich, und sogleich sprang er ein, und ich bekam auf einen Schuß fünfundzwanzig Hühner. Kaum aber konnte das arme Tier noch zu mir ankriechen, so ausgehungert und abgemattet war es. Um ihn mit mir nach Hause bringen zu können, mußte ich ihn auf mein Pferd nehmen, und Sie können leicht denken, daß ich mich mit der größten Freude dieser Unbequemlichkeit unterzog. Nach einer guten Pflege von wenigen Tagen war er wieder so frisch und munter als zuvor, und einige Wochen darauf machte er mir es möglich, ein Rätsel aufzulösen, was mir ohne ihn wahrscheinlich ewig ungelöset hätte bleiben müssen.

Mon service me força à entreprendre dès le lendemain matin un voyage dont je ne revins que quinze jours plus tard. Je n'étais pas rentré depuis quelques heures à la maison que je remarquai l'absence de ma Diane. Personne ne s'était soucié d'elle ; mes gens avaient tous cru qu'elle m'avait suivi, et désormais, à ma grande peine, on ne la trouvait nulle part. Une idée me vint enfin : était-il possible que le chien se trouve encore devant les perdrix ? L'espoir et la crainte me firent partir sur-le-champ dans les parages où je l'avais laissé, et, tenez-vous bien, à mon indicible joie, mon chien se tenait encore à l'endroit où je l'avais abandonné quinze jours plus tôt. « Coule ! » m'exclamai-je. Il bondit aussitôt et je tuai vingt-cinq perdrix d'un seul coup. Mais à peine le pauvre animal eut-il encore la force de ramper vers moi, tant il était affamé et exténué. Pour pouvoir le ramener à la maison, je dus le prendre sur mon cheval, et vous imaginerez sans peine que je me soumis avec la plus grande joie à cet inconfort. En quelques journées de bons soins, l'animal redevint aussi frais et plein d'entrain qu'auparavant, et quelques semaines plus tard il me permit de résoudre une énigme qui, sans lui, serait vraisemblablement restée à tout jamais scellée.

Ich jagte nämlich zwei ganzer Tage hinter einem Hasen her. Mein Hund brachte ihn immer wieder herum, aber nie konnte ich zum Schusse kommen. — An Hexerei zu glauben, ist meine Sache nie gewesen, dazu habe ich zu außerordentliche Dinge erlebt; allein hier war ich doch mit meinen fünf Sinnen am Ende. Endlich kam mir aber doch der Hase so nahe, daß ich ihn mit meinem Gewehr erreichen konnte. Er stürzte nieder, und was meinen Sie, was ich nun fand? — Vier Läufe hatte mein Hase unter dem Leibe und vier auf dem Rücken. Waren die zwei untern Paar müde, so warf er sich wie ein geschickter Schwimmer, der auf Bauch und Rücken schwimmen kann, herum, und nun ging es mit den beiden neuen wieder mit verstärkter Geschwindigkeit fort. Nie habe ich nachher einen Hasen von der Art gefunden und auch diesen würde ich nicht bekommen haben, wenn mein Hund nicht so ungemeine Vollkommenheiten gehabt hätte. Dieser aber übertraf sein ganzes Geschlecht so sehr, daß ich kein Bedenken tragen würde, ihm den Beinamen des Einzigen beizulegen, wenn nicht ein Windspiel, das ich hatte, ihm diese Ehre streitig machte. Das Tierchen war minder wegen seiner Gestalt als wegen seiner außerordentlichen Schnelligkeit merkwürdig.

Depuis deux jours entiers, je pourchassais un lièvre. Mon chien le ramenait constamment, mais je ne parvenais jamais à le tirer. Croire à la sorcellerie n'a jamais été mon genre, j'ai vécu trop de choses extraordinaires pour cela. Mais ce jour-là, je n'en crus pas mes yeux. Le lièvre s'approcha enfin assez près pour que je puisse l'atteindre avec mon fusil. Il tomba au sol, et que croyez-vous que j'aie alors trouvé ? Mon lièvre avait quatre pattes sous le corps et quatre autres au-dessus. Quand les deux paires inférieures étaient fatiguées, il se retournait comme un nageur agile qui sait évoluer sur le ventre et sur le dos, et repartait de plus belle avec les deux paires supérieures. Je n'ai jamais revu un lièvre de ce type et je n'aurais pas eu non plus celui-ci si mon chien n'avait pas été aussi parfait. Mais celui-là surpassait tellement tous les animaux de son espèce que je ne verrais aucune objection à le qualifier d'unique, si un lévrier que je possédais ne lui avait pas disputé cet honneur. Ce petit animal était moins remarquable par sa silhouette que par son extraordinaire rapidité.

Hätten die Herren es gesehen, so würden sie es gewiß bewundert und sich gar nicht verwundert haben, daß ich es so lieb hatte und so oft mit ihm jagte. Es lief so schnell, so oft und so lange in meinem Dienste, daß es sich die Beine ganz bis dicht unterm Leibe weglief und ich es in seiner letzten Lebenszeit nur noch als Dachssucher gebrauchen konnte, in welcher Qualität es mir denn ebenfalls noch manch liebes Jahr diente.

Weiland noch als Windspiel — beiläufig zu melden, es war eine Hündin — setzte sie einst hinter einem Hasen her, der mir ganz ungewöhnlich dick vorkam. Es tat mir leid um meine arme Hündin, denn sie war mit Jungen trächtig und wollte doch noch ebenso schnell laufen als sonst. Nur in sehr weiter Entfernung konnte ich zu Pferde nachfolgen. Auf einmal hörte ich ein Geklaffe wie von einer ganzen Kuppel Hunde, allein so schwach und zart, daß ich nicht wußte, was ich daraus machen sollte. Wie ich näher kam, sah ich mein himmelblaues Wunder. Die Häsin hatte im Laufen gesetzt, und meine Hündin geworfen, und zwar jene gerade ebensoviel junge Hasen als diese junge Hunde. Instinktmäßig hatten jene die Flucht genommen, diese aber nicht nur gejagt, sondern auch gefangen. Dadurch gelangte ich am Ende der Jagd auf einmal zu sechs Hasen und Hunden : da ich doch nur mit einem einzigen angefangen hatte.

Si ces messieurs l'avaient vu, ils l'auraient certainement admiré et ne se seraient nullement étonnés que j'aie eu tant d'affection pour lui et que j'aie si souvent chassé en sa compagnie. Il courut si vite, si souvent et si longtemps à mon service qu'il s'usa les pattes jusque sous le ventre et que dans la dernière période de sa vie je ne pouvais plus faire appel à lui que pour débusquer les blaireaux, ce qu'il fit encore pendant quelques bonnes années.

Du temps où elle était encore un lévrier — au fait, vous ai-je dit que c'était une chienne ? —, elle se mit à la poursuite d'un lièvre qui me parut extraordinairement gros. J'eus de la peine pour ma pauvre bête, car elle portait des petits et voulait tout de même courir aussi vite que d'habitude. Je ne pus la suivre à cheval qu'à très longue distance. J'entendis tout d'un coup des jappements qui ressemblaient à ceux d'une meute entière, mais si faibles et si tendres que je n'y comprenais rien. Lorsque je m'approchai, je restai stupéfait. Le lièvre, qui était une hase, avait mis bas en courant en même temps que ma chienne, et elles avaient de surcroît mis au monde exactement le même nombre de jeunes lièvres que de chiots. Instinctivement, ceux-là avaient pris la fuite tandis que ceux-ci les avaient non seulement pourchassés, mais aussi attrapés.

Ich gedenke dieser wunderbaren Hündin mit ebendem Vergnügen als eines vortrefflichen litauischen Pferdes, welches nicht mit Gelde zu bezahlen war. Dies bekam ich durch ein Ohngefähr, welches mir Gelegenheit gab, meine Reitkunst zu meinem nicht geringen Ruhme zu zeigen. Ich war nämlich einst auf dem prächtigen Landsitze des Grafen Przobofsky in Litauen und blieb im Staatszimmer bei den Damen zum Tee, indessen die Herren hinunter in den Hof gingen, um ein junges Pferd von Geblüte zu besehen, welches soeben aus der Stuterei angelangt war. Plötzlich hörten wir einen Notschrei. Ich eilte die Treppe hinab und fand das Pferd so wild und unbändig, daß niemand sich getrauete, sich ihm zu nähern oder es zu besteigen. Bestürzt und verwirrt standen die entschlossensten Reiter da; Angst und Besorgnis schwebte auf allen Gesichtern, als ich mit einem einzigen Sprunge auf seinem Rücken saß und das Pferd durch diese Überraschung nicht nur in Schrecken setzte, sondern es auch durch Anwendung meiner besten Reitkünste gänzlich zu Ruhe und Gehorsam brachte.

À la fin de ma chasse, je me retrouvai ainsi d'un seul coup maître de six lièvres et de six chiens, alors que j'avais commencé ma chasse avec un spécimen de chaque espèce.

Le souvenir de cette chienne étonnante me cause autant de plaisir que celui d'un remarquable cheval lituanien d'une valeur inestimable. J'en devins le propriétaire à la suite d'un hasard qui me donna l'occasion de montrer, pour ma grande gloire, tout mon savoir-faire en matière d'équitation. Je me trouvais alors dans la somptueuse propriété du comte Przobofsky, en Lituanie, et restai dans la chambre de parade prendre le thé avec les dames tandis que les messieurs descendaient dans la cour pour admirer un jeune pur-sang tout juste arrivé du haras. Nous entendîmes soudain un appel au secours. Je dévalai les escaliers et trouvai le cheval si sauvage et indomptable que nul n'osait s'en approcher ni le monter. Les cavaliers les plus résolus étaient cloués sur place, consternés et bien embarrassés; la peur et le souci se lisaient sur tous les visages lorsque, d'un seul coup, je bondis sur l'échine de l'animal. Non seulement cette surprise l'effraya, mais en faisant usage de tout mon savoir-faire de cavalier, je lui imposai un calme et une obéissance absolus.

Um dies den Damen noch besser zu zeigen und ihnen alle unnötige Besorgnis zu ersparen, so zwang ich den Gaul, durch eins der offenen Fenster des Teezimmers mit mir hineinzusetzen. Hier ritt ich nun verschiedenemal, bald Schritt, bald Trott, bald Galopp herum, setzte endlich sogar auf den Teetisch und machte da im kleinen überaus artig die ganze Schule durch, worüber sich denn die Damen ganz ausnehmend ergetzten. Mein Rößchen machte alles so bewundernswürdig geschickt, daß es weder Kannen noch Tassen zerbrach. Dies setzte mich bei den Damen und dem Herrn Grafen so hoch in Gunst, daß er mit seiner gewöhnlichen Höflichkeit mich bat, das junge Pferd zum Geschenke von ihm anzunehmen und auf selbigem in dem Feldzuge gegen die Türken, welcher in kurzem unter Anführung des Grafen Münnich eröffnet werden sollte, auf Sieg und Eroberung auszureiten.

Pour le montrer encore mieux aux dames et leur ôter toute inquiétude inutile, je forçai le cheval à passer avec moi par l'une des fenêtres ouvertes de la salle où elles prenaient le thé. Je l'y fis tourner au pas, au trot ou au galop, montai même pour finir sur la table et y donnai en miniature, avec beaucoup de grâce, tous les numéros des écoles d'équitation, ce dont ces dames s'émerveillèrent extraordinairement. Mon petit cheval s'en sortit avec une telle agilité qu'il ne brisa ni théières ni tasses. Cela me valut une telle estime auprès des dames et de monsieur le comte que celui-ci me demanda, avec sa courtoisie habituelle, d'accepter le jeune cheval en cadeau de sa part et d'aller chercher conquêtes et victoires avec lui au cours de la campagne qui serait bientôt lancée contre les Turcs sous le commandement du comte de Münnich.

VIERTES KAPITEL

Abenteuer des Freiherrn von Münchhausen im Kriege gegen die Türken

Ein angenehmeres Geschenk hätte mir nun wohl nicht leicht gemacht werden können, besonders da es mir so viel Gutes von einem Feldzuge weissagte, in welchem ich mein erstes Probestück als Soldat ablegen wollte. Ein Pferd, so gefügig, so mutvoll und feurig — Lamm und Bucephal zugleich —, mußte mich allezeit an die Pflichten eines braven Soldaten und an die erstaunlichen Taten erinnern, welche der junge Alexander im Felde verrichtet hatte.

Wir zogen, wie es scheinet, unter anderm auch in der Absicht zu Felde, um die Ehre der russischen Waffen, welche in dem Feldzuge unter Zar Peter am Pruth ein wenig gelitten hatte, wiederherzustellen. Dieses gelang uns auch vollkommen durch verschiedene zwar mühselige, aber doch rühmliche Feldzüge unter Anführung des großen Feldherrn, dessen ich vorhin erwähnte.

QUATRIÈME CHAPITRE

Aventures du baron de Münchhausen dans la guerre contre les Turcs

On n'aurait sans doute pas pu me faire cadeau plus agréable, notamment parce qu'il m'annonçait tant de bienfaits d'une campagne au cours de laquelle je comptais faire mes premières preuves comme soldat. Un cheval si docile, si courageux et si enflammé — agneau et Bucéphale à la fois — ne pouvait que me rappeler à chaque instant les devoirs d'un brave soldat et les actes étonnants que le jeune Alexandre avait accomplis au combat.

Si nous partîmes en guerre, c'était entre autres, semblait-il, pour laver l'honneur des armes russes qui avaient quelque peu souffert au bord du Prut pendant la campagne du tsar Pierre. Nous y parvînmes totalement au terme de différentes campagnes, certes laborieuses mais non moins glorieuses, menées sous la direction du grand général que j'ai mentionné tout à l'heure.

Die Bescheidenheit verbietet es Subalternen, sich große Taten und Siege zuzuschreiben, wovon der Ruhm gemeiniglich den Anführern, ihrer Alltagsqualitäten ungeachtet, ja wohl gar verkehrt genug Königen und Königinnen in Rechnung gebracht wird, welche niemals anders als Musterungspulver rochen, nie außer ihren Lustlagern ein Schlachtfeld, noch außer ihren Wachtparaden ein Heer in Schlachtordnung erblickten. Ich mache also keinen besondern Anspruch an die Ehre von unsern größern Affären mit dem Feinde. Wir taten insgesamt unsere Schuldigkeit, welches in der Sprache des Patrioten, des Soldaten und kurz des braven Mannes ein sehr viel umfassender Ausdruck, ein Ausdruck von sehr wichtigem Inhalt und Belang ist, obgleich der große Haufen müßiger Kannegießer sich nur einen sehr geringen und ärmlichen Begriff davon machen mag. Da ich indessen ein Korps Husaren unter meinem Kommando hatte, so ging ich auf verschiedene Expeditionen aus, wo das Verhalten meiner eigenen Klugheit und Tapferkeit überlassen war. Den Erfolg hiervon, denke ich denn doch, kann ich mit gutem Fug auf meine eigene und die Rechnung derjenigen braven Gefährten schreiben, die ich zu Sieg und Eroberung führte.

La modestie interdit aux subalternes de s'attribuer de grands actes et des victoires dont la gloire est mise sur le compte commun des chefs, sans tenir compte de leurs qualités courantes, et même, de manière aberrante, sur celui des rois et des reines qui ne respirent jamais d'autre poudre que celle de la revue, ne connaissent d'autres champs de bataille que ceux de leurs lits de plaisir et n'ont jamais vu une armée en ordre de bataille ailleurs que dans les parades de leur garde. Je ne prétends donc guère tirer honneur de nos grandes affaires avec l'ennemi. Nous avons globalement fait notre devoir qui, dans le langage du patriote, du soldat et, en un mot, du brave homme, est une expression beaucoup plus vaste, une expression au contenu et aux implications très importantes, bien que la masse des buveurs de pintes oisifs ne puisse s'en faire qu'une bien piètre idée. Ayant sous mon commandement un corps de hussards, je menai différentes expéditions où seules mon intelligence et ma bravoure personnelles devaient dicter notre comportement. Il me semble tout de même que je suis en droit de m'en attribuer les succès, ainsi qu'à ces braves compagnons que j'ai conduits à la victoire et à la conquête.

Einst, als wir die Türken in Oczakow hineintrieben, gings bei der Avantgarde sehr heiß her. Mein feuriger Litauer hätte mich beinahe in des Teufels Küche gebracht. Ich hatte einen ziemlich entfernten Vorposten und sah den Feind in einer Wolke von Staub gegen mich anrücken, wodurch ich wegen seiner wahren Anzahl und Absicht gänzlich in Ungewißheit blieb. Mich in eine ähnliche Wolke von Staub einzuhüllen, wäre freilich wohl ein Alltagspfiff gewesen, würde mich aber ebenso wenig klüger gemacht als überhaupt der Absicht näher gebracht haben, warum ich vorausgeschickt war. Ich ließ daher meine Flankeurs zur Linken und Rechten auf beiden Flügeln sich zerstreuen und so viel Staub erregen, als sie nur immer konnten. Ich selbst aber ging gerade auf den Feind los, um ihn näher in Augenschein zu nehmen. Dies gelang mir. Denn er stand und focht nur so lange, bis die Furcht vor meinen Flankeurs ihn in Unordnung zurücktrieb. Nun wars Zeit, tapfer über ihn herzufallen. Wir zerstreueten ihn völlig, richteten eine gewaltige Niederlage an und trieben ihn nicht allein in seine Festung zu Loche, sondern auch durch und durch, ganz über und wider unsere blutgierigsten Erwartungen.

Alors que nous repoussions les Turcs à Oczakov, l'avant-garde se retrouva dans une situation brûlante. Mon fougueux lituanien manqua m'envoyer au diable. J'occupais un avant-poste assez éloigné et je voyais l'ennemi avancer vers moi dans un nuage de poussière. J'étais dans une totale incertitude quant à ses effectifs et ses intentions. M'envelopper d'un nuage de poussière similaire aurait sans doute été un stratagème ordinaire mais ne m'aurait ni tiré d'affaire ni fait comprendre pour quelle raison on m'avait envoyé en éclaireur. J'ordonnai donc à mes troupes latérales de se déployer à ma gauche et à ma droite, et de soulever autant de poussière qu'elles en étaient capables. Pour ma part, en revanche, je fonçai droit sur l'ennemi pour pouvoir l'observer de plus près. J'y parvins. Car il ne tint tête et ne combattit que jusqu'au moment où mes troupes latérales le forcèrent à se replier dans le désordre. Il était temps désormais de s'abattre bravement sur lui. Nous le dispersâmes, lui infligeâmes une sévère défaite et ne nous contentâmes pas de l'acculer dans sa forteresse : nous l'en chassâmes entièrement, ce que nous n'avions osé espérer dans nos rêves les plus sanguinaires.

Weil nun mein Litauer so außerordentlich geschwind war, so war ich der Vorderste beim Nachsetzen, und da ich sah, daß der Feind so hübsch zum gegenseitigen Tore wieder hinausfloh, so hielt ichs für ratsam, auf dem Marktplatze anzuhalten und da zum Rendezvous blasen zu lassen. Ich hielt an, aber stellt euch, ihr Herren, mein Erstaunen vor, als ich weder Trompeter noch irgendeine lebendige Seele von meinen Husaren um mich sah.

»Sprengen sie etwa durch andere Straßen? Oder was ist aus ihnen geworden?« dachte ich. Indessen konnten sie meiner Meinung nach unmöglich fern sein und mußten mich bald einholen. In dieser Erwartung ritt ich meinen atemlosen Litauer zu einem Brunnen auf dem Marktplatze und ließ ihn trinken. Er soff ganz unmäßig und mit einem Heißdurste, der gar nicht zu löschen war. Allein das ging ganz natürlich zu. Denn als ich mich nach meinen Leuten umsah, was meint ihr wohl, ihr Herren, was ich da erblickte? — Der ganze Hinterteil des armen Tieres, Kreuz und Lenden waren fort und wie rein abgeschnitten. So lief denn hinten das Wasser ebenso wieder heraus, als es von vorn hineingekommen war, ohne daß es dem Gaul zugute kam oder ihn erfrischte.

Comme mon lituanien était extraordinairement rapide, je fus le premier à les poursuivre. Voyant que l'ennemi s'enfuyait de nouveau si joliment en direction de la porte opposée, il me sembla judicieux de m'arrêter sur la place du marché et d'y sonner le ralliement. Je m'arrêtai, mais imaginez mon étonnement, Messieurs, en ne voyant autour de moi ni trompettiste ni aucune âme vivante de mes hussards.

« Seraient-ils en train de bondir dans d'autres rues ? Ou bien que sont-ils devenus ? » me demandai-je. Il me sembla cependant qu'ils ne pouvaient être loin et allaient me rattraper sous peu. Dans cette attente, je dirigeai mon lituanien haletant vers une fontaine située sur la place du marché, et je le fis boire. Il but de manière démesurée, avec une soif brûlante que rien ne semblait devoir apaiser. Mais c'était tout naturel. Car, Messieurs, que croyez-vous que je vis lorsque je me retournai pour chercher mes hommes ? — Le pauvre animal avait perdu tout son arrière-train, sa croupe et ses reins avaient disparu comme si on les avait tranchés net. L'eau coulait donc par-derrière au fur et à mesure qu'elle entrait par-devant, sans profiter au cheval ni le désaltérer.

Wie das zugegangen sein mochte, blieb mir ein völliges Rätsel, bis endlich mein Reitknecht von einer ganz entgegengesetzten Seite angejagt kam und unter einem Strome von treuherzigen Glückwünschen und kräftigen Flüchen mir folgendes zu vernehmen gab. Als ich pêle mêle mit dem fliehenden Feinde hereingedrungen wäre, hätte man plötzlich das Schutzgatter fallen lassen, und dadurch wäre der Hinterteil meines Pferdes rein abgeschlagen worden. Erst hätte besagter Hinterteil unter den Feinden, die ganz blind und taub gegen das Tor angestürzt wären, durch beständiges Ausschlagen die fürchterlichste Verheerung angerichtet, und dann wäre er siegreich nach einer nahe gelegenen Weide hingewandert, wo ich ihn wahrscheinlich noch finden würde. Ich drehte sogleich um, und in einem unbegreiflich schnellen Galopp brachte mich die Hälfte meines Pferdes, die mir noch übrig war, nach der Weide hin. Zu meiner großen Freude fand ich hier die andere Hälfte gegenwärtig, und zu meiner noch größeren Verwunderung sahe ich, daß sich dieselbe mit einer Beschäftigung amüsierte, die so gut gewählt war, daß bis jetzt noch kein maître des plaisirs mit allem Scharfsinne imstande war, eine angemessenere Unterhaltung eines kopflosen Subjekts ausfindig zu machen.

Je fus totalement incapable de comprendre ce qui avait bien pu se passer jusqu'à ce que mon palefrenier arrive enfin à bride abattue d'une tout autre direction et m'apprenne ce qui suit, dans un déluge de félicitations sincères et de jurons énergiques. Alors que je venais d'entrer dans la forteresse en même temps que l'ennemi, m'expliqua-t-il, on avait subitement laissé tomber la herse, découpant ainsi proprement l'arrière-train de mon cheval. Dans un premier temps, ledit arrière-train n'avait cessé de botter à la ronde, provoquant d'effroyables ravages parmi les ennemis qui, aveugles et sourds, se précipitaient contre la porte. Puis, victorieux, il s'était dirigé vers un pré situé non loin de là où je le retrouverais certainement. Je fis aussitôt demi-tour, et, galopant à une vitesse inconcevable, la moitié de mon cheval qu'il me restait encore me conduisit vers la prairie. À ma grande joie, j'y trouvai bien l'autre moitié, et à mon plus grand étonnement encore je vis que celle-ci se distrayait avec une occupation si bien choisie que jusqu'ici aucun *maître des plaisirs* perspicace n'avait encore été en mesure de proposer divertissement mieux adapté à un sujet sans tête.

Mit einem Worte, der Hinterteil meines Wunderpferdes hatte in den wenigen Augenblicken schon sehr vertraute Bekanntschaft mit den Stuten gemacht, die auf der Weide umherliefen, und schien bei den Vergnügungen seines Harems alles ausgestandene Ungemach zu vergessen. Hiebei kam nun freilich der Kopf so wenig in Betracht, daß selbst die Fohlen, die dieser Erholung ihr Dasein zu danken hatten, unbrauchbare Mißgeburten waren, denen alles das fehlte, was bei ihrem Vater, als er sie zeugte, vermißt wurde.

Da ich so unwidersprechliche Beweise hatte, daß in beiden Hälften meines Pferdes Leben sei, so ließ ich sogleich unsern Kurschmied rufen. Dieser heftete, ohne sich lange zu besinnen, beide Teile mit jungen Lorbeersprößlingen, die gerade bei der Hand waren, zusammen. Die Wunde heilte glücklich zu; und es begab sich etwas, das nur einem so ruhmvollen Pferde begegnen konnte. Nämlich die Sprossen schlugen Wurzel in seinem Leibe, wuchsen empor und wölbten eine Laube über mir, so daß ich hernach manchen ehrlichen Ritt im Schatten meiner sowohl als meines Rosses Lorbeern tun konnte.

En un mot, l'arrière-train de mon cheval prodigieux avait, en quelques instants, fait très ample connaissance avec les juments qui se promenaient sur le pré, et les plaisirs de son harem lui faisaient apparemment oublier toutes les contrariétés qu'il avait subies. Mais la tête entrait ici tellement peu en ligne de compte que même les poulains qui durent leur existence à ce moment de détente étaient des avortons à qui manquait tout ce dont leur père ne disposait pas lorsqu'il les avait engendrés.

Face à des preuves aussi irréfutables du fait que les deux moitiés de mon cheval étaient vivantes, j'appelai immédiatement notre maréchal-traitant. Sans prendre le temps de se poser beaucoup de questions, celui-ci raccrocha les deux parties avec de jeunes tiges de laurier qu'il avait justement sous la main. La blessure connut une heureuse guérison, et il se produisit une chose qui ne pouvait survenir qu'à un cheval aussi glorieux. Les tiges s'enracinèrent en effet dans son corps, poussèrent et tressèrent au-dessus de moi une tonnelle qui me permit désormais de faire plus d'une honorable chevauchée à l'ombre de mes propres lauriers et de ceux de mon cheval.

Einer andern kleinen Ungelegenheit von dieser Affäre will ich nur beiläufig erwähnen. Ich hatte so heftig, so lange, so unermüdet auf den Feind losgehauen, daß mein Arm dadurch endlich in eine unwillkürliche Bewegung des Hauens geraten war, als der Feind schon längst über alle Berge war. Um mich nun nicht selbst oder meine Leute, die mir zu nahe kamen, für nichts und wider nichts zu prügeln, sah ich mich genötigt, meinen Arm an die acht Tage lang ebensogut in der Binde zu tragen, als ob er mir halb abgehauen gewesen wäre.

Einem Manne, meine Herren, der einen Gaul, wie mein Litauer war, zu reiten vermochte, können Sie auch wohl noch ein anderes Voltigier- und Reiterstückchen zutrauen, welches außerdem vielleicht ein wenig fabelhaft klingen möchte. Wir belagerten nämlich, ich weiß nicht mehr welche Stadt, und dem Feldmarschall war ganz erstaunlich viel an genauer Kundschaft gelegen, wie die Sachen in der Festung stünden. Es schien äußert schwer, ja fast unmöglich, durch alle Vorposten, Wachen und Festungswerke hineinzugelangen auch war eben kein tüchtiges Subjekt vorhanden, wodurch man so was glücklich auszurichten hätte hoffen können.

Je ne veux mentionner qu'en passant un autre petit inconvénient qui découla de cette affaire. J'avais frappé l'ennemi si longtemps, avec tant de virulence et d'endurance que mon bras avait fini par adopter malgré lui le mouvement des coups et l'avait conservé alors que l'adversaire avait pris depuis longtemps la poudre d'escampette. Afin de ne pas me frapper sans raison, moi-même ou ceux de mes hommes qui passaient trop près de moi, je me vis contraint de porter quelque huit jours durant le bras en écharpe, comme si on me l'avait à moitié coupé.

D'un homme, Messieurs, capable de chevaucher un cheval comme mon lituanien, vous pouvez sans doute attendre encore une autre petite histoire de voltige et de cavalcade, qui pourrait en d'autres circonstances vous paraître quelque peu fabuleuse. Nous assiégions en effet je ne sais plus quelle ville, et le feld-maréchal tenait beaucoup à connaître la situation dans la forteresse. Il semblait extraordinairement difficile, pour ne pas dire impossible, de franchir les lignes d'éclaireurs, les postes de garde et les murs fortifiés ; on ne disposait par ailleurs d'aucun sujet dont on aurait pu espérer qu'il serait venu à bout de la mission.

Vor Mut und Diensteifer fast ein wenig allzurasch stellte ich mich neben eine der größten Kanonen, die soeben nach der Festung abgefeuert ward, und sprang im Hui auf die Kugel, in der Absicht, mich in die Festung hineintragen zu lassen. Als ich aber halbweges durch die Luft geritten war, stiegen mir allerlei nicht unerhebliche Bedenklichkeiten zu Kopfe. »Hum,« dachte ich, »hinein kommst du nun wohl, allein wie hernach sogleich wieder heraus? Und wie kanns dir in der Festung ergehen? Man wird dich sogleich als einen Spion erkennen und an den nächsten Galgen hängen.« Ein solches Bette der Ehren wollte ich mir denn doch wohl verbitten. Nach diesen und ähnlichen Betrachtungen entschloß ich mich kurz, nahm die glückliche Gelegenheit wahr, als eine Kanonenkugel aus der Festung einige Schritte weit vor mir vorüber nach unserm Lager flog, sprang von der meinigen auf diese hinüber und kam, zwar unverrichteter Sache, jedoch wohlbehalten bei den lieben Unsrigen wieder an.

So leicht und fertig ich im Springen war, so war es auch mein Pferd. Weder Gräben noch Zäune hielten mich jemals ab, überall den geradesten Weg zu reiten. Einst setzte ich darauf hinter einem Hasen her, der querfeldein über die Heerstraße lief. Eine Kutsche mit zwei schönen Damen fuhr diesen Weg gerade zwischen mir und dem Hasen vorbei.

Animé — presque un peu trop — par le courage et le zèle, je me plaçai à côté de l'un des plus grands canons pointés vers la forteresse et dont on venait d'allumer l'amorce. En un clin d'œil, je bondis sur le boulet afin qu'il me porte dans l'enceinte fortifiée. Mais lorsque je fus arrivé à mi-parcours, toutes sortes d'objections non négligeables me traversèrent l'esprit. « Hum », songeai-je, « tu y entreras sans doute, mais comment en sortiras-tu ? Et que t'arrivera-t-il dans la forteresse ? On te démasquera aussitôt comme un espion et l'on te pendra à la première potence venue. » Je ne tenais pas à connaître pareil honneur. Sur ces considérations et d'autres analogues, je me décidai brusquement, profitai de l'occasion en voyant un boulet de canon tiré depuis la forteresse passer à quelques pas de moi en direction de notre campement, sautai d'un projectile à l'autre et revins auprès des nôtres, ces chers amis. Ma mission n'était certes pas accomplie, mais j'étais sain et sauf.

Mon cheval était aussi vif et bondissant que moi-même. Ni les fossés ni les palissades ne m'empêchèrent jamais de prendre, où que ce fût, le chemin le plus court. Je partis un jour sur son dos à la poursuite d'un lièvre qui avait traversé en courant la route de l'armée. Une calèche transportant deux belles dames avançait justement sur cette voie et se trouva précisément entre moi et le lièvre.

Mein Gaul setzte so schnell und ohne Anstoß mitten durch die Kutsche hindurch, wovon die Fenster aufgezogen waren, daß ich kaum Zeit hatte, meinen Hut abzuziehen und die Damen wegen dieser Freiheit untertänigst um Verzeihung zu bitten.

Ein andres Mal wollte ich über einen Morast setzen, der mir anfänglich nicht so breit vorkam, als ich ihn fand, da ich mitten im Sprunge war. Schwebend in der Luft wendete ich daher wieder um, wo ich hergekommen war, um einen größern Anlauf zu nehmen. Gleichwohl sprang ich auch zum zweiten Male noch zu kurz und fiel nicht weit vom andern Ufer bis an den Hals in den Morast. Hier hätte ich unfehlbar umkommen müssen, wenn nicht die Stärke meines eigenen Armes mich an meinem eigenen Haarzopfe, samt dem Pferde, welches ich fest zwischen meine Knie schloß, wieder herausgezogen hätte.

Mon cheval traversa la calèche dont les fenêtres étaient ouvertes, si rapidement et sans heurt que j'eus à peine le temps d'ôter mon chapeau et de demander très humblement pardon à ces dames pour la liberté que nous avions prise.

Une autre fois, je voulus passer au-dessus d'un bourbier qui me parut d'abord bien petit, mais se révéla beaucoup plus grand au moment où je sautai. Je fis donc demi-tour en l'air pour revenir à mon point de départ et reprendre un plus grand élan. Mais la deuxième fois aussi, mon saut fut trop court, et je tombai jusqu'au cou dans le marécage, non loin de l'autre rive. J'y aurais immanquablement laissé ma vie si la puissance de mon propre bras ne m'avait pas permis de tirer sur ma tresse et de nous tirer du marécage en même temps que mon cheval, tenu fermement serré entre mes genoux.

FÜNFTES KAPITEL

Abenteuer des Freiherrn von Münchhausen während seiner Gefangenschaft bei den Türken. Er kehrt in seine Heimat zurück

Trotz aller meiner Tapferkeit und Klugheit, trotz meiner und meines Pferdes Gewandtheit und Stärke gings mir in dem Türkenkriege doch nicht immer nach Wunsche. Ich hatte sogar das Unglück, durch die Menge übermannt und zum Kriegsgefangenen gemacht zu werden. Ja, was noch schlimmer war, aber doch immer unter den Türken gewöhnlich ist, ich wurde zum Sklaven verkauft. In diesem Stande der Demütigung war mein Tagewerk nicht sowohl hart und sauer als vielmehr seltsam und verdrießlich. Ich mußte nämlich des Sultans Bienen alle Morgen auf die Weide treiben, sie daselbst den ganzen Tag lang hüten und dann gegen Abend wieder zurück in ihre Stöcke treiben. Eines Abends vermißte ich eine Biene, wurde aber sogleich gewahr, daß zwei Bären sie angefallen hatten und ihres Honigs wegen zerreißen wollten.

CINQUIÈME CHAPITRE

Aventures du baron de Münchhausen pendant sa captivité chez les Turcs. Il revient dans sa patrie

Quelles que fussent ma bravoure et mon intelligence, mon agilité et celle de mon cheval, la guerre contre les Turcs ne se déroula pas toujours selon mes vœux. J'eus même le malheur d'être submergé par le nombre et fait prisonnier de guerre. Pire encore — mais les Turcs sont coutumiers du fait —, je fus vendu comme esclave. Dans cet état d'humiliation, mon labeur quotidien était non seulement dur et amer, mais aussi et surtout étrange et fastidieux. Tous les matins en effet, je devais mener les abeilles au pré, les y garder toute la journée et les ramener vers le soir dans leur ruche. Un soir, je notai l'absence d'une abeille et constatai aussitôt que deux ours l'avaient attaquée et voulaient lui ouvrir le corps pour lui prendre son miel.

Da ich nun nichts anderes Waffenähnliches in Händen hatte als die silberne Axt, welche das Kennzeichen der Gärtner und Landarbeiter des Sultans ist, so warf ich diese nach den beiden Räubern, bloß in der Absicht, sie damit wegzuscheuchen. Die arme Biene setzte ich auch wirklich dadurch in Freiheit; allein durch einen unglücklichen, allzu starken Schwung meines Armes flog die Axt in die Höhe und hörte nicht auf zu steigen, bis sie im Monde niederfiel. Wie sollte ich sie nun wiederkriegen? Mit welcher Leiter auf Erden sie herunterholen? Da fiel mir ein, daß die türkischen Bohnen sehr geschwind und zu einer ganz erstaunlichen Höhe emporwuchsen. Augenblicklich pflanzte ich also eine solche Bohne, welche wirklich emporwuchs und sich an eines von des Mondes Hörnern von selbst anrankte. Nun kletterte ich getrost nach dem Monde empor, wo ich auch glücklich anlangte. Es war ein ziemlich mühseliges Stückchen Arbeit, meine silberne Axt an einem Orte wiederzufinden, wo alle andere Dinge gleichfalls wie Silber glänzten. Endlich aber fand ich sie doch auf einem Haufen Spreu und Häckerling. Nun wollte ich wieder zurückkehren, aber ach, die Sonnenhitze hatte indessen meine Bohne aufgetrokknet, so daß daran schlechterdings nicht wieder herabzusteigen war. Was war nun zu tun? — Ich flocht mir einen Strick von dem Häckerling, so lang ich ihn nur immer machen konnte.

Comme je n'avais entre les mains d'autre arme que la hache argentée à laquelle on reconnaît les jardiniers et ouvriers agricoles du sultan, je la jetai vers les deux voleurs, dans la simple intention de les effaroucher. Et de fait, je rendis ainsi cette malheureuse abeille à la liberté ; mais mon bras ayant hélas pris un trop grand élan, la hache monta vers le ciel et s'y éleva pour retomber finalement sur la Lune. Comment pouvais-je la récupérer à présent ? À l'aide de quelle échelle pouvais-je la rapporter sur terre ? Il me revint alors à l'esprit que les haricots turcs poussaient très rapidement et à une hauteur tout à fait étonnante. Je plantai donc à l'instant même l'une de ces fèves qui produisit effectivement une tige qui s'enroula d'elle-même à l'une des cornes de la Lune. Retrouver ma hache d'argent en un lieu où tout brillait comme ce précieux métal fut assez laborieux. Je finis cependant par la trouver sur un tas de balle et de foin haché. Je voulus alors revenir, mais le soleil brûlant avait desséché mon haricot et il m'était parfaitement impossible de redescendre. Que faire à présent ? J'utilisai le foin pour me tresser une corde aussi longue que possible.

Diesen befestigte ich an eines von des Mondes Hörnern und ließ mich daran heruntern. Mit der rechten Hand hielt ich mich fest, und in der linken führte ich meine Axt. Sowie ich nun eine Strecke hinuntergeglitten war, so hieb ich immer das überflüssige Stück über mir ab und knüpfte dasselbe unten wieder an, wodurch ich denn ziemlich weit heruntergelangte. Dieses wiederholte Abhauen und Anknüpfen machte nun freilich den Strick ebensowenig besser, als es mich völlig herab auf des Sultans Landgut brachte. Ich mochte wohl noch ein paar Meilen weit droben in den Wolken sein, als mein Strick auf einmal zerriß und ich mit solcher Heftigkeit herab zu Gottes Erdboden fiel, daß ich ganz betäubt davon wurde. Durch die Schwere meines von einer solchen Höhe herabfallenden Körpers fiel ich ein Loch, wenigstens neun Klafter tief, in die Erde hinein. Ich erholte mich zwar endlich wieder, wußte aber nun nicht, wie ich wieder herauskommen sollte. Allein was tut nicht die Not? Ich grub mir mit meinen Nägeln, deren Wuchs damals vierzigjährig war, eine Art von Treppe und förderte mich dadurch glücklich zutage.

Durch diese mühselige Erfahrung klüger gemacht, fing ichs nachher besser an, der Bären, die so gern nach meinen Bienen und den Honigstöcken stiegen, loszuwerden.

Je l'accrochai à l'une des cornes de la Lune et m'y laissai descendre. Je me retins de la main droite et actionnai ma hache de la gauche. Dès que je m'étais laissé glisser sur une partie du trajet, je coupais la partie de la corde devenue superflue au-dessus de moi et la renouais en dessous, ce qui me permit de descendre assez bas. Mais à force d'être ainsi coupée et recollée, la corde ne fut bientôt plus en état de me mener en bas, sur les terres du sultan. J'étais sans doute encore à quelques lieues en l'air, dans les nuages, lorsque ma corde rompit d'un seul coup, me faisant tomber sur la terre de notre bon Dieu avec une telle violence que j'en sortis tout hébété. Le poids de mon corps tombé d'aussi haut m'enfonça d'au moins neuf brasses dans le sol. Je finis par revenir à mes esprits ; en revanche, je ne savais plus comment sortir de là. Mais l'urgence nous donne des ailes. À la force de mes ongles, qui poussaient à l'époque depuis quarante ans, je me creusai une sorte d'escalier qui me permit de revenir sain et sauf à la lumière du jour.

Ayant tiré les leçons de cette pénible expérience, je m'y pris ensuite plus intelligemment pour me débarrasser des ours qui montaient si volontiers pour attraper mes abeilles et mes ruches.

Ich bestrich die Deichsel eines Ackerwagens mit Honig und legte mich nicht weit davon des Nachts in einen Hinterhalt. Was ich vermutete, das geschah. Ein ungeheurer Bär, herbeigelockt durch den Duft des Honigs, kam an und fing vorn an der Spitze der Stange so begierig an zu lecken, daß er sich die ganze Stange durch Schlund, Magen und Bauch bis hinten wieder hinausleckte. Als er sich nun so artig auf die Stange hinaufgeleckt hatte, lief ich hinzu, stekkte vorn durch das Loch der Deichsel einen langen Pflock, verwehrte dadurch dem Nascher den Rückzug und ließ ihn sitzen bis an den andern Morgen. Über dies Stückchen wollte sich der Großsultan, der von ungefähr vorbeispazierte, fast totlachen.

Nicht lange hierauf machten die Russen mit den Türken Frieden, und ich wurde nebst andern Kriegsgefangenen wieder nach St. Petersburg ausgeliefert. Ich nahm aber nun meinen Abschied und verließ Rußland um die Zeit der großen Revolution vor etwa vierzig Jahren, da der Kaiser in der Wiege nebst seiner Mutter und ihrem Vater, dem Herzoge von Braunschweig, dem Feldmarschall von Münnich und vielen andern nach Sibirien geschickt wurden. Es herrschte damals über ganz Europa ein so außerordentlich strenger Winter, daß die Sonne eine Art von Frostschaden erlitten haben muß, woran sie seit der ganzen Zeit her bis auf den heutigen Tag gesiecht hat.

Je recouvris de miel le timon d'une charrue et allai passer la nuit dans une cachette, non loin de là. Ce que je prévoyais arriva. Un ours monstrueux, attiré par le parfum du miel, approcha et se mit à lécher l'extrémité du timon avec une telle avidité qu'elle lui traversa la gorge, l'estomac et le ventre pour ressortir par-derrière. Lorsqu'il eut ainsi remonté toute la barre en la léchant, j'accourus, je fis passer un long piquet de bois à l'avant, par le trou du timon, empêchant ainsi le repli du pique-assiette. Je le laissai sur place jusqu'au lendemain matin. Le grand sultan, qui se promenait là par hasard, faillit mourir de rire en découvrant cette scène.

Peu après, les Russes conclurent la paix avec les Turcs, et l'on me renvoya à Saint-Pétersbourg avec d'autres prisonniers de guerre. Mais je donnai mon congé et quittai la Russie à l'époque de la grande révolution, il y a environ quarante ans de ça, à l'époque où l'empereur au berceau fut envoyé en Sibérie avec sa mère et son père, le duc de Brunswick, le feld-maréchal de Münnich et beaucoup d'autres. L'hiver était à l'époque si extraordinairement rigoureux au-dessus de toute l'Europe que le soleil avait dû subir une sorte d'engelure dont il souffre encore aujourd'hui.

Ich empfand daher auf der Rückreise in mein Vaterland weit größeres Ungemach, als ich auf meiner Hinreise nach Rußland erfahren hatte.

Ich mußte, weil mein Litauer in der Türkei geblieben war, mit der Post reisen. Als sichs nun fügte, daß wir an einen engen hohlen Weg zwischen hohen Dornhecken kamen, so erinnerte ich den Postillion, mit seinem Horne ein Zeichen zu geben, damit wir uns in diesem engen Passe nicht etwa gegen ein anderes entgegenkommendes Fuhrwerk festfahren mochten. Mein Kerl setzte an und blies aus Leibeskräften in das Horn, aber alle seine Bemühungen waren umsonst. Nicht ein einziger Ton kam heraus, welches uns ganz unerklärlich, ja in der Tat für ein rechtes Unglück zu achten war, indem bald eine andere uns entgegenkommende Kutsche auf uns stieß, vor welcher nun schlechterdings nicht vorbeizukommen war. Nichtsdestoweniger sprang ich aus meinem Wagen und spannte zuvörderst die Pferde aus. Hierauf nahm ich den Wagen nebst den vier Rädern und allen Päckereien auf meine Schultern und sprang damit über Ufer und Hecke, ungefähr neun Fuß hoch, welches in Rücksicht auf die Schwere der Kutsche eben keine Kleinigkeit war, auf das Feld hinüber. Durch einen andern Rücksprung gelangte ich, die fremde Kutsche vorüber, wieder in den Weg.

Je souffris donc en revenant dans ma patrie d'une bien plus grande incommodité que celle à laquelle j'avais été exposé lors de mon départ pour la Russie.

Comme mon lituanien était resté en Turquie, il me fallut voyager avec le coche de la poste. Alors que nous nous trouvions dans un chemin creux et étroit, entre de hautes haies d'épineux, je conseillai au postillon de faire un appel de corne afin que nous ne heurtions pas, dans ce passage étroit, un véhicule qui pourrait arriver de l'autre côté. Mon lascar prit position et souffla de toutes ses forces dans son instrument, mais ses efforts furent inutiles. Il n'en sortit pas une seule note, phénomène qui nous était totalement inexplicable et faillit bel et bien nous valoir un accident : une autre calèche arrivant dans l'autre sens et qu'il était totalement impossible d'éviter se dirigeait vers nous. Je n'en sautai pas moins de ma voiture et commençai par dételer les chevaux. Sur ce, je pris sur mes épaules le carrosse, ses quatre roues et tous les bagages, et je fis avec eux un bond d'environ neuf pieds de hauteur au-dessus du talus et des haies, ce qui n'était pas rien compte tenu du poids du coche, avant de retomber dans le champ. Un autre saut en arrière me permit de contourner la calèche inconnue et de revenir sur le chemin.

Darauf eilte ich zurück zu unsern Pferden, nahm unter jeden Arm eins und holte sie auf die vorige Art, nämlich durch einen zweimaligen Sprung hinüber und herüber, gleichfalls herbei, ließ wieder anspannen und gelangte glücklich am Ende der Station zur Herberge. Noch hätte ich anführen sollen, daß eins von den Pferden, welches sehr mutig und nicht über vier Jahre alt war, ziemlichen Unfug machen wollte. Denn als ich meinen zweiten Sprung über die Hecke tat, so verriet es durch sein Schnauben und Trampeln ein großes Mißbehagen an dieser heftigen Bewegung. Dies verwehrte ich ihm aber gar bald, indem ich seine Hinterbeine in meine Rocktasche steckte. In der Herberge erholten wir uns wieder von unserm Abenteuer. Der Postillion hängte sein Horn an einen Nagel beim Küchenfeuer, und ich setzte mich ihm gegenüber.

Nun hört, ihr Herren, was geschah! Auf einmal gings: Tereng! tereng! teng! teng! Wir machten große Augen und fanden nun auf einmal die Ursache aus, warum der Postillion sein Horn nicht hatte blasen können. Die Töne waren in dem Horne festgefroren und kamen nun, so wie sie nach und nach auftaueten, hell und klar zu nicht geringer Ehre des Fuhrmanns heraus. Denn die ehrliche Haut unterhielt uns nun eine ziemliche Zeitlang mit der herrlichsten Modulation, ohne den Mund an das Horn zu bringen.

Je rejoignis ensuite rapidement nos chevaux, en pris un sous chaque bras et les rapportai de la même manière, par un double saut d'un côté et de l'autre de la haie, je les fis de nouveau atteler et nous arrivâmes sains et saufs, au bout du compte, sur le lieu où nous devions faire étape. J'aurais encore dû mentionner le fait que l'un des chevaux, lequel était très énergique et n'avait pas plus de quatre ans, tenta de provoquer une certaine pagaille. Car lorsque je fis mon deuxième saut au-dessus de la haie, il exprima en renâclant et en tapant des sabots le profond déplaisir que lui inspirait ce mouvement trop brusque. Mais je l'arrêtai promptement en glissant ses pattes arrière dans la poche de mon manteau. Une fois à l'auberge, nous nous reposâmes de notre aventure. Le postillon accrocha sa corne à un clou près de l'âtre et je m'assis en face de lui.

Écoutez à présent, Messieurs, ce qui se produisit ! Le bruit retentit d'un seul coup : Taraa ! taraa ! ta ! ta ! Nous écarquillâmes les yeux et comprîmes soudain pourquoi le postillon n'avait pu souffler dans sa corne. Les notes y étaient restées gelées et en sortaient à présent au fur et à mesure qu'elles fondaient, à la grande fierté du cocher. Car cet honorable personnage nous fit alors entendre les plus belles modulations sans même avoir à porter sa corne à la bouche.

Da hörten wir den preußischen Marsch — Ohne Lieb und ohne Wein — Als ich auf meiner Bleiche — Gestern abend war Vetter Michel da — nebst noch vielen andern Stückchen, auch sogar das Abendlied : Nun ruhen alle Wälder. — Mit diesem letzten endigte sich denn dieser Tauspaß, so wie ich hiermit meine russische Reisegeschichte.

Manche Reisende sind bisweilen imstande, mehr zu behaupten, als genau genommen wahr sein mag. Daher ist es denn kein Wunder, wenn Leser oder Zuhörer ein wenig zum Unglauben geneigt werden. Sollten indessen einige von der Gesellschaft an meiner Wahrhaftigkeit zweifeln, so muß ich sie wegen ihrer Ungläubigkeit herzlich bemitleiden und sie bitten, sich lieber zu entfernen, ehe ich meine Schiffsabenteuer beginne, die zwar fast noch wunderbarer, aber doch ebenso authentisch sind.

Nous entendîmes toutes sortes de petits morceaux, la *Marche prussienne*, *Sans amour et sans vin*, *La jeune fille courageuse*, *Hier soir cousin Michel était là*, et beaucoup d'autres, y compris la sérénade *Toutes les forêts reposent à présent*. C'est avec cette dernière que s'acheva ce divertissement offert par le dégel, et que se termine l'histoire de mon voyage en Russie.

Certains voyageurs affirment parfois plus de choses qu'ils ne peuvent en avoir vu dans la réalité. Il n'y a donc rien d'étonnant à ce que les lecteurs ou les auditeurs aient une certaine tendance à l'incrédulité. Si cependant certains membres de l'assemblée devaient douter de l'authenticité de mes propos, je ne peux que les prendre en compassion pour leur manque de foi et les prier de bien vouloir s'éloigner avant que ne débutent mes aventures en mer, certes presque encore plus étonnantes, mais pourtant tout aussi authentiques.

SECHSTES KAPITEL

Erstes Seeabenteuer

Gleich die erste Reise, die ich in meinem Leben machte, geraume Zeit vor der russischen, von der ich eben einige Merkwürdigkeiten erzählt habe, war eine Reise zur See.

Ich stand, wie mein Onkel, der schwarzbartigste Husarenoberste, den ich je gesehen habe, mir oft zuzuschnurren pflegte, noch mit den Gänsen im Prozesse, und man hielt es noch für unentschieden, ob der weiße Flaum an meinem Kinne Keim von Dunen oder von einem Barte wäre, als schon Reisen das einzige Dichten und Trachten meines Herzens war. Da mein Vater teils selbst ein ehrliches Teil seiner früheren Jahre mit Reisen zugebracht hatte, teils manchen Winterabend durch die aufrichtige und ungeschminkte Erzählung seiner Abenteuer verkürzte, von denen ich Ihnen vielleicht in der Folge noch einige zum besten gebe, so kann man jene Neigung bei mir wohl mit ebenso gutem Grunde für angeboren als für eingeflößet halten.

SIXIÈME CHAPITRE

Première aventure en mer

Le tout premier voyage de mon existence, un certain temps avant ce périple en Russie dont je viens de raconter quelques particularités, se déroula sur les mers.

J'étais encore en procès avec les oies, comme avait l'habitude de me le répéter mon oncle, le colonel de hussards à la barbe la plus noire que j'eusse jamais vue, et l'on ne savait pas encore précisément si le duvet blanc à mon menton était le germe d'un plumage ou celui d'une barbe ; voyager était pourtant déjà mon unique désir. Comme mon père avait lui-même passé une respectable partie de ses premières années à voyager et nous avait fait passer plus d'une soirée d'hiver en nous livrant le récit sincère et sans voile de ses aventures, dont je vous livrerai peut-être encore quelques exemples ci-dessous, on peut sans doute considérer avec de tout aussi bonnes raisons que ce penchant était pour moi autant le fruit de la nature que celui de l'instruction.

Genug, ich ergriff jede Gelegenheit, die sich anbot oder nicht anbot, meiner unüberwindlichen Begierde, die Welt zu sehen, Befriedigung zu erbetteln oder zu ertrotzen; allein vergebens. Gelang es mir auch einmal, bei meinem Vater eine kleine Bresche zu machen, so taten Mama und Tante desto heftigeren Widerstand, und in wenigen Augenblicken war alles, was ich durch die überlegtesten Angriffe gewonnen hatte, wieder verloren. Endlich fügte sichs, daß einer meiner mütterlichen Verwandten uns besuchte. Ich wurde bald sein Liebling : er sagte mir oft, ich wäre ein hübscher, munterer Junge, und er wolle alles mögliche tun, mir zur Erfüllung meines sehnlichsten Wunsches behilflich zu sein. Seine Beredsamkeit war wirksamer als die meinige, und nach vielen Vorstellungen und Gegenvorstellungen, Einwendungen und Widerlegungen wurde endlich zu meiner unaussprechlichen Freude beschlossen, daß ich ihn auf einer Reise nach Ceylon, wo sein Onkel viele Jahre Gouverneur gewesen war, begleiten sollte.

Wir segelten mit wichtigen Aufträgen Ihrer Hochmögenden, der Staaten von Holland, von Amsterdam ab. Unsere Reise hatte, wenn ich einen außerordentlichen Sturm abrechne, nichts Besonderes. Dieses Sturmes aber muß ich seiner wunderbaren Folgen wegen mit ein paar Worten gedenken.

Bref, je saisissais chaque occasion qui s'offrait ou ne s'offrait pas de quémander ou de réclamer que l'on satisfasse mon irrépressible désir de voir le monde ; ce fut en vain. Quand je parvenais à ouvrir une petite brèche avec mon père, ma mère et ma tante livraient une résistance d'autant plus vive, et en quelques instants, tout ce que j'avais gagné en lançant les attaques les plus réfléchies était de nouveau perdu. Il arriva enfin que l'un de mes parents, du côté maternel, nous rendît visite. Je devins rapidement son préféré ; il me disait souvent que j'étais un garçon mignon et éveillé, qu'il voulait tout faire pour m'aider à remplir mon vœu le plus cher. Son éloquence fut plus efficace que la mienne, et après beaucoup d'exposés et de répliques, d'objections et de réfutations, on décida enfin, à ma joie ineffable, que je l'accompagnerais dans un voyage à destination de Ceylan, où son oncle avait été gouverneur pendant de nombreuses années.

Nous partîmes d'Amsterdam chargés d'importantes missions par Leurs Puissances les États de Hollande. Notre voyage n'eut rien de particulier, abstraction faite d'une tempête extraordinaire. Mais je dois consacrer quelques mots à cette dernière, qui eut des conséquences étonnantes.

Er nahm sich auf, gerade als wir bei einer Insel vor Anker lagen, um uns mit Holz und Wasser zu versorgen, und tobte mit solcher Heftigkeit, daß er eine große Menge Bäume von ungeheuerer Dicke und Höhe mit der Wurzel aus der Erde riß und durch die Luft schleuderte. Ungeachtet einige dieser Bäume mehrere hundert Zentner schwer waren, so sahen sie doch wegen der unermeßlichen Höhe — denn sie waren wenigstens fünf Meilen über der Erde — nicht größer aus als kleine Vogelfederchen, die bisweilen in der Luft umherfliegen. Indes, sowie der Orkan sich legte, fiel jeder Baum senkrecht in seine Stelle und schlug sogleich wieder Wurzel, so daß kaum eine Spur der Verwüstung zu sehen war. Nur der größte machte hievon eine Ausnahme. Als er durch die plötzliche Gewalt des Sturmes aus der Erde ausgerissen wurde, saß gerade ein Mann mit seinem Weibe auf den Ästen desselben und pflückte Gurken; denn in diesem Teile der Welt wächset diese herrliche Frucht auf Bäumen. Das ehrliche Paar machte so geduldig als Blanchards Hammel die Luftreise mit, veranlaßte aber durch seine Schwere, daß der Baum sowohl von seiner Richtung gegen seinen vorigen Platz abwich, als auch in einer horizontalen Lage herunterkam.

Elle se leva au moment précis où nous avions jeté l'ancre devant une île afin de nous approvisionner en bois et en eau, et se déchaîna à tel point qu'elle arracha de terre avec leurs racines une grande quantité d'arbres d'une épaisseur et d'une hauteur monstrueuses et les souleva dans le ciel. Bien que certains de ces végétaux aient pesé plusieurs centaines de quintaux, l'altitude gigantesque qu'ils avaient prise — ils étaient au moins cinq lieues au-dessus de la terre — les faisait paraître plus petits que ces minuscules plumes d'oiseau que l'on voit parfois s'envoler au gré du vent. Mais lorsque l'ouragan s'apaisa, chacun de ces arbres retomba à sa place à la verticale et reprit aussitôt racine, en sorte qu'il ne resta pratiquement plus la moindre trace de ces ravages. Seul le plus grand de tous faisait exception. Lorsqu'il fut arraché de la terre par la soudaine violence de la tempête, un homme était installé avec son épouse sur ses branches et cueillait des concombres — car, dans cette partie du monde, ce fruit succulent pousse sur les branches. Cet honorable couple suivit le périple aérien du géant de bois aussi patiemment que l'agneau de Blanchard, mais son poids fit dévier l'arbre, qui atterrit en position horizontale et à une place qui n'était pas la sienne.

Nun hatte, so wie die meisten Einwohner dieser Insel, auch ihr allergnädigster Kazike während des Sturms seine Wohnung verlassen, aus Furcht, unter den Trümmern derselben begraben zu werden, und wollte gerade wieder durch seinen Garten zurückgehen, als dieser Baum herniedersausete und ihn, glücklicherweise, auf der Stelle totschlug.

»Glücklicherweise?«

Ja, ja, glücklicherweise. Denn, meine Herren, der Kazike war, mit Erlaubnis zu melden, der abscheulichste Tyrann, und die Einwohner der Insel, selbst seine Günstlinge und Mätressen nicht ausgenommen, die elendesten Geschöpfe unterm Monde. In seinen Vorratshäusern verfaulten die Lebensmittel, während seine Untertanen, denen sie abgepreßt waren, vor Hunger verschmachteten. Seine Insel hatte keinen auswärtigen Feind zu fürchten; dessenungeachtet nahm er jeden jungen Kerl weg, prügelte ihn höchsteigenhändig zum Helden und verkaufte von Zeit zu Zeit seine Kollektion dem meistbietenden benachbarten Fürsten, um zu den Millionen Muscheln, die er von seinem Vater geerbt hatte, neue Millionen zu legen. — Man sagte uns, er habe diese unerhörten Grundsätze von einer Reise, die er nach dem Norden gemacht habe, mitgebracht; eine Behauptung,

Comme la plupart des habitants de cette île, leur très miséricordieux cacique avait quitté son logement pendant la tempête, craignant d'être enterré sous ses décombres, et s'apprêtait justement à revenir par son jardin lorsque cet arbre s'abattit sur lui et, par bonheur, le tua net.

— Par bonheur ?

Oui, oui, par bonheur. Car, Messieurs, si vous me permettez, ce cacique était le tyran le plus répugnant, et les habitants de l'île, y compris ses favoris et ses maîtresses, étaient les créatures les plus misérables que l'on trouve sous notre Lune. Les vivres pourrissaient dans ses garde-manger tandis que la faim rongeait les sujets auxquels il les avait soutirés. Son île n'avait aucun ennemi étranger à redouter : malgré cela, il enlevait tous les jeunes garçons, en faisait des héros en les rossant de sa haute main et vendait de temps en temps sa collection au plus offrant des princes voisins pour ajouter de nouveaux millions de coquillages aux millions qu'il avait hérités de son père. On nous dit qu'il avait rapporté ces principes inouïs d'un voyage qu'il avait fait dans le Nord, une affirmation

auf deren Widerlegung wir uns, alles Patriotismus ungeachtet, schon deswegen nicht einlassen konnten, weil bei diesen Insulanern eine Reise nach dem Norden ebensowohl eine Reise nach den Kanarischen Inseln als eine Spazierfahrt nach Grönland bedeutet; und eine bestimmtere Erklärung mochten wir aus mehreren Gründen nicht verlangen.

Zur Dankbarkeit für den großen Dienst, den das gurkenpflückende Paar, obgleich nur zufälligerweise, seinen Mitbürgern erwiesen hatte, wurde es von diesen auf den erledigten Thron gesetzt. Zwar waren diese guten Leute eben auf ihrer Luftfahrt dem großen Lichte der Welt so nahe gekommen, daß sie das Licht ihrer Augen und überdies eine kleine Portion ihres innern Lichtes dabei zugesetzt hatten; allein nichtsdestoweniger regierten sie so löblich, daß, wie ich in der Folge erfuhr, niemand Gurken aß, ohne zu sprechen : Gott erhalte den Kaziken.

Nachdem wir unser Schiff, das von diesem Sturme nicht wenig beschädigt war, wieder ausgebessert und uns von dem neuen Monarchen und seiner Gemahlin beurlaubt hatten, segelten wir mit ziemlichem Winde ab und kamen nach sechs Wochen glücklich zu Ceylon an.

que nous ne pûmes nous permettre de réfuter, malgré tout notre patriotisme, du seul fait que chez ces insulaires un voyage dans le Nord peut aussi bien signifier une excursion aux îles Canaries qu'une promenade au Groenland ; et pour différentes raisons nous ne tenions pas à exiger une explication plus précise.

En signe de gratitude pour le grand service que le couple de cueilleurs de concombres avait rendu, quoique fortuitement, à ses concitoyens, ceux-ci le mirent sur le trône. Ces bonnes gens s'étaient certes pendant leur voyage approchés si près de la grande Lumière du Monde qu'ils avaient perdu la lumière de leurs yeux et de surcroît une petite portion de leur lumière intérieure ; ils n'en gouvernaient pas moins de manière si louable que, comme je l'appris par la suite, personne ne mangeait de concombres sans prononcer les mots : Dieu protège le cacique !

Lorsque nous eûmes remis en état notre navire, auquel cette tempête avait causé des avaries non négligeables, et lorsque nous eûmes pris congé du nouveau monarque et de son épouse, nous partîmes par un vent respectable et arrivâmes à bon port à Ceylan au bout de six semaines.

Es mochten ungefähr vierzehn Tage seit unserer Ankunft verstrichen sein, als mir der älteste Sohn des Gouverneurs den Vorschlag tat, mit ihm auf die Jagd zu gehen, den ich auch herzlich gern annahm. Mein Freund war ein großer, starker Mann und an die Hitze jenes Klimas gewöhnt; ich aber wurde in kurzer Zeit und bei ganz mäßiger Bewegung so matt, daß ich, als wir in den Wald gekommen waren, weit hinter ihm zurückblieb.

Ich wollte mich eben an dem Ufer eines reißenden Stromes, der schon einige Zeit meine Aufmerksamkeit beschäftigt hatte, niedersetzen, um mich etwas auszuruhen, als ich auf einmal auf dem Wege, den ich gekommen war, ein Geräusch hörte. Ich sah zurück und wurde fast versteinert, als ich einen ungeheueren Löwen erblickte, der gerade auf mich zukam und mich nicht undeutlich merken ließ, daß er gnädigst geruhe, meinen armen Leichnam zu seinem Frühstücke zu machen, ohne sich nur meine Einwilligung auszubitten. Meine Flinte war bloß mit Hasenschrot geladen. Langes Besinnen erlaubte mir weder die Zeit noch meine Verwirrung. Doch entschloß ich mich, auf die Bestie zu feuern, in der Hoffnung, sie zu schrecken, vielleicht auch zu verwunden. Allein da ich in der Angst nicht einmal wartete, bis mir der Löwe zum Schusse kam, so wurde er dadurch wütend gemacht und kam nun mit aller Heftigkeit auf mich los.

Quelque quinze jours s'étaient peut-être écoulés depuis notre débarquement lorsque le fils aîné du gouverneur me proposa de l'accompagner à la chasse, offre que j'acceptai de bon cœur. Mon ami était un homme grand et fort, habitué à la chaleur de ce climat ; quant à moi, bien que mes mouvements fussent très modérés, je me trouvai très vite épuisé au point de rester loin derrière lui lorsque nous fûmes arrivés dans la forêt.

Je m'apprêtais à m'asseoir pour me reposer un peu au bord d'une rivière impétueuse qui avait déjà attiré mon attention depuis un certain temps lorsque j'entendis soudain un bruit sur le chemin par lequel j'étais venu. Je me retournai et restai pétrifié en apercevant un lion monstrueux qui fonçait droit sur moi et me faisait comprendre sans ambiguïté qu'il lui plairait vivement de faire son petit déjeuner de mon pauvre cadavre, mais sans demander mon autorisation. Mon fusil n'était chargé que de plomb à lièvre. Ni le temps ni ma confusion d'esprit ne me permirent de réfléchir longuement. Je me résolus cependant à tirer sur la bête, espérant l'effrayer et peut-être aussi la blesser. Mais comme ma peur m'empêcha d'attendre que le lion fût à portée de mon arme, cela le rendit furieux et il se précipita sur moi de toutes ses forces.

Mehr aus Instinkt als aus vernünftiger Überlegung versuchte ich eine Unmöglichkeit — zu entfliehen. Ich kehrte mich um, und — mir läuft noch, sooft ich daran gedenke, ein kalter Schauder über den Leib — wenige Schritte vor mir stand ein scheußlicher Krokodil, der schon fürchterlich seinen Rachen aufsperrte, um mich zu verschlingen.

Stellen Sie sich, meine Herren, das Schreckliche meiner Lage vor! Hinter mir der Löwe, vor mir der Krokodil, zu meiner Linken ein reißender Strom, zu meiner Rechten ein Abgrund, in dem, wie ich nachher hörte, die giftigsten Schlangen sich aufhielten.

Betäubt — und das war einem Herkules in dieser Lage nicht übelzunehmen — stürze ich zu Boden. Jeder Gedanke, den meine Seele noch vermochte, war die schreckliche Erwartung, jetzt die Zähne oder Klauen des wütenden Raubtiers zu fühlen oder in dem Rachen des Krokodils zu stecken. Doch in wenigen Sekunden hörte ich einen starken, aber durchaus fremden Laut. Ich wage es endlich, meinen Kopf aufzuheben und mich umzuschauen, und — was meinen Sie? — zu meiner unaussprechlichen Freude finde ich, daß der Löwe in der Hitze, in der er auf mich losschoß, in ebendem Augenblicke, in dem ich niederstürzte, über mich weg in den Rachen des Krokodils gesprungen war.

Plus par instinct que par réflexion rationnelle, je tentai l'impossible : la fuite. Je me retournai et — un frisson glacé me traverse encore lorsque j'y repense — je vis à quelques pas de moi un épouvantable crocodile qui ouvrait déjà abominablement sa gueule pour me dévorer.

Imaginez, Messieurs, la situation terrible où je me trouvais ! Derrière moi le lion, devant moi le crocodile, à ma gauche une rivière aux allures de torrent, à ma droite un gouffre où frayaient, je le sus par la suite, les serpents les plus venimeux.

Abasourdi — et dans cette situation, on n'en aurait pas tenu rigueur à un Hercule —, je me précipitai au sol. Je n'avais plus qu'une seule idée en tête, et elle était effroyable : j'attendais l'instant où je sentirais les dents ou les griffes du fauve déchaîné, ou bien celui où je me retrouverais dans la gueule du crocodile. Quelques secondes plus tard, cependant, j'entendis un bruit considérable, mais parfaitement inconnu. J'osai enfin lever la tête et regarder autour de moi, et — que croyez-vous qu'il advînt ? — à ma joie indescriptible, je découvris que le lion s'était précipité vers moi à l'instant même où je m'abattais au sol, et ce avec une telle ardeur qu'il était passé au-dessus de moi et avait atterri dans la gueule du crocodile.

Der Kopf des einen steckte nun in dem Schlunde des andern, und sie strebten mit aller Macht, sich voneinander loszumachen. Gerade noch zu rechter Zeit sprang ich auf, zog meinen Hirschfänger, und mit einem Streiche haute ich den Kopf des Löwen ab, so daß der Rumpf zu meinen Füßen zuckte. Darauf rammte ich mit dem untern Ende meiner Flinte den Kopf noch tiefer in den Rachen des Krokodils, das nun jämmerlich ersticken mußte.

Bald nachdem ich diesen vollkommenen Sieg über zwei fürchterliche Feinde erfochten hatte, kam mein Freund, um zu sehen, was die Ursache meines Zurückbleibens wäre.

Nach gegenseitigen Glückwünschen maßen wir den Krokodil und fanden ihn genau vierzig Pariser Fuß sieben Zoll lang.

Sobald wir dem Gouverneur dieses außerordentliche Abenteuer erzählet hatten, schickte er einen Wagen mit einigen Leuten aus und ließ die beiden Tiere nach seinem Hause holen. Aus dem Felle des Löwen mußte mir ein dortiger Kürschner Tabaksbeutel verfertigen, von denen ich einige meinen Bekannten zu Ceylon verehrte. Mit den übrigen machte ich bei unserer Rückkunft nach Holland Geschenke an die Bürgermeister, die mir dagegen ein Geschenk von tausend Dukaten machen wollten, das ich nur mit vieler Mühe ablehnen konnte.

La tête du premier était désormais coincée dans la gorge du second, et tous deux s'échinaient à tenter de se détacher l'un de l'autre. Je bondis au bon moment, sortis mon couteau de chasse et décapitai le lion d'un seul coup, si bien que son corps tomba à mes pieds dans un dernier sursaut. J'utilisai la crosse de mon fusil pour enfoncer encore plus sa tête dans le gosier du crocodile, condamné à une pitoyable mort par étouffement.

Peu après que j'eus remporté cette victoire complète sur deux ennemis terrifiants, mon ami vint voir pour quelle raison j'avais pris ce retard.

Après nous être congratulés, nous mesurâmes le crocodile et lui trouvâmes exactement quarante pieds parisiens et sept pouces de long.

Dès que nous eûmes raconté cette extraordinaire aventure au gouverneur, il envoya un coche chargé de quelques hommes et fit rapporter les deux animaux chez lui avec la peau du lion. Un cordonnier local dut réaliser à mon intention des tabatières dont j'offris une partie à quelques-unes de mes relations à Ceylan. J'utilisai les autres après notre retour en Hollande pour faire des cadeaux aux bourgmestres, lesquels voulurent en contrepartie m'accorder une gratification de mille ducats que je ne parvins qu'à grand-peine à refuser.

Die Haut des Krokodils wurde auf die gewöhnliche Art ausgestopft und macht nun eine der größten Merkwürdigkeiten in dem Museum zu Amsterdam aus, wo der Vorzeiger die ganze Geschichte jedem, den er herumführet, erzählt. Dabei macht er denn freilich immer einige Zusätze, von denen verschiedene Wahrheit und Wahrscheinlichkeit in hohem Grade beleidigen. So pflegt er zum Exempel zu sagen, daß der Löwe durch den Krokodil hindurchgesprungen sei und eben bei der Hintertür habe entwischen wollen, als Monsieur, der weltberühmte Baron, wie er mich zu nennen beliebt, den Kopf, sowie er herauskam, und mit dem Kopfe drei Fuß von dem Schwanze des Krokodils abgehauen hätte. Der Krokodil, fährt der Kerl bisweilen fort, blieb bei dem Verluste seines Schwanzes nicht gleichgültig, drehete sich um, riß Monsieur den Hirschfänger aus der Hand und verschlang ihn mit solcher Hitze, daß er mitten durch das Herz des Ungetüms fuhr und es auf der Stelle sein Leben verlor.

Ich brauche Ihnen nicht zu sagen, meine Herren, wie unangenehm mir die Unverschämtheit dieses Schurken sein muß. Leute, die mich nicht kennen, werden durch dergleichen handgreifliche Lügen in unserm zweifelsüchtigen Zeitalter leicht veranlaßt, selbst in die Wahrheit meiner wirklichen Taten ein Mißtrauen zu setzen, was einen Kavalier von Ehre im höchsten Grade kränkt und beleidigt.

La peau du crocodile fut empaillée à la manière habituelle ; elle est aujourd'hui l'une des plus grandes curiosités du musée d'Amsterdam où le guide raconte toute l'histoire aux visiteurs. Il lui arrive cependant toujours de faire quelques ajouts dont certains offensent considérablement la vérité et la plausibilité. Il a par exemple coutume de dire que le lion a sauté à travers le crocodile et s'apprêtait à sortir par la porte de derrière lorsque Monsieur, le baron connu dans le monde entier, comme il aime à m'appeler, lui avait coupé la tête au moment où elle sortait, et avec elle trois pieds de la queue du crocodile. Le crocodile, poursuit parfois ce lascar, n'accepta pas avec flegme la perte de sa queue, se retourna, arracha le couteau de la main de Monsieur et le dévora avec une telle fureur que l'arme traversa le cœur du monstre, qui perdit aussitôt la vie.

Inutile de vous dire, Messieurs, combien l'impudence de ce gredin m'est désagréable. À notre époque où le doute devient une manie, de tels mensonges flagrants inciteront facilement les gens qui ne me connaissent pas à accueillir le récit de mes actes réels et véridiques avec une méfiance qui vexe et offense au plus haut point un cavalier d'honneur.

SIEBENTES KAPITEL

Zweites Seeabenteuer

Im Jahr 1766 schiffte ich mich zu Portsmouth auf einem englischen Kriegsschiffe erster Ordnung, mit hundert Kanonen und vierzehnhundert Mann, nach Nordamerika ein. Ich könnte hier zwar erst noch allerlei, was mir in England begegnet ist, erzählen; ich verspare es aber auf ein anderes Mal. Eins jedoch, welches mir überaus artig vorkam, will ich nur noch im Vorbeigehen mitnehmen. Ich hatte das Vergnügen, den König mit großem Pompe in seinem Staatswagen nach dem Parlament fahren zu sehen. Ein Kutscher mit einem ungemein respektablen Barte, worein das englische Wappen sehr sauber geschnitten war, saß gravitätisch auf dem Bocke und klatschte mit seiner Peitsche ein ebenso deutliches als künstliches[1].

1. Georg Rex.

SEPTIÈME CHAPITRE

Deuxième aventure en mer

En l'an 1766, j'embarquai pour l'Amérique du Nord près de Portsmouth sur un navire de guerre anglais de premier ordre, pourvu de cent canons et de quatre cents hommes. Je pourrais certes commencer par raconter encore toutes sortes de choses qui m'arrivèrent en Angleterre ; mais je le réserve pour une autre fois. Il en est une cependant qui me parut tout à fait gentille et dont je vous ferai simplement part en passant. J'eus un jour le plaisir de voir le roi rouler en grande pompe dans son carrosse d'État, en route vers le Parlement. Un cocher pourvu d'une barbe éminemment respectable, dans laquelle on avait très proprement découpé le blason anglais, était assis de tout son poids sur son siège et dessinait avec les claquements de son fouet un symbole[1] aussi distinct qu'artistique :

1. Les initiales de George Rex.

Anlangend unsere Seereise, so begegnete uns nichts Merkwürdiges, bis wir ohngefähr noch dreihundert Meilen von dem St. Lorenzflusse entfernt waren. Hier stieß das Schiff mit erstaunlicher Gewalt gegen etwas an, das uns wie ein Fels vorkam. Gleichwohl konnten wir, als wir das Senkblei auswarfen, mit fünfhundert Klaftern noch keinen Grund finden. Was diesen Vorfall noch wunderbarer und beinahe unbegreiflich machte, war, daß wir unser Steuerruder verloren, das Bugspriet mitten entzweibrachen und alle unsere Masten von oben bis unten aus zersplitterten, wovon auch zwei über Bord stoben. Ein armer Teufel, welcher gerade oben das Hauptsegel beilegte, flog wenigstens drei Meilen weit vom Schiffe weg, ehe er zu Wasser fiel. Allein er rettete noch dadurch glücklich sein Leben, daß er, während er in der Luft flog, den Schwanz einer Rotgans ergriff, welches nicht nur seinen Sturz in das Wasser milderte, sondern ihm auch Gelegenheit gab, auf ihrem Rücken oder vielmehr zwischen Hals und Fittichen so lange nachzuschwimmen, bis er endlich an Bord genommen werden konnte. Ein anderer Beweis von der Gewalt des Stoßes war dieser, daß alles Volk zwischen den Verdecken empor gegen die Kopfdecke geschnellt ward.

Pour ce qui concerne notre voyage en mer, rien de notable ne nous arriva jusqu'à ce que nous nous trouvions à peu près à trois cents miles du fleuve Saint-Laurent. Là, le navire heurta avec une violence étonnante quelque chose qui nous parut être un rocher. Lorsque nous jetâmes l'ancre, nous ne pûmes cependant pas trouver de fond, même à cinq cents brasses. Ce qui rendit cet incident encore plus étonnant et presque incompréhensible fut le fait que nous avions perdu notre gouvernail et cassé notre beaupré en deux parties égales, que tous nos mâts s'étaient fendus sur toute leur longueur et que deux d'entre eux étaient en outre tombés à la mer. Un pauvre diable qui était justement en train de serrer la grand-voile dans les gréements vola au moins à trois miles de distance du navire avant de tomber à l'eau. S'il en sortit vivant, c'est que pendant son vol il attrapa la queue d'une bernache qui non seulement lui permit d'amortir sa chute dans l'eau, mais lui offrit aussi l'occasion de nager sur son dos, ou plus exactement entre le cou et les ailes, jusqu'à ce qu'on puisse enfin le recueillir à bord du navire. Autre preuve de la violence du choc, tous ceux qui se trouvaient sur les ponts intermédiaires avaient été soulevés jusqu'au plafond.

Mein Kopf ward dadurch ganz in den Magen hinabgepufft, und es dauerte wohl einige Monate, ehe er seine natürliche Stellung wieder bekam. Noch befanden wir uns insgesamt in einem Zustande des Erstaunens und einer allgemeinen unbeschreiblichen Verwirrung, als sich auf einmal alles durch Erscheinung eines großen Walfisches aufklärte, welcher an der Oberfläche des Wassers, sich sömmernd, eingeschlaften war. Dies Ungeheuer war so übel damit zufrieden, daß wir es mit unserm Schiffe gestört hatten, daß es nicht nur mit seinem Schwanze die Galerie und einen Teil des Oberlofs einschlug, sondern auch zu gleicher Zeit den Hauptanker, welcher wie gewöhnlich am Steuer aufgewunden war, zwischen seine Zähne packte und wenigstens sechzig Meilen weit, sechs Meilen auf eine Stunde gerechnet, mit unserm Schiffe davoneilte. Gott weiß, wohin wir gezogen sein würden, wenn nicht noch glücklicherweise das Ankertau zerrissen wäre, wodurch der Walfisch unser Schiff, wir aber auch zugleich unsern Anker verloren. Als wir aber sechs Monate hierauf wieder nach Europa zurücksegelten, so fanden wir ebendenselben Walfisch in einer Entfernung weniger Meilen von ebender Stelle tot auf dem Wasser schwimmen, und er maß ungelogen der Länge nach wenigstens eine halbe Meile.

Ma tête s'était ainsi enfoncée jusque dans mon ventre, et il fallut bien quelques mois pour qu'elle retrouve sa position naturelle. Nous étions tous encore dans un état de stupéfaction et de confusion générale indescriptible lorsque tout s'expliqua d'un seul coup : nous vîmes apparaître une grande baleine qui s'était endormie en prenant le soleil à la surface de l'eau. Ce monstre était si mécontent d'avoir été dérangé par notre bateau que non seulement il enfonça avec sa queue la galerie et une partie du pont supérieur, mais attrapa dans le même temps entre ses dents l'ancre principale, enroulée comme d'habitude au gouvernail, et traîna notre navire sur au moins soixante miles, si l'on estime notre vitesse à six miles par heure. Dieu sait où nous aurions été tirés si, par chance, le cordage de l'ancre n'avait cassé : la baleine perdit ainsi notre navire, et nous notre ancre. Mais lorsque six mois plus tard nous fîmes le trajet du retour vers l'Europe, nous trouvâmes la même baleine qui flottait sur l'eau, morte, à quelques miles du lieu où nous l'avions rencontrée. Sans mentir, elle mesurait bien une demi-lieue de longueur.

Da wir nun von einem so ungeheueren Tiere nur wenig an Bord nehmen konnten, so setzten wir unsre Boote aus, schnitten ihm mit großer Mühe den Kopf ab und fanden zu unserer großen Freude nicht nur unsern Anker, sondern auch über vierzig Klafter Tau, welches auf der linken Seite seines Rachens in einem hohlen Zahne steckte. Dies war der einzige besondere Umstand, der sich auf dieser Reise zutrug. Doch halt! eine Fatalität hätte ich beinahe vergessen. Als nämlich das erstemal der Walfisch mit dem Schiffe davonschwamm, so bekam das Schiff einen Leck, und das Wasser drang so heftig herein, daß alle unsere Pumpen uns keine halbe Stunde vor dem Sinken hätten bewahren können. Zum guten Glück entdeckte ich das Unheil zuerst. Es war ein großes Loch, ohngefähr einen Fuß im Durchmesser. Auf allerlei Weise versuchte ich es, das Loch zu verstopfen, allein umsonst. Endlich rettete ich dies schöne Schiff und alle seine zahlreiche Mannschaft durch den glücklichsten Einfall von der Welt. Ob das Loch gleich so groß war, so füllte ichs dennoch mit meinem Liebwertesten aus, ohne meine Beinkleider abzuziehen; und ich würde ausgelanget haben, wenn auch die Öffnung noch viel größer gewesen wäre. Sie werden sich darüber nicht wundern, meine Herren, wenn ich Ihnen sage, daß ich auf beiden Seiten von holländischen, wenigstens westfälischen Vorfahren abstamme.

Comme nous ne pouvions prendre à notre bord qu'une petite partie d'un animal aussi monstrueux, nous mîmes nos canots à l'eau, nous lui coupâmes la tête à grand-peine et fûmes fort heureux de retrouver non seulement notre ancre, mais aussi plus de quarante brasses de cordage enroulé dans une dent creuse, sur le côté gauche de sa gueule. Ce fut la seule circonstance particulière de ce voyage. Mais un instant ! J'avais presque oublié un événement fatal. Lorsque, la première fois, la baleine partit avec le navire, celui-ci subit une avarie à la coque et l'eau pénétra à l'intérieur avec une telle force que toutes nos pompes n'auraient pu nous éviter de couler en moins d'une demi-heure. Par chance, je fus le premier à découvrir le désastre. C'était un grand trou d'à peu près un pied de diamètre. Je tentai de le boucher par toutes sortes de moyens, mais en vain. Je sauvai enfin ce beau navire et son nombreux équipage grâce à la plus heureuse idée du monde. Puisque le trou était aussi grand, je le remplis avec ce que j'avais de plus précieux sans même ôter mon pantalon ; et j'y serais même parvenu si l'orifice avait été bien plus grand encore. Vous ne vous étonnerez pas, Messieurs, si je vous dis que j'ai de père et de mère des ancêtres hollandais, ou du moins westphaliens.

Meine Situation, solange ich auf der Brille saß, war zwar ein wenig kühl, indessen ward ich doch bald durch die Kunst des Zimmermannes erlöset.

Ma situation, tant que je fus assis sur la lunette, était certes un peu fraîche, mais le savoir-faire du charpentier m'en délivra bientôt.

ACHTES KAPITEL

Drittes Seeabenteuer

Einst war ich in großer Gefahr, im Mittelländischen Meere umzukommen. Ich badete mich nämlich an einem Sommernachmittage ohnweit Marseille in der angenehmen See, als ich einen großen Fisch mit weit aufgesperrtem Rachen in der größten Geschwindigkeit auf mich daherschießen sah. Zeit war hier schlechterdings nicht zu verlieren, auch war es durchaus unmöglich, ihm zu entkommen. Unverzüglich drückte ich mich so klein zusammen als möglich, indem ich meine Füße herauszog und die Arme dicht an den Leib schloß. In dieser Stellung schlüpfte ich denn gerade zwischen seinen Kiefern hindurch bis in den Magen hinab. Hier brachte ich, wie man leicht denken kann, einige Zeit in gänzlicher Finsternis, aber doch in einer nicht unbehaglichen Wärme zu. Da ich ihm nach und nach Magendrücken verursachen mochte, so wäre er mich wohl gern wieder los gewesen.

HUITIÈME CHAPITRE

Troisième aventure en mer

Je fus jadis à deux doigts de mourir en mer Méditerranée. Je me baignais en effet par un après-midi d'été, non loin de Marseille, dans cette mer agréable, lorsque je vis un grand poisson foncer sur moi à toute vitesse, la gueule grande ouverte. Il n'y avait pas de temps à perdre, mais il était de toute façon parfaitement impossible de lui échapper. Je me fis immédiatement aussi mince que possible en étirant mes pieds et en serrant les bras contre mon corps. Dans cette position, je me faufilai tout droit entre ses mâchoires et jusqu'à son estomac. J'y passai, on s'en doute, quelque temps dans une obscurité totale, mais dans une chaleur qui n'était pas désagréable. Je lui causai sans doute peu à peu une certaine pression gastrique, et il se serait sans doute volontiers débarrassé de moi.

Weil es mir gar nicht an Raume fehlte, so spielte ich ihm durch Tritt und Schritt, durch Hopp und He gar manchen Possen. Nichts schien ihn aber mehr zu beunruhigen als die schnelle Bewegung meiner Füße, da ichs versuchte, einen schottischen Triller zu tanzen. Ganz entsetzlich schrie er auf und erhob sich fast senkrecht mit seinem halben Leibe aus dem Wasser. Hierdurch ward er aber von dem Volke eines vorbeisegelnden italienischen Kauffahrteischiffes entdeckt und in wenigen Minuten mit Harpunen erlegt. Sobald er an Bord gebracht war, hörte ich das Volk sich beratschlagen, wie sie ihn aufschneiden wollten, um die größte Quantität Öl von ihm zu gewinnen. Da ich nun Italiänisch verstand, so geriet ich in die schrecklichste Angst, daß ihre Messer auch mich par compagnie mit aufschneiden möchten. Daher stellte ich mich so viel wie möglich in die Mitte des Magens, worin für mehr als ein Dutzend Mann hinlänglich Platz war, weil ich mir wohl einbilden konnte, daß sie mit den Extremitäten den Anfing machen würden. Meine Furcht verschwand indessen bald, da sie mit Eröffnung des Unterleibes anfingen. Sobald ich nun nur ein wenig Licht schimmern sah, schrie ich ihnen aus voller Lunge entgegen, wie angenehm es mir wäre, die Herren zu sehen und durch sie aus einer Lage erlöset zu werden, in welcher ich beinahe erstickt wäre.

Comme je ne manquais pas du tout d'espace, je lui fis quelques plaisanteries en sautant, en tapant, en bondissant dans tous les sens. Mais rien ne parut plus l'inquiéter que le mouvement rapide de mes pieds au moment où je tentai de danser une gigue écossaise. Il poussa un cri épouvantable et souleva la moitié de son corps presque à la verticale hors de l'eau. Mais cela lui valut d'être découvert par l'équipage d'un navire italien de commerce qui passait par là, et de se retrouver harponné au bout de quelques minutes. Dès qu'il fut hissé à bord, j'entendis l'équipage se demander comment ils allaient le découper pour en tirer la plus grande quantité d'huile possible. Comme je comprenais l'italien, je fus pris d'une terrible peur que leurs couteaux ne me découpent aussi *par compagnie*. Imaginant qu'ils allaient commencer par les extrémités, je me plaçai donc autant que possible au milieu de l'estomac, où l'on aurait logé une bonne douzaine d'hommes. Ma peur se dissipa toutefois rapidement : ils s'attaquèrent d'abord au bas-ventre. Dès que je vis briller un peu de lumière, je criai de toutes mes forces à ces messieurs qu'il me serait très agréable de les voir et d'être libéré par eux d'une situation où j'étais à deux doigts d'étouffer.

Unmöglich läßt sich das Erstaunen auf allen Gesichtern lebhaft genug schildern, als sie eine Menschenstimme aus einem Fische heraus vernahmen. Dies wuchs natürlicherweise noch mehr, als sie lang und breit einen nackenden Menschen herausspazieren sahen. Kurz, meine Herren, ich erzählte ihnen die ganze Begebenheit, so wie ich sie Ihnen jetzt erzählt habe, worüber sie sich denn alle fast zu Tode verwundern wollten.

Nachdem ich einige Erfrischungen zu mir genommen hatte und in die See gesprungen war, um mich abzuspülen, schwamm ich nach meinen Kleidern, welche ich auch am Ufer ebenso wiederfand, als ich sie gelassen hatte. Soviel ich rechnen konnte, war ich ohngefähr drittehalb Stunden in dem Magen dieser Bestie eingekerkert gewesen.

On ne saurait décrire avec une vivacité suffisante l'étonnement qu'on lut sur tous leurs visages au moment où ils entendirent une voix humaine retentir dans les entrailles d'un poisson. Cette stupéfaction prit bien sûr de plus grandes proportions encore au moment où ils en virent sortir un homme parfaitement nu. Bref, Messieurs, je leur racontai toute l'affaire telle que je viens de vous la narrer, ce qui les fit presque tous mourir d'étonnement.

Après avoir pris quelques rafraîchissements et avoir plongé dans la mer pour me rincer, je nageai pour récupérer mes habits, que je retrouvai sur le rivage tels que je les avais laissés. Pour autant qu'il m'était possible de le compter, j'avais passé à peu près deux heures et demie enfermé dans le ventre de cette bête.

NEUNTES KAPITEL

Viertes Seeabenteuer

Als ich noch in türkischen Diensten war, belustigte ich mich öfters in einer Lustbarke auf dem Mare di Marmora, von wo man die herrlichste Aussicht auf ganz Konstantinopel, das Seraglio des Großsultans mit eingeschlossen, beherrschet. Eines Morgens, als ich die Schönheit und Heiterkeit des Himmels betrachtete, bemerkte ich ein rundes Ding, ohngefähr wie eine Billardkugel groß, in der Luft, von welchem noch etwas anderes herunterhing. Ich griff sogleich nach meiner besten und längsten Vogelflinte, ohne welche, wenn ichs ändern kann, ich niemals ausgehe oder ausreise, lud sie mit einer Kugel und feuerte nach dem runden Dinge in der Luft; allein umsonst. Ich wiederholte den Schuß mit zwei Kugeln, richtete aber noch nichts aus. Erst der dritte Schuß, mit vier oder fünf Kugeln, machte an einer Seite ein Loch und brachte das Ding herab.

NEUVIÈME CHAPITRE

Quatrième aventure en mer

Lorsque j'étais encore au service des Turcs, je m'amusais assez souvent à bord d'une embarcation de plaisance sur la mer de Marmara, d'où l'on avait la plus belle vue sur tout Constantinople, y compris le sérail du grand sultan. Un matin où je contemplais la beauté et la sérénité du ciel, je remarquai en l'air une chose ronde, à peu près de la taille d'une boule de billard et à laquelle pendait un autre objet. Je saisis aussitôt la meilleure et la plus longue de mes carabines à oiseaux sans laquelle je ne sors ni ne voyage jamais si je le peux ; j'y chargeai une balle et tirai en direction de cette chose ronde et aérienne ; mais ce fut en vain. Je répétai le coup de feu, cette fois avec deux balles, mais rien n'y fit non plus. Seul le troisième tir, avec quatre ou cinq balles, perça un trou dans l'objet et le fit descendre.

Stellen Sie sich meine Verwunderung vor, als ein niedlich vergoldeter Wagen, hängend in einem ungeheueren Ballon, größer als die größte Turmkuppel im Umfange, ohngefähr zwei Klafter weit von meiner Barke heruntersank. In dem Wagen befand sich ein Mann und ein halbes Schaf, welches gebraten zu sein schien. Sobald sich mein erstes Erstaunen gelegt hatte, schloß ich mit meinen Leuten um diese seltsame Gruppe einen dichten Kreis.

Dem Manne, der wie ein Franzose aussah, welches er denn auch war, hingen aus jeder Tasche ein paar prächtige Uhrketten mit Berlocken, worauf, wie mich dünkt, große Herren und Damen abgemalt waren. Aus jedem Knopfloche hing ihm eine goldene Medaille, wenigstens hundert Dukaten am Wert, und an jeglichem seiner Finger steckte ein kostbarer Ring mit Brillanten. Seine Rocktaschen waren mit vollen Goldbörsen beschwert, die ihn fast zur Erde zogen. Mein Gott, dachte ich, der Mann muß dem menschlichen Geschlechte außerordentlich wichtige Dienste geleistet haben, daß die großen Herren und Damen ganz wider ihre heutzutage so allgemeine Knickernatur ihn so mit Geschenken, die es zu sein schienen, beschweren konnten. Bei allem dem befand er sich denn doch gegenwärtig von dem Falle so übel, daß er kaum imstande war, ein Wort hervorzubringen. Nach einiger Zeit erholte er sich wieder und stattete mir folgenden Bericht ab.

Imaginez-vous ma surprise lorsqu'un joli carrosse doré, suspendu à un monstrueux ballon dont le volume dépassait celui de la plus grande coupole, descendit à environ deux brasses de ma barque. Dans la voiture se trouvaient un homme et un demi-mouton qu'on avait visiblement fait rôtir. Dès que mon premier mouvement d'étonnement se fut dissipé, je disposai mes hommes en cercle serré autour de ce groupe étrange.

Des poches de l'homme, qui avait l'air d'un Français et l'était effectivement, pendaient quelques splendides chaînes de montre ornées de breloques où, me semble-t-il, étaient représentés de grands seigneurs et de grandes dames. Il portait à chaque boutonnière une médaille en or valant au moins cent ducats et à chacun de ses doigts une bague précieuse avec des brillants. Des bourses d'or pleines alourdissaient les poches de sa veste au point de la faire traîner par terre. Mon Dieu, me dis-je, cet homme-là a dû rendre des services extraordinairement importants au genre humain pour que ces grands seigneurs et ces grandes dames, tout au contraire de leur nature généralement avare, puissent le lester ainsi avec ce qui ressemblait à des cadeaux. Malgré tout cela, la chute l'avait cependant mis dans un tel état qu'il était à peine capable de produire un mot. Au bout de quelque temps, il se remit et me fit le récit suivant :

»Dieses Luftfuhrwerk hatte ich zwar nicht Kopf und Wissenschaft genug selbst zu erfinden, dennoch aber mehr denn überflüssige Luftspringer- und Seiltänzerwaghalsigkeit zu besteigen und darauf mehrmalen in die Luft emporzufahren. Vor ohngefähr sieben oder acht Tagen — denn ich habe meine Rechnung verloren — erhob ich mich damit auf der Landspitze von Cornwall in England und nahm ein Schaf mit, um von oben herab vor den Augen vieler tausend Nachgaffer Kunststücke damit zu machen. Unglücklicherweise drehte sich der Wind innerhalb zehn Minuten nach meinem Hinaufsteigen; und anstatt mich nach Exeter zu treiben, wo ich wieder zu landen gedachte, ward ich hinaus nach der See getrieben, über welcher ich auch vermutlich die ganze Zeit her in der unermeßlichen Höhe geschwebet habe.

»Es war gut, daß ich zu meinem Kunststückchen mit dem Schafe nicht hatte gelangen können. Denn am dritten Tage meiner Luftfahrt wurde mein Hunger so groß, daß ich mich genötigt sah, das Schaf zu schlachten. Als ich nun damals unendlich hoch über dem Monde war und nach einer sechzehnstündigen noch weitern Auffahrt endlich der Sonne so nahe kam, daß ich mir die Augenbrauen versengte, so legte ich das tote Schaf, nachdem ich es vorher abgehäutet,

«Je n'avais certes ni l'esprit ni la science suffisants pour inventer moi-même cet aéronef, mais plus d'audace que les acrobates et autres funambules pour y monter et m'envoler avec lui à plusieurs reprises. Il y a environ sept ou huit jours — je ne sais plus bien où j'en suis —, je me suis élevé avec lui sur la pointe de Cornouailles, en Angleterre, et j'ai emporté un mouton pour me livrer, d'en haut, à quelques tours de force devant plusieurs milliers de badauds. Hélas, le vent tourna dans les dix minutes qui suivirent ma montée ; et au lieu de me pousser vers Exeter, où je comptais de nouveau atterrir, il m'emporta vers la mer au-dessus de laquelle j'ai sans doute aussi volé tout ce temps à une hauteur incalculable.

«C'était une bonne chose que je n'aie pu réussir mon petit tour de passe-passe avec le mouton. Au troisième jour de mon vol, ma faim devint en effet si grande que je me vis contraint d'abattre l'animal. Alors que j'étais à l'époque à une altitude infiniment supérieure à celle de la Lune, et tandis qu'après une nouvelle montée de seize heures le soleil était si proche qu'il me roussissait les sourcils, je posai le mouton mort, préalablement décapité,

an denjenigen Ort im Wagen, wo die Sonne die meiste Kraft hatte oder, mit andern Worten, wo der Ballon keinen Schatten hinwarf, auf welche Weise es denn in ohngefähr drei Viertel Stunden völlig gar briet. Von diesem Braten habe ich die ganze Zeit her gelebt.«

Hier hielt mein Mann ein und schien sich in Betrachtung der Gegenstände um ihn her zu vertiefen. Als ich ihm sagte, daß die Gebäude da vor uns das Seraglio des Großherrn zu Konstantinopel wären, so schien er außerordentlich bestürzt, indem er sich ganz woanders zu befinden geglaubt hatte. »Die Ursache meines langen Fluges«, fügte er endlich hinzu, »war, daß mir ein Faden zerriß, der an einer Klappe in dem Luftballe saß und dazu diente, die inflammable Luft herauszulassen. Wäre nun nicht auf den Ball gefeuert und derselbe dadurch aufgerissen worden, so möchte er wohl wie Mahomet bis an den jüngsten Tag zwischen Himmel und Erde geschwebt haben.« Den Wagen schenkte er hierauf großmütig meinem Bootsmanne, der hinten am Steuer stand. Den Hammelbraten warf er ins Meer. Was aber den Luftball anlangte, so war der von dem Schaden, welchen ich ihm zugefügt hatte, im Herabfallen vollends ganz und gar zu Stücken zerrissen.

à l'endroit du carrosse où le soleil frappait le plus fort — en d'autres termes, là où le ballon ne projetait pas son ombre. Trois quarts d'heure suffirent à le faire cuire. Ce rôti a assuré ma subsistance pendant tout ce temps. »

À cet instant, mon homme s'arrêta et sembla se plonger dans la contemplation des objets qui l'entouraient. Lorsque je lui dis que nous nous trouvions face au sérail du grand seigneur de Constantinople, il parut consterné. Il pensait être arrivé en un tout autre lieu. « La cause de mon long vol, ajouta-t-il enfin, a été la rupture d'un fil attaché à un clapet du ballon, lequel servait à laisser s'échapper l'air inflammable. Si l'on n'avait pas tiré sur le ballon et si celui-ci n'avait pas été déchiré, il aurait sans doute volé entre ciel et terre, comme Mahomet, jusqu'au jugement dernier. » Sur ce, il offrit magnanimement le carrosse à mon second maître qui se tenait derrière, au gouvernail. Il jeta le rôti d'agneau à la mer. Quant au ballon gonflable, les dommages que je lui avais causés et la chute qui s'était ensuivie l'avaient réduit en lambeaux.

ZEHNTES KAPITEL

Fünftes Seeabenteuer

Da wir noch Zeit haben, meine Herren, eine frische Flasche auszutrinken, so will ich Ihnen noch eine andere sehr seltsame Begebenheit erzählen, die mir wenige Monate vor meiner letzten Rückreise nach Europa begegnete. Der Großherr, welchem ich durch die römisch-russisch-kaiserlichen wie auch französischen Botschafter vorgestellet worden war, bediente sich meiner, ein Geschäft von großer Wichtigkeit zu Großkairo zu betreiben, welches zugleich so beschaffen war, daß es immer und ewig ein Geheimnis bleiben mußte.

Ich reisete mit großem Pompe in einem sehr zahlreichen Gefolge zu Lande ab. Unterweges hatte ich Gelegenheit, meine Dienerschaft mit einigen sehr brauchbaren Subjekten zu vermehren.

DIXIÈME CHAPITRE

Cinquième aventure en mer

Puisque nous avons encore le temps, Messieurs, de boire une bouteille bien fraîche, je m'en vais vous raconter un autre épisode très étrange survenu quelques mois avant mon dernier retour en Europe. Le grand seigneur auquel m'avaient présenté les ambassadeurs de Rome et de Russie, mais aussi de France, se servit de moi pour mener à bien au Grand Caire une affaire de la plus haute importance qui devait en outre demeurer à tout jamais secrète.

Je voyageai en grande pompe et avec une escorte très nombreuse. J'eus en chemin l'occasion d'ajouter au nombre de mes serviteurs trois ou quatre sujets dont je pouvais faire bon usage.

Denn als ich kaum einige Meilen weit von Konstantinopel entfernt sein mochte, sah ich einen kleinlichen, schmächtigen Menschen mit großer Schnelligkeit querfeldein daherlaufen, und gleichwohl trug das Männchen an jedem Beine ein bleiernes Gewicht, an die fünfzig Pfund schwer. Verwunderungsvoll über diesen Anblick rief ich ihn an und fragte: »Wohin, wohin so schnell, mein Freund? Und warum erschwerst du dir deinen Lauf durch eine solche Last?« »Ich lief«, versetzte der Läufer, »seit einer halben Stunde aus Wien, wo ich bisher bei einer vornehmen Herrschaft in Diensten stand und heute meinen Abschied nahm. Ich gedenke nach Konstantinopel, um daselbst wieder anzukommen. Durch die Gewichte an meinen Beinen habe ich meine Schnelligkeit, die jetzt nicht nötig ist, ein wenig mindern wollen. Denn Moderata durant, pflegte weiland mein Präzeptor zu sagen.« — Dieser Asahel gefiel mir nicht übel; ich fragte ihn, ob er bei mir in Dienst treten wollte, und er war dazu bereit. Wir zogen hierauf weiter durch manche Stadt, durch manches Land. Nicht fern vom Wege auf einem schönen Grasrain lag mäuschenstill ein Kerl, als ob er schliefe. Allein das tat er nicht. Er hielt vielmehr sein Ohr so aufmerksam zur Erde, als hätte er die Einwohner der untersten Hölle behorchen wollen. — »Was horchst du da, mein Freund?«

Quelques lieues à peine me séparaient de Constantinople lorsque je vis filer à travers champs un homme petit et chétif, mais qui portait à chaque jambe un poids en plomb d'une cinquantaine de livres. Profondément étonné par ce spectacle, je l'appelai et demandai : « Mais où vas-tu, où vas-tu donc si vite, mon ami ? Et pourquoi alourdis-tu ta course par un tel poids ? » « Il y a une demi-heure », répondit le coureur, « j'étais encore à Vienne où je servais, jusqu'à ce jour, un illustre seigneur auquel j'ai donné mon congé ce matin. Je compte me rendre à Constantinople avant de revenir. Si je me suis mis des poids aux jambes, c'est que j'ai voulu atténuer un peu ma vitesse, qui n'est pas nécessaire aujourd'hui. *Moderata durant*, avait coutume de dire mon précepteur. » — Cet Asahel[1] ne me déplut point ; je lui demandai s'il voulait entrer à mon service et il accepta. Sur ce, nous continuâmes notre trajet, franchissant bien des villes et bien des pays. Non loin du chemin, sur une belle surface d'herbe, nous vîmes un gaillard parfaitement immobile qui semblait dormir. Mais tel n'était pas le cas. Il tenait en réalité son oreille contre la terre, aussi attentivement que s'il avait voulu épier les habitants du dernier cercle de l'enfer. « Qu'écoutes-tu donc là, mon ami ? »

1. Personnage de la Bible, « agile à la course comme une gazelle sauvage » (Samuel, 2,2). (*N.d.T.*)

— »Ich horche da zum Zeitvertreibe auf das Gras und höre, wie es wächst.« — »Und kannst du das?« — »O Kleinigkeit!« »So tritt in meine Dienste, Freund, wer weiß, was es bisweilen nicht zu horchen geben kann.« — Mein Kerl sprang auf und folgte mir. Nicht weit davon auf einem Hügel stand mit angelegtem Gewehr ein Jäger und knallte in die blaue, leere Luft. — »Glück zu, Glück zu, Herr Weidmann! Doch wonach schießest du? Ich sehe nichts als blaue, leere Luft.« — »O, ich versuchte nur dies neue Kuchenreutersche Gewehr. Dort auf der Spitze des Münsters zu Straßburg saß ein Sperling, den schoß ich eben jetzt herab.« Wer meine Passion für das edle Weid- und Schützenwerk kennt, den wird es nicht wundernehmen, daß ich dem vortrefflichen Schützen sogleich um den Hals fiel. Daß ich nichts sparte, auch ihn in meine Dienste zu ziehen, versteht sich von selbst. Wir zogen darauf weiter durch manche Stadt, durch manches Land und kamen endlich vor dem Berge Libanon vorbei. Daselbst vor einem großen Zedernwalde stand ein derber, untersetzter Kerl und zog an einem Stricke, der um den ganzen Wald herumgeschlungen war. »Was ziehst du da, mein Freund?« fragte ich den Kerl. — »O, ich soll Bauholz holen und habe meine Axt zu Hause vergessen. Nun muß ich mir so gut helfen, als es angehen will.«

« Eh bien, pour passer le temps, j'écoute l'herbe qui pousse. » « Et tu y parviens ? » « Sans la moindre difficulté ! » « Dans ce cas, entre à mon service, mon ami, il est parfois bien utile d'écouter les choses ! » Mon gaillard sauta sur ses jambes et me suivit. Non loin de là, sur une colline, un chasseur se tenait l'arme à l'épaule et tirait dans le ciel bleu et vide. « Bonne chance, bonne chance, ô chasseur ! Mais sur quoi tires-tu ? Je ne vois que le ciel bleu et vide. » « Oh, j'essayais seulement ce nouveau fusil de chez Kuchenreuter[1]. Là-bas, au sommet de la cathédrale de Strasbourg, était perché un moineau que je viens d'abattre. » Quand on connaît ma passion pour le noble art de la chasse et des armes, on ne s'étonnera pas que j'aie immédiatement sauté au cou de cet admirable tireur. Il va de soi que je ne manquai pas non plus de le prendre à mon service. Sur ce, nous continuâmes à traverser bien des villes et bien des pays, et nous passâmes enfin devant le mont Liban. Là, face à une grande forêt de cèdres, se tenait un gaillard vigoureux et trapu qui tirait sur une corde enroulée autour de toute la forêt. « Que tires-tu là, mon ami ? » demandai-je au bonhomme. « Oh, je dois rapporter du bois de charpente et j'ai oublié ma hache à la maison. Alors je me débrouille comme je peux. »

1. Célèbre armurier allemand. (*N.d.T.*)

Mit diesen Worten zog er in einem Ruck den ganzen Wald, bei einer Quadratmeile groß, wie einen Schilfbusch vor meinen Augen nieder. Was ich tat, das läßt sich raten. Ich hätte den Kerl nicht fahren lassen, und hätte er mir meinen ganzen Ambassadeurgehalt gekostet. Als ich hierauf fürbaß und endlich auf ägyptischen Grund und Boden kam, erhob sich ein so ungeheuerer Sturm, daß ich mit allen meinen Wagen, Pferden und Gefolge schier umgerissen und in die Luft davongeführt zu werden fürchtete. Zur linken Seite unseres Weges standen sieben Windmühlen in einer Reihe, deren Flügel so schnell um ihre Achsen schwirrten als ein Rückenspindel der schnellsten Spinnerin. Nicht weit davon zur Rechten stand ein Kerl von Sir John Falstaffs Korpulenz und hielt sein rechtes Nasenloch mit seinem Zeigefinger zu. Sobald der Kerl unsere Not und uns so kümmerlich in diesem Sturme haspeln sah, drehete er sich halb um, machte Fronte gegen uns und zog ehrerbietig, wie ein Musketier vor seinem Obersten, den Hut vor mir ab. Auf einmal regte sich kein Lüftchen mehr, und alle sieben Windmühlen standen plötzlich still. Erstaunt über diesen Vorfall, der nicht natürlich zuzugehen schien, schrie ich dem Unhold zu: »Kerl, was ist das? Sitzt dir der Teufel im Leibe, oder bist du der Teufel selbst?« — »Um Vergebung, Ihro Exzellenz!«, antwortete mir der Mensch;

Sur ces mots, il abattit sous mes yeux d'un seul coup toute la forêt, qui devait mesurer une lieue au carré, comme s'il s'était agi d'un buisson de roseaux. On devine ce que je fis. Je n'aurais pas laissé filer cet homme, m'eût-il coûté tous mes émoluments d'ambassadeur. Lorsque j'arrivai enfin sur le sol égyptien se leva une tempête si monstrueuse que je craignis d'être arraché au sol et emporté dans les cieux avec tous mes carrosses, mes chevaux et mon escorte. Sur le côté gauche de notre chemin étaient alignés sept moulins à vent dont les ailes tournaient sur leur axe aussi vite que le fuseau de la plus rapide des fileuses. Non loin de là, à notre droite, se trouvait un bonhomme ayant la corpulence de sir John Falstaff, qui fermait sa narine droite avec son index. Dès que le gaillard eut compris notre détresse et nous eut vus si misérablement secoués par cette tempête, il se retourna et tira respectueusement son chapeau devant moi, comme un mousquetaire devant son colonel. D'une seconde à l'autre, il n'y eut plus le moindre petit souffle de vent et les sept moulins s'arrêtèrent subitement. Étonné de cet épisode qui ne semblait rien avoir de naturel, je criai à ce monstre : « Bonhomme, de quoi s'agit-il ? As-tu le diable au corps, ou bien es-tu le diable en personne ? » « Pardonnez-moi, Votre Excellence ! » me répondit ce personnage.

»ich mache da nur meinem Herrn, dem Windmüller, ein wenig Wind. Um nun die sieben Windmühlen nicht ganz und gar umzublasen, mußte ich mir wohl das eine Nasenloch zuhalten.« — Ei, ein vortreffliches Subjekt! dachte ich in meinem stillen Sinn. Der Kerl läßt sich gebrauchen, wenn du dereinst zu Hause kommst und dirs an Atem fehlt, alle die Wunderdinge zu erzählen, die dir auf deinen Reisen zu Land und Wasser aufgestoßen sind. Wir wurden daher bald des Handels eins. Der Windmacher ließ seine Mühlen stehen und folgte mir.

Nachgerade wars nun Zeit, in Großkairo anzulangen. Sobald ich daselbst meinen Auftrag nach Wunsch ausgerichtet hatte, gefiel es mir, mein ganzes unnützes Gesandtengefolge außer meinen neuangenommenen nützlichern Subjekten zu verabschieden und mit diesen als ein bloßer Privatmann zurückzureisen. Da nun das Wetter gar herrlich und der berufene Nilstrom über alle Beschreibung reizend war, so geriet ich in Versuchung, eine Barke zu mieten und bis Alexandrien zu Wasser zu reisen. Das ging nun ganz vortrefflich bis in den dritten Tag. Sie haben, meine Herren, vermutlich schon mehrmals von den jährlichen Überschwemmungen des Nils gehört. Am dritten Tage, wie gesagt, fing der Nil ganz unbändig an zu schwellen, und am folgenden Tage war links und rechts das ganze Land viele Meilen weit und breit überschwemmet.

« Je fais juste un peu de vent à mon seigneur, le meunier. Mais pour ne pas soulever les sept moulins de terre, j'ai dû me boucher une narine. » Voilà un admirable sujet ! me dis-je en mon for intérieur. Cet homme te prêtera main-forte quand tu reviendras chez toi, si tu manques de souffle pour raconter toutes les choses merveilleuses qui te sont arrivées lors de tes voyages par les terres et par les eaux. Nous ne tardâmes donc pas à conclure l'affaire. Le faiseur de vent abandonna ses moulins et me suivit.

Nous eûmes tout juste le temps d'arriver au Grand Caire. Dès que j'y eus rempli ma mission comme on me l'avait demandé, il me plut de congédier toute mon escorte d'ambassadeur, devenue inutile, hormis mes nouveaux sujets plus précieux que les précédents, et de revenir avec ceux-ci en simple particulier. Comme le climat était magnifique et que le Nil était plus charmant que toutes les descriptions qu'on en avait faites, je fus tenté de louer une barque et de rejoindre Alexandrie par la voie des eaux. Tout alla pour le mieux jusqu'au troisième jour. Vous avez sans doute, Messieurs, déjà entendu parler à plusieurs reprises des crues annuelles du Nil. Le troisième jour, donc, celui-ci se mit à enfler de manière incontrôlable, et le lendemain tout le pays était inondé sur quatre lieues des deux côtés du fleuve.

Am fünften Tage nach Sonnenuntergang verwickelte sich meine Barke auf einmal in etwas, das ich für Ranken und Strauchwerk hielt. Sobald es aber am nächsten Morgen heller ward, fand ich mich überall von Mandeln umgeben, welche vollkommen reif und ganz vortrefflich waren. Als wir das Senkblei auswarfen, fand sich, daß wir wenigstens sechzig Fuß hoch über dem Boden schwebten und schlechterdings weder vor noch rückwärts konnten. Ohngefähr gegen acht oder neun Uhr, soviel ich aus der Höhe der Sonne abnehmen konnte, erhob sich plötzlicher Wind, der unsere Barke ganz auf eine Seite umlegte. Hierdurch schöpfte sie Wasser, sank unter, und ich hörte und sah in langer Zeit nichts wieder davon, wie Sie gleich vernehmen werden. Glücklicherweise retteten wir uns insgesamt, nämlich acht Männer und zwei Knaben, indem wir uns an den Bäumen festhielten, deren Zweige zwar für uns, allein nicht für die Last unserer Barke hinreichten. In dieser Situation verblieben wir drei Wochen und drei Tage und lebten ganz allein von Mandeln. Daß es am Trunk nicht fehlte, verstehet sich von selbst. Am zweiundzwanzigsten Tage unsers Unsterns fiel das Wasser wieder ebenso schnell, als es gestiegen war; und am sechsundzwanzigsten konnten wir wieder auf terra firma fußen.

Le cinquième jour, après le coucher du soleil, ma barque s'empêtra tout d'un coup dans quelque chose que je pris pour des lianes et des buissons. Mais dès que la clarté revint, le lendemain matin, je me vis entouré d'amandes parfaitement mûres et tout à fait exquises. Lorsque nous jetâmes l'ancre, il s'avéra que nous nous trouvions au moins soixante pieds au-dessus du sol et que nous ne pouvions plus ni avancer ni reculer. Vers huit ou neuf heures environ, à en juger par le niveau du soleil, se leva subitement un vent qui coucha entièrement notre barque sur un flanc. Elle prit l'eau et coula ; je n'en eus plus aucune nouvelle pendant longtemps, ni par l'ouïe ni par la vue, comme vous allez le voir tout de suite. Fort heureusement, nous nous sauvâmes tous — huit hommes et deux enfants —, en nous accrochant aux arbres dont les branches suffirent à nous retenir, mais pas à soutenir le poids de notre barque. Nous restâmes dans cette situation trois semaines et trois jours, en vivant exclusivement d'amandes. Dans notre situation, on s'en doute, nous ne risquions pas de mourir de soif. Au vingt-deuxième jour de notre malheur, l'eau retomba aussi vite qu'elle était montée : et le vingt-sixième, nous pûmes remettre le pied sur la terre ferme.

Unsere Barke war der erste angenehme Gegenstand, den wir erblickten. Sie lag ohngefähr zweihundert Klafter weit von dem Orte, wo sie gesunken war. Nachdem wir nun alles, was uns nötig und nützlich war, an der Sonne getrocknet hatten, so versahen wir uns mit den Notwendigkeiten aus unserm Schiffsvorrat und machten uns auf, unsere verlorene Straße wieder zu gewinnen. Nach der genauesten Berechnung fand sich, daß wir an die hundertundfünfzig Meilen weit über Gartenwände und mancherlei Gehege hinweggetrieben waren. In sieben Tagen erreichten wir den Fluß, der nun wieder in seinem Bette strömte, und erzählten unser Abenteuer einem Bei. Liebreich half dieser allen unsern Bedürfnissen ab und sendete uns in einer von seinen eigenen Barken weiter. In ohngefähr sechs Tagen langten wir zu Alexandrien an, allwo wir uns nach Konstantinopel einschifften. Ich wurde von dem Großherrn überaus gnädig empfangen und hatte die Ehre, seinen Harem zu sehen, wo seine Hoheit selbst mich hineinzuführen und so viele Damen, selbst die Weiber nicht ausgenommen, anzubieten geruhten, als ich mir nur immer zu meinem Vergnügen auslesen wollte.

Mit meinen Liebesabenteuern pflege ich nie großzutun, daher wünsche ich Ihnen, meine Herren, jetzt insgesamt eine angenehme Ruhe.

1 *Münchhausen raconte ses aventures*, gravure d'après un dessin de Wilhelm von Breitschwert, in *Illustrierte Zeitung*, Leipzig, 1867. Collection Archiv für Kunst und Geschichte, Berlin.

2 Portrait anonyme de l'illustre menteur Karl Friedrich Hiéronymus, baron de Münchhausen, 1750, localisation inconnue.

« Si j'en juge à vos yeux, Messieurs, je serais fatigué de vous raconter les singulières aventures de mon existence avant que vous ne le soyez de m'écouter. [...] Si l'envie vous ne prend, écoutez donc encore une histoire dont la véracité est égale à celles des dernières mais qui les dépasse peut-être encore par son caractère étrange et merveilleux. »

Münchhausen
G. Franz.
Stuttgart, Verlag v. F. Loewe (W. Effenber

« Nous avions voyagé six semaines durant au-dessus des nuages lorsque nous découvrîmes un grand pays rond et brillant, une sorte d'île scintillante. »

4

« ... je laisse quiconque a le moindre doute libre de se rendre lui-même sur la Lune et de se persuader que peu d'autres voyageurs, sans doute, ont été aussi fidèles que moi à la vérité. »

5

3 *Münchhausen fait nettoyer la lune,* chromolithographie de Gottfried Franz, 1895. Collection Archiv für Kunst und Geschichte, Berlin.

4 *Münchhausen grimpe sur la lune,* chromolithographie d'E. Bichard, 1883.

5 *Histoires et Aventures du Baron de Münchhausen (ou baron de Krack),* Paris, 1890, illustrations de Albert Robida. Collection Jonas, Paris.

6

7

6 *Münchhausen s'envole porté par les oies*, gravure de Schrœdter d'après Yan Dargent, XIXe siècle.

7 *Les Aventures du Baron de Münchhausen*, traduction de Théophile Gautier, illustrations de Gustave Doré, 1862, frontispice de l'ouvrage.

8 « Je levai la tête et aperçus mon cheval attaché à la pointe du clocher. »

9 « Je rencontrais de temps en temps de gros poissons. »

« Je vécus alors un étrange incident qui, au commencement, me plongea dans une certaine perplexité. Les canards en effet étaient tous encore vivants et, lorsqu'ils se furent remis de leur étourdissement initial, ils se mirent à battre fort des ailes et s'élevèrent dans les airs avec moi. »

8

« Je me déplacais à cheval, ce qui constitue la manière la plus commode de voyager pourvu que l'animal et le cavalier soient bons. »

9

10

« En un clin d'œil, je bondis sur le boulet afin qu'il me porte dans l'enceinte fortifiée. Mais lorsque je fus arrivé à mi-parcours, toutes sortes d'objections non négligeables me traversèrent l'esprit. »

11

12

« Nous étions tous encore dans un état de stupéfaction et de confusion générale indescriptible lorsque tout s'expliqua tout d'un coup : nous vîmes apparaître une grande baleine qui s'était endormie en prenant le soleil à la surface de l'eau. »

10, 11 Scènes de l'adaptation cinématographique de Terry Gilliam, 1987.

12 *Les Aventures fantastiques du baron de Münchhausen*, film allemand de Josef von Baky, 1943.

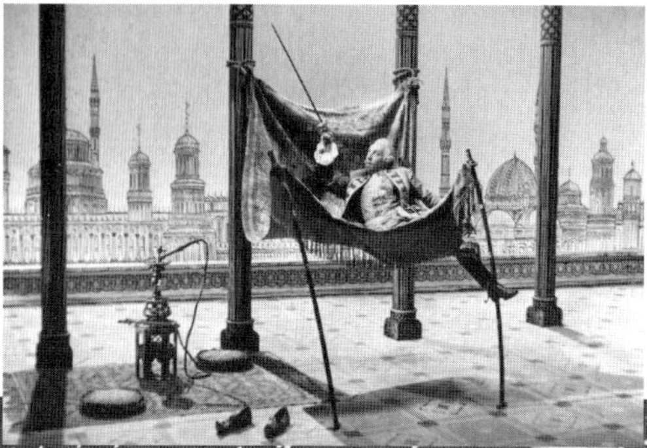

13

14

13, 14 *Le Baron de Crac*, film tchèque de Karel Zeman, 1961.

« Lorsque les gens de la Lune vieillissent, ils ne meurent pas, mais se dissolvent dans l'air et partent en fumée. »

Crédits photographiques

1, 2, 3 : AKG-images ; 4, 5, 7, 8, 9 : Kharbine-Tapabor ; 6 : Roger-Viollet ; 10 : Corbis Sygma/Fabian Cevallos ; 11, 12 : Collection Christophe L ; 13, 14 : TCD-PRODDB.

Notre barque fut le premier objet agréable à réjouir notre regard. Elle reposait à environ deux cents brasses du lieu où elle avait sombré. Après avoir fait sécher au soleil tout ce qui nous était nécessaire et utile, nous rassemblâmes ce dont nous avions besoin dans nos réserves et nous nous mîmes en quête de notre route. Un calcul d'une très grande précision nous apprit que nous avions été poussés à quelque cent cinquante lieues de distance, en franchissant des murs de jardin et de nombreux enclos. En l'espace de sept jours, nous rejoignîmes le fleuve, qui coulait de nouveau dans son lit, et nous racontâmes notre aventure à un bey. Celui-ci nous fournit aimablement ce dont nous avions besoin et nous permit de poursuivre notre route dans l'une de ses barques. En environ six jours, nous arrivâmes à Alexandrie, où nous nous embarquâmes pour Constantinople. Le grand seigneur me reçut avec bienveillance et j'eus l'honneur de voir son harem, où Sa Majesté en personne tint à me servir de guide et me laissa choisir autant de femmes que le cœur m'en disait, y compris parmi les siennes.

Je n'ai pas coutume de faire étalage de mes aventures amoureuses, je vous souhaite donc à tous, Messieurs, un agréable repos.

ELFTES KAPITEL

Sechstes Seeabenteuer

Nach Endigung der ägyptischen Reisegeschichte wollte der Baron aufbrechen und zu Bette gehen, gerade als die erschlaffende Aufmerksamkeit jedes Zuhörers bei Erwähnung des großherrlichen Harems in neue Spannung geriet. Sie hätten gar zu gern noch etwas von dem Harem gehört. Da aber der Baron sich durchaus nicht darauf einlassen und gleichwohl der mit Bitten auf ihn losstürmenden muntern Zuhörerschaft nicht alles abschlagen wollte, so gab er noch einige Stückchen seiner merkwürdigen Dienerschaft zum besten und fuhr in seiner Erzählung also fort :

Bei dem Großsultan galt ich seit meiner ägyptischen Reise alles in allem. Seine Hoheit konnten gar ohne mich nicht leben und baten mich jeden Mittag und Abend bei sich zum Essen. Ich muß bekennen, meine Herren, daß der türkische Kaiser unter allen Potentaten auf Erden den delikatesten Tisch führet.

ONZIÈME CHAPITRE

Sixième aventure en mer

Lorsqu'il eut achevé le récit du voyage en Égypte, le baron voulut aller se coucher au moment précis où l'évocation du harem seigneurial avait ranimé l'attention déclinante de tous les auditeurs. Ils n'auraient que trop volontiers entendu de nouveaux détails à ce propos. Comme le baron ne voulait surtout pas s'engager sur cette voie, mais ne souhaitait pas non plus rejeter tous les vœux de son auditoire qui l'assaillait de demandes, il reprit son récit et livra encore quelques précisions sur ses étranges serviteurs :

Depuis mon voyage en Égypte, j'étais devenu irremplaçable auprès du grand sultan. Sa Majesté ne pouvait pas vivre sans moi et me conviait à sa table tous les midis et tous les soirs. Je dois reconnaître, Messieurs, que de tous les potentats de cette Terre c'est l'empereur turc qui tient la table la plus raffinée.

Jedoch ist dies nur von den Speisen, nicht aber von dem Getränke zu verstehen, da, wie Sie wissen werden, Mohameds Gesetz seinen Anhängern den Wein verbietet. Auf ein gutes Glas Wein muß man also an öffentlichen türkischen Tafeln Verzicht tun. Was indessen gleich nicht öffentlich geschieht, das geschieht doch nicht selten heimlich; und des Verbots ungeachtet weiß mancher Türk so gut als der beste deutsche Prälat, wie ein gutes Glas Wein schmeckt. Das war nun auch der Fall mit Seiner türkischen Hoheit. Bei der öffentlichen Tafel, an welcher gewöhnlich der türkische Generalsuperintendent, nämlich der Mufti, in partem salarii mitspeisete und vor Tische das Aller Augen — nach Tische aber das Gratias beten mußte, wurde des Weines auch nicht mit einer einzigen Silbe gedacht. Nach aufgehobener Tafel aber wartete auf Seine Hoheit gemeiniglich ein gutes Fläschchen im Kabinette. Einst gab der Großsultan mir einen verstohlenen freundlichen Wink, ihm in sein Kabinett zu folgen. Als wir uns nun daselbst eingeschlossen hatten, holte er aus einem Schränkchen eine Flasche hervor und sprach: »Münchhausen, ich weiß, ihr Christen versteht euch auf ein gutes Glas Wein. Da habe ich noch ein einziges Fläschchen Tokaier. So delikat müßt Ihr ihn in Eurem Leben nicht getrunken haben.« Hierauf schenkten Seine Hoheit sowohl mir als sich eins ein und stießen mit mir an. — »Nun, was sagt Ihr?

Cela ne vaut cependant que pour les plats, et non pour les vins, puisque, vous le savez sans doute, la loi de Mohamed les interdit à ses adeptes. Il faut donc renoncer à un bon verre lorsqu'on mange en public à la table d'un Turc. Mais il n'est pas rare que ce qui ne se produit pas au vu et au su de tous se déroule en secret. Et en dépit de l'interdiction, plus d'un Turc connaît aussi bien que le meilleur prélat allemand le goût d'un bon verre de vin. Tel était le cas de Sa Majesté. Lors des repas pris en public, généralement partagés avec le superintendant général des Turcs, je veux dire le mufti, *in partem salarii*, chargé de lire les psaumes avant le repas et de rendre grâce après, on ne consacrait pas une seule syllabe au vin. Mais une fois la table levée, une bonne petite bouteille attendait généralement Sa Majesté dans son cabinet. Ce jour-là, le grand sultan m'invita à l'y suivre, d'un geste discret et amical. Lorsque nous nous y fûmes enfermés, il sortit un flacon d'une petite armoire et parla : « Münchhausen, je sais que vous, chrétiens, savez apprécier un bon verre de vin. Il me reste une dernière petite bouteille de tokay. Vous n'en avez certainement jamais bu d'aussi délicat. » Sur ce, Sa Majesté nous servit tous deux et trinqua avec moi. « Alors, qu'en dites-vous ?

Gelt! es ist was Extrafeines?« — »Das Weinchen ist gut, Ihro Hoheit,« erwiderte ich; »allein mit Ihrem Wohlnehmen muß ich doch sagen, daß ich ihn in Wien beim hochseligen Kaiser Karl dem Sechsten weit besser getrunken habe. Potz Stern! den sollten Ihro Hoheit einmal versuchen.« — »Freund Münchhausen, Euer Wort in Ehren! Allein es ist unmöglich, daß irgendein Tokaier besser sei. Denn ich bekam einst nur dies eine Fläschchen von einem ungarischen Kavalier, und er tat ganz verzweifelt rar damit.« — »Possen, Ihro Hoheit! Tokaier und Tokaier ist ein großmächtiger Unterschied. Die Herren Ungarn überschenken sich eben nicht. Was gilt die Wette, so schaffe ich Ihnen in Zeit einer Stunde geradesweges und unmittelbar aus dem Kaiserlichen Keller eine Flasche Tokaier, die aus ganz andern Augen sehen soll.« — »Münchhausen, ich glaube, Ihr faselt.« — »Ich fasele nicht. Geradesweges aus dem Kaiserlichen Keller in Wien schaffe ich Ihnen in Zeit von einer Stunde eine Flasche Tokaier von einer ganz andern Nummer als dieser Krätzer hier.« — »Münchhausen, Münchhausen! Ihr wollt mich zum besten haben, und das verbitte ich mir. Ich kenne Euch zwar sonst als einen überaus wahrhaften Mann, allein — jetzt sollte ich doch fast denken, Ihr flunkertet.« — »Ei nun, Ihro Hoheit! Es kommt ja auf die Probe an.

Un nectar de premier ordre, n'est-ce pas ? » « Ce petit vin est bon, Votre Majesté », répondis-je, « mais avec votre permission, je dois tout de même dire que j'en ai bu un bien meilleur à Vienne, chez l'illustre empereur Charles VI. Par le diable, Votre Majesté devrait goûter celui-là ! » « Mon ami Münchhausen, je ne mets pas votre parole en doute ! Seulement il est impossible qu'aucun tokay dépasse celui-ci. Car cette unique petite bouteille, je l'ai reçue jadis d'un cavalier hongrois qui lui attribuait une immense valeur. » « Balivernes, Votre Majesté ! Il y a une grande différence entre tokay et tokay. Ces messieurs de Hongrie ne sont pas des plus généreux. Que diriez-vous de parier que d'ici à une heure, je vous fais rapporter tout droit de la cave impériale une bouteille de tokay qui vous fera totalement changer d'avis ? » « Münchhausen, je crois que vous devenez gâteux. » « Je ne deviens pas gâteux. D'ici à une heure, je vous fais rapporter de la cave impériale à Vienne une bouteille de tokay d'une tout autre catégorie que cette vinasse. » « Münchhausen, Münchhausen ! vous vous moquez de moi, et je ne le tolérerai pas. Je vous connais certes d'ordinaire comme un homme tout à fait sincère, seulement... cette fois, je suis à deux doigts de penser que vous me prenez pour un idiot. » « Eh bien, Votre Majesté ! Il faut le vérifier.

Erfülle ich nicht mein Wort — denn von allen Aufschneidereien bin ich der abgesagteste Feind —, so lassen Ihro Hoheit mir den Kopf abschlagen. Allein mein Kopf ist kein Pappenstiel. Was setzen Sie mir dagegen?« — »Topp! Ich halte Euch beim Worte. Ist auf den Schlag vier nicht die Flasche Tokaier hier, so kostets Euch ohne Barmherzigkeit den Kopf. Denn foppen lasse ich mich auch von meinen besten Freunden nicht. Besteht Ihr aber, wie Ihr versprecht, so könnet Ihr aus meiner Schatzkammer so viel an Gold, Silber, Perlen und Edelgesteinen nehmen, als der stärkste Kerl davonzuschleppen vermag.« — »Das läßt sich hören!« antwortete ich, bat mir gleich Feder und Tinte aus und schrieb an die Kaiserin-Königin Maria Theresia folgendes Billett: »Ihre Majestät haben ohnstreitig als Universalerbin auch Ihres Höchstseligen Herrn Vaters Keller mitgeerbt. Dürfte ich mir wohl durch Vorzeigen dieses eine Flasche von dem Tokaier ausbitten, wie ich ihn bei Ihrem Herrn Vater oft getrunken habe? Allein von dem besten! Denn es gilt eine Wette. Ich diene gern dafür wieder, wo ich kann, und beharre übrigens usw.«

Dies Billett gab ich, weil es schon fünf Minuten über drei Uhrwar, nur sogleich offen meinem Läufer, der seine Gewichte abschnallen und sich unverzüglich auf die Beine nach Wien machen mußte.

Si je ne tiens pas ma parole — car je suis le plus farouche ennemi de toutes les fanfaronnades —, que Votre Majesté me fasse couper la tête. Seulement ma tête n'est pas une bagatelle. Que pariez-vous en échange ? » « Topez là ! Je vous prends au mot. Si la bouteille de tokay n'est pas ici à quatre heures, je vous ferai abattre sans la moindre pitié. Car je ne laisse personne se moquer de moi, pas même mes meilleurs amis. Mais si vous tenez votre promesse, vous pourrez prendre dans mon trésor autant d'or, d'argent, de perles et de pierres précieuses qu'un colosse pourra en emporter. » « L'offre mérite qu'on s'y attarde ! » répondis-je. Je me fis aussitôt remettre une plume et de l'encre, et j'écrivis le billet suivant à Marie-Thérèse, reine et impératrice : « Votre Majesté, qui est la légataire universelle de son illustre père, a certainement aussi reçu sa cave en héritage. Pourrais-je vous prier de remettre au porteur de ce billet une bouteille de ce tokay dont j'ai souvent bu auprès de messire votre père ? Mais du meilleur ! Car il s'agit d'un pari. Je vous le revaudrai volontiers dès que je le pourrai et je reste, etc. »

Comme cinq minutes s'étaient déjà écoulées depuis les coups de trois heures, je remis aussitôt et sans le cacheter le billet à mon coureur, en le priant de détacher ses poids et de se mettre immédiatement en route pour Vienne sur ses deux jambes.

Hierauf tranken wir, der Großsultan und ich, den Rest von seiner Flasche in Erwartung des bessern vollends aus. Es schlug ein Viertel, es schlug halb, es schlug drei Viertel auf vier, und noch war kein Läufer zu hören und zu sehen. Nachgerade, gestehe ich, fing mir an ein wenig schwül zu werden, denn es kam mir vor, als blickten Seine Hoheit schon bisweilen nach der Glockenschnur, um nach dem Scharfrichter zu klingeln. Noch erhielt ich zwar Erlaubnis, einen Gang hinaus in den Garten zu tun, um frische Luft zu schöpfen, allein es folgten mir auch schon ein paar dienstbare Geister nach, die mich nicht aus den Augen ließen. In dieser Angst, und als der Zeiger schon auf fünfundfünfzig Minuten stand, schickte ich noch geschwind nach meinem Horcher und Schützen. Sie kamen unverzüglich an, und der Horcher mußte sich platt auf die Erde niederlegen, um zu hören, ob nicht mein Läufer endlich ankäme. Zu meinem nicht geringen Schrecken meldete er mir, daß der Schlingel irgendwo, allein weit weg von hier, im tiefsten Schlafe läge und aus Leibeskräften schnarchte. Dies hatte mein braver Schütze nicht so bald gehört, als er auf eine etwas hohe Terrasse lief und, nachdem er sich auf seine Zehen noch mehr emporgereckt hatte, hastig ausrief: »Bei meiner armen Seele! Da liegt der Faulenzer unter einer Eiche bei Belgrad und die Flasche neben ihm. Wart! Ich will dich aufkitzeln.«

Sur ce, le grand sultan et moi-même bûmes le reste de sa bouteille, dans l'attente du meilleur vin. Un quart d'heure sonna, puis la demi-heure, au bout du compte quinze minutes seulement nous séparèrent de quatre heures, et l'on ne voyait ni n'entendait toujours pas le coureur. Je commençais, je l'avoue, à avoir un peu chaud, car il me semblait que Sa Majesté regardait de temps en temps le cordon de la cloche pour sonner son bourreau. Il me fut certes encore permis d'aller prendre l'air dans le jardin, mais ce fut escorté de quelques créatures serviables qui ne me quittaient pas des yeux. Dans cette peur, et alors que l'aiguille affichait déjà cinquante-cinq minutes, j'envoyai chercher ma fine oreille et mon tireur. Ils accoururent sur-le-champ. L'oreille dut se coucher au sol pour écouter si mon coureur n'arrivait pas enfin. À mon grand effroi, il m'apprit que ce drôle dormait profondément, quelque part très loin d'ici, et ronflait de toutes ses forces. À peine mon brave tireur eut-il entendu cette nouvelle qu'il courut sur une terrasse un peu élevée et s'exclama en toute hâte après s'être dressé sur la pointe des pieds : « Ma pauvre âme ! Ce fainéant est couché sous un chêne, près de Belgrade, la bouteille à côté de lui. Attends un peu, je m'en vais te chatouiller, moi. »

— Und hiermit legte er unverzüglich seine Kuchenreutersche Flinte an den Kopf und schoß die volle Ladung oben in den Wipfel des Baumes. Ein Hagel von Eicheln, Zweigen und Blättern fiel herab auf den Schläfer, erweckte und brachte ihn, da er selbst fürchtete, die Zeit beinahe verschlafen zu haben, dermaßen geschwind auf die Beine, daß er mit seiner Flasche und einem eigenhändigen Billett von Maria Theresia um neunundfünfzigundeinehalbe Minuten auf vier Uhr vor des Sultans Kabinette anlangte. Das war ein Gaudium! Ei, wie schlürfte das Großherrliche Leckermaul! — »Münchhausen,« sprach er, »Ihr müßt es mir nicht übelnehmen, wenn ich diese Flasche für mich allein behalte. Ihr steht in Wien besser als ich; Ihr werdet schon an noch mehr zu kommen wissen.« — Hiermit schloß er die Flasche in sein Schränkchen, steckte den Schlüssel in die Hosentasche und klingelte nach dem Schatzmeister. — O welch ein angenehmer Silberton meinen Ohren! — »Ich muß Euch nun die Wette bezahlen. — Hier!« — sprach er zum Schatzmeister, der ins Zimmer tat, — »laßt meinem Freunde Münchhausen so viel aus der Schatzkammer verabfolgen, als der stärkste Kerl wegzutragen vermag.« Der Schatzmeister neigte sich vor seinem Herrn bis mit der Nase zur Erde, mir aber schüttelte der Großsultan ganz treuherzig die Hand, und so ließ er uns beide gehen.

Sur ce, il prit sans hésiter sa carabine Kuchenreuter à hauteur de l'œil et en tira toute la charge vers la cime de l'arbre. Une grêle de glands, de branches et de feuilles tomba sur le dormeur, le réveilla et le remit sur ses jambes à une telle vitesse — car lui-même craignait d'avoir laissé passé l'heure en dormant — que cinquante-neuf minutes et demie après trois heures, il arriva devant le cabinet du sultan, avec sa bouteille et un billet écrit par Marie-Thérèse. Quelle joie cela fut! Ce seigneur et grand connaisseur savoura lentement le breuvage. « Münchhausen », dit-il, « ne le prenez pas mal si je garde cette bouteille pour moi tout seul. Votre position à Vienne est meilleure que la mienne; vous saurez comment vous en procurer d'autres. » Sur ce, il enferma la bouteille dans sa petite armoire, glissa la clef dans la poche de son pantalon et sonna pour appeler son trésorier. Oh, que ce tintement fut agréable à mes oreilles! « Je dois à présent payer le prix de mon pari. Venez! » fit-il au trésorier qui entrait dans la pièce. « Faites remettre à mon ami Münchhausen autant qu'un colosse pourra sortir du trésor. » Le trésorier s'inclina devant son maître jusqu'à ce que son nez touche le sol; pour ma part, le grand sultan me serra chaleureusement la main et nous laissa tous deux partir ainsi.

Ich säumte nun, wie Sie denken können, meine Herren, keinen Augenblick, die erhaltene Assignation geltend zu machen, ließ meinen Starken mit seinem langen hänfenen Stricke kommen und verfügte mich in die Schatzkammer. Was da mein Starker, nachdem er sein Bündel geschnürt hatte, übrigließ, das werden Sie wohl schwerlich holen wollen. Ich eilte mit meiner Beute geradesweges nach dem Hafen, nahm dort das größte Lastschiff, das zu bekommen war, in Beschlag und ging wohlbepackt mit meiner ganzen Dienerschaft unter Segel, um meinen Fang in Sicherheit zu bringen, ehe was Widriges dazwischenkam. Was ich befürchtet hatte, das geschah. Der Schatzmeister hatte Tür und Tor von der Schatzkammer offen gelassen — und freilich wars nicht groß mehr nötig, sie zu verschließen —, war über Hals und Kopf zum Großsultan gelaufen und hatte ihm Bericht abgestattet, wie vollkommen wohl ich seine Assignation genutzt hatte. Das war denn nun dem Großsultan nicht wenig vor den Kopf gefahren. Die Reue über seine Übereilung konnte nicht lange ausbleiben. Er hatte daher gleich dem Großadmiral befohlen, mit der ganzen Flotte hinter mir herzueilen und mir zu insinuieren, daß wir so nicht gewettet hätten.

Vous vous en doutez, Messieurs, je ne perdis pas un instant pour exécuter cet ordre. Je fis venir mon colosse pourvu de sa longue corde en chanvre et me rendis dans la chambre au trésor. Ce qu'il laissa dans les lieux lorsqu'il eut serré les liens de son ballot ne vous aurait pas mené bien loin. Je me dirigeai rapidement vers le port avec mon butin, pris le plus grand navire de fret que l'on pût y armer et levai les voiles avec mes serviteurs et mes bagages afin de mettre ma prise en sûreté avant qu'un quelconque obstacle ne se dresse. Ce que je redoutais arriva. Le trésorier avait quitté la chambre au trésor en laissant les portes grandes ouvertes — il est vrai qu'il n'était plus vraiment nécessaire de les verrouiller —, avait couru tête baissée rejoindre le grand sultan et lui avait raconté avec quelle perfection j'avais fait exécuter son ordre. Le grand sultan en était resté ébahi, mais il ne tarda pas à exprimer les remords que lui inspirait sa précipitation. Il ordonna à son grand amiral de lancer toute sa flotte à mes trousses et de me faire dire que tel n'était pas l'enjeu de notre pari.

Als ich daher noch nicht zwei Meilen weit in die See war, so sah ich schon die ganze türkische Kriegsflotte mit vollen Segeln hinter mir herkommen, und ich muß gestehen, daß mein Kopf, der kaum wieder fest geworden war, nicht wenig von neuem anfing zu wackeln. Allein nun war mein Windmacher bei der Hand und sprach: »Lassen sich Ihro Exzellenz nicht bange sein!« Er trat hierauf auf das Hinterverdeck meines Schiffes, so daß sein eines Nasenloch nach der türkischen Flotte, das andere aber auf unsere Segel gerichtet war, und blies eine so hinlängliche Portion Wind, daß die Flotte, an Masten, Segel- und Tauwerk gar übel zugerichtet, nicht nur bis in den Hafen zurückgetrieben, sondern auch mein Schiff in wenig Stunden glücklich nach Italien getrieben ward. Von meinem Schatze kam mirjedoch wenig zugute. Denn in Italien ist, trotz der Ehrenrettung des Herrn Bibliothekar Jagemann in Weimar, Armut und Bettelei so groß und die Polizei so schlecht, daß ich erstlich, weil ich vielleicht eine allzu gutwillige Seele bin, den größten Teil an die Straßenbettler ausspenden mußte. Der Rest aber wurde mir auf meiner Reise nach Rom auf der geheiligten Flur von Loretto durch eine Bande Straßenräuber abgenommen. Das Gewissen wird diese Herren nicht sehr darüber beunruhigt haben.

Je n'avais donc pas fait deux miles en mer que je vis déjà toute la flotte de guerre turque arriver derrière moi toutes voiles dehors et je dois avouer que ma tête, qui venait tout juste de retrouver sa fermeté, se mit de nouveau à vaciller sérieusement. Mais mon souffleur était près de moi et me dit : « Que Votre Excellence ne craigne rien ! » Sur ce, il monta sur le pont arrière de mon navire, une narine dirigée vers la flotte turque, l'autre vers notre voile, et souffla un vent suffisant pour que la flotte, dont les mâts, les voiles et les cordages subirent de gros dégâts, soit repoussée jusque dans le port, mais aussi que mon navire arrive en Italie en quelques heures. Je ne profitai cependant pas beaucoup de mon trésor. Car en Italie, malgré l'apologie qu'en a faite le bibliothécaire Jagemann à Weimar, la pauvreté et la mendicité sont telles, et la police si mal faite, que je commençai par distribuer la majeure partie de ma fortune aux mendiants, trop bonne âme que je suis. Quant au reste, il me fut ravi par une bande de brigands de grand chemin sur le Champ béni de Loretto, alors que je me rendais à Rome. Leur conscience n'aura pas trop perturbé ces messieurs.

Denn ihr Fang war noch immer so ansehnlich, daß um den tausendsten Teil die ganze honette Gesellschaft sowohl für sich als ihre Erben und Erbnehmer auf alle vergangenen und zukünftigen Sünden vollkommenen Ablaß selbst aus der ersten und besten Hand in Rom dafür erkaufen konnte.

Nun aber, meine Herren, ist in der Tat mein Schlafstündchen da. Schlafen Sie wohl!

Car leur prise était encore assez considérable pour qu'avec le millième de ce butin cette compagnie d'honnêtes gens ait pu acheter de première main à Rome des indulgences les absolvant, eux-mêmes aussi bien que leurs petits- et arrière-petits-enfants, de tous leurs péchés passés et à venir.

Mais Messieurs, l'heure de mon sommeil est arrivée. Dormez bien !

ZWÖLFTES KAPITEL

Siebentes Seeabenteuer nebst authentischer Lebensgeschichte eines Partisans, der nach der Entfernung des Barons als Sprecher auftritt

Nach Endigung des vorigen Abenteuers ließ sich der Baron nicht länger halten, sondern brach wirklich auf und verließ die Gesellschaft in der besten Laune. Doch versprach er erst die Abenteuer seines Vaters, auf die seine Zuhörer noch immer spannten, ihnen nebst manchen andern merkwürdigen Anekdoten bei der ersten besten Gelegenheit zu erzählen.

Als sich nun Jedermann nach seiner Weise über die Unterhaltung herausließ, die er soeben verschafft hatte, so bemerkte einer von der Gesellschaft, ein Partisan des Barons, der ihn auf seiner Reise in die Türkei begleitet hatte, daß unweit Konstantinopel ein ungeheuer großes Geschütz befindlich sei, dessen der Baron Tott in seinen neulich herausgekommenen Denkwürdigkeiten ganz besonders erwähnet. Was er davon meldet, ist, soviel ich mich erinnere, folgendes :

DOUZIÈME CHAPITRE

Septième aventure en mer et biographie authentique d'un partisan qui prit la parole en l'absence du baron

Lorsque l'aventure précédente fut terminée, le baron ne se laissa pas retenir plus longtemps et quitta l'assemblée de la meilleure humeur qui soit. Il promit cependant de raconter à la première occasion les aventures de son père, que ses auditeurs attendaient encore avec impatience, ainsi que certaines autres anecdotes remarquables.

Alors que chacun donnait son avis sur le divertissement que le baron venait de leur offrir, l'un des auditeurs, un de ses partisans qui l'avait accompagné en Turquie, raconta que l'on trouvait à proximité de Constantinople un canon d'une taille monstrueuse auquel le baron Tott accorde une attention toute particulière dans ses Mémoires récemment parus. Voici, si mes souvenirs sont exacts, ce qu'il en dit :

»Die Türken hatten ohnweit der Stadt über der Zitadelle auf dem Ufer des berühmten Flusses Simois ein ungeheueres Geschütz aufgepflanzt. Dasselbe war ganz aus Kupfer gegossen und schoß eine Marmorkugel, wenigstens elfhundert Pfund an Gewicht. Ich hatte große Lust, sagt Tott, es abzufeuern, um erst aus seiner Wirkung gehörig zu urteilen. Alles Volk um mich her zitterte und bebte, weil es sich versichert hielt, daß Schloß und Stadt davon übern Haufen stürzen würden. Endlich ließ doch die Furcht ein wenig nach, und ich bekam Erlaubnis, das Geschütz abzufeuern. Es wurden nicht weniger als dreihundertunddreißig Pfund Pulver dazu erfordert, und die Kugel wog, wie ich vorhin sagte, elfhundert Pfund. Als der Kanonier mit dem Zünder ankam, zog sich der Haufen, der mich umgab, so weit zurück, als er konnte. Mit genauer Not überredete ich den Bassa, der aus Besorgnis herzukam, daß keine Gefahr zu besorgen sei. Selbst dem Kanonier, der es nach meiner Anweisung abfeuern sollte, klopfte vor Angst das Herz. Ich nahm meinen Platz in einer Mauerschanze hinter dem Geschütz, gab das Zeichen und fühlte einen Stoß wie von einem Erdbeben. In einer Entfernung von dreihundert Klaftern zersprang die Kugel in drei Stücke; diese flogen über die Meerenge, prallten von dem Wasser empor an die gegenseitigen Berge und setzten den ganzen Kanal, so breit er war, in einen Schaum.«

« Non loin de la ville, au-dessus de la citadelle, sur la rive de la fameuse rivière Simoïs, les Turcs avaient installé un canon monstrueux. Entièrement coulé dans le cuivre, il tirait un boulet de marbre pesant au moins onze cents livres. J'avais grande envie, écrit Tott, de le mettre à feu, seule manière de juger convenablement de l'effet qu'il produisait. Toute la troupe tremblait et s'agitait, tenant pour assuré que le château et la ville ne seraient plus ensuite qu'un tas de ruines. La peur s'apaisa tout de même un peu et l'on m'autorisa à tirer. Il ne fallut pas moins pour cela de trois cent trente livres de poudre et, comme je l'ai dit tout à l'heure, le boulet pesait onze cents livres. Lorsque le canonnier arriva avec le boutefeu, la petite troupe qui m'entourait recula aussi loin qu'elle le pouvait. J'eus bien du mal à convaincre le pacha, que l'inquiétude avait poussé à venir nous rejoindre, qu'aucun danger n'était à craindre. Même le canonnier qui devait mettre l'arme à feu selon mes instructions avait le cœur qui palpitait. Je pris ma place derrière le canon à l'abri d'un réduit creusé dans le mur, donnai le signal et ressentis une secousse semblable à celle d'un tremblement de terre. À trois cents brasses de distances, le boulet éclata en trois parties ; celles-ci franchirent le détroit, rebondirent sur la mer pour aller taper contre la montagne qui nous faisait face et firent monter en écume tout le bras de mer, si large fût-il. »

Dies, meine Herren, ist, soviel ich mich erinnere, Baron Totts Nachricht von der größten Kanone in der bekannten Welt. Als nun der Herr von Münchhausen und ich jene Gegend besuchten, wurde die Abfeuerung dieses ungeheueren Geschützes durch den Baron Tott uns als ein Beispiel der außerordentlichen Herzhaftigkeit dieses Herrn erzählt.

Mein Gönner, der es durchaus nicht vertragen konnte, daß ein Franzose ihm etwas zuvorgetan haben sollte, nahm ebendieses Geschütz auf seine Schulter, sprang, als ers in seine eigentliche waagrechte Lage gebracht hatte, geradesweges ins Meer und schwamm damit an die gegenseitige Küste. Von dort aus versuchte er unglücklicherweise die Kanone auf ihre vorige Stelle zurückzuwerfen. Ich sage, unglücklicherweise! Denn sie glitt ihm ein wenig zu früh aus der Hand, gerade als er zum Wurf ausholte. Hierdurch geschah es denn, daß sie mitten in den Kanal fiel, wo sie nun noch liegt und wahrscheinlich bis an den jüngsten Tag liegen bleiben wird.

Dies, meine Herren, war es eigentlich, womit es der Herr Baron bei dem Großsultan ganz und gar verdarb. Die Schatzhistorie, der er vorhin seine Ungnade beimaß, war längst vergessen. Denn der Großsultan hat ja genug einzunehmen und konnte seine Schatzkammer bald wieder füllen.

Telle est, Messieurs, autant que je m'en souvienne, l'information que donne le baron Tott sur le plus grand canon existant dans le monde connu. Lorsque Monsieur de Münchhausen et moi-même visitâmes cette contrée, on nous présenta la mise à feu de cette gigantesque pièce d'artillerie par le baron Tott comme un exemple de l'extraordinaire hardiesse de ce monsieur.

Mon protecteur, qui ne pouvait en aucun cas supporter l'idée qu'un Français l'ait devancé en quoi que ce soit, prit ledit canon en équilibre sur son épaule, plongea droit dans la mer et rejoignit l'autre côté à la nage. De là, il tenta hélas de relancer le canon à sa place d'origine. Hélas, ai-je dit! Car il lui glissa des mains au moment précis où il prenait son élan. C'est ainsi que la pièce d'artillerie tomba au beau milieu du bras de mer, où elle se trouve encore aujourd'hui et y restera vraisemblablement jusqu'au Jugement dernier.

Cet acte, Messieurs, discrédita totalement le baron auprès du grand sultan. L'histoire du trésor, à laquelle il attribuait jusque-là sa disgrâce, était oubliée depuis très longtemps. Car le grand sultan avait suffisamment de revenus pour remplir rapidement sa chambre au trésor.

Auch befand der Herr Baron auf eine eigenhändige Wiedereinladung des Großsultans sich erst jetzt zum letzten Male in der Türkei und wäre vielleicht wohl noch da, wenn der Verlust dieses berechtigten Geschützes den grausamen Türken nicht so aufgebracht hätte, daß er nun unwiderruflich den Befehl gab, dem Baron den Kopf abzuschlagen. Eine gewisse Sultanin aber, von welcher er ein großer Liebling geworden war, gab ihm nicht nur unverzüglich von diesem blutgierigen Vorhaben Nachricht, sondern verbarg ihn auch so lange in ihrem eigenen Gemache, als der Offizier, dem die Exekution aufgetragen war, mit seinen Helfershelfern nach ihm suchte. In der nächstfolgenden Nacht flüchteten wir an den Bord eines nach Venedig bestimmten Schiffes, welches gerade im Begriffe war unter Segel zu gehen, und kamen glücklich davon.

Dieser Begebenheit erwähnt der Baron nicht gern, weil ihm da sein Versuch mißlang und er noch dazu um ein Haar sein Leben obendrein verloren hätte. Da sie gleichwohl ganz und gar nicht zu seiner Schande gereicht, so pflege ich sie wohl bisweilen hinter seinem Rücken zu erzählen.

Nun, meine Herren, kennen Sie insgesamt den Herrn Baron von Münchhausen und werden hoffentlich an seiner Wahrhaftigkeit im mindesten nicht zweifeln.

Monsieur le baron se trouvait d'ailleurs en Turquie à l'invitation personnelle du grand sultan et s'y trouverait peut-être encore si la perte de ce fameux canon n'avait pas mis le cruel Turc dans une telle colère qu'il donna l'ordre irrévocable de couper la tête au baron. Mais une certaine sultane, dont celui-ci était devenu le grand favori, non seulement l'informa immédiatement de ce projet sanguinaire, mais le dissimula aussi dans sa chambre tant que l'officier chargé de l'exécution le chercha avec ses sbires. La nuit suivante, ils s'enfuirent à bord d'un navire qui s'apprêtait justement à lever les voiles pour Venise et se sortirent heureusement de cette affaire.

Le baron n'aime guère à évoquer cet épisode parce que cette fois sa tentative échoua, et qu'il s'en fallut d'un cheveu qu'il n'y laissât sa vie. Mais comme elle n'a rien pour lui faire honte, il m'arrive de la raconter derrière son dos.

Vous connaissez tous à présent, Messieurs, le baron de Münchhausen, et vous ne doutez plus un seul instant, je l'espère, de la véracité de ses dires.

Damit Ihnen aber auch kein Zweifel gegen die meinige zu Kopfe steige, ein Umstand, den ich so schlechtweg eben nicht voraussetzen mag, so muß ich Ihnen doch ein wenig sagen, wer ich bin. Mein Vater, oder wenigstens derjenige, welcher dafür gehalten wurde, war von Geburt ein Schweizer aus Bern. Er führte daselbst eine Art von Oberaufsicht über Straßen, Alleen, Gassen und Brücken. Diese Beamten heißen dortzulande — hm! — Gassenkehrer. Meine Mutter war aus den savoyischen Gebirgen gebürtig und trug einen überaus schönen großen Kropf am Halse, der bei den Damen jener Gegend etwas sehr Gewöhnliches ist. Sie verließ ihre Eltern sehr jung und ging ihrem Glücke in ebender Stadt nach, wo mein Vater das Licht der Welt erblickt hatte. Solange sie noch ledig war, gewann sie ihren Unterhalt durch allerlei Liebeswerke an unserm Geschlechte. Denn man weiß, daß sie es niemals abschlug, wenn man sie um eine Gefälligkeit ansprach und besonders ihr mit gehöriger Höflichkeit in der Hand zuvorkam. Dieses liebenswürdige Paar begegnete einander von ohngefähr auf der Straße, und da sie beiderseits ein wenig berauscht waren, so taumelten sie gegeneinander und taumelten sich alle beide über den Haufen.

Mais pour qu'aucun soupçon ne vous vienne non plus sur la sincérité des miens, ce que je ne peux exclure, je dois tout de même vous dire un peu qui je suis. Mon père, ou du moins celui que l'on considérait comme tel, était natif de Berne, en Suisse. Il y exerçait une sorte de haute surveillance sur les rues, les allées, les ruelles et les ponts. Là-bas, ces fonctionnaires portent le titre de... hum... de balayeurs. Ma mère était native des montagnes savoyardes et portait au cou un très beau et très grand goitre, phénomène très ordinaire chez les femmes de cette région. Elle quitta ses parents très jeune et alla chercher son bonheur dans la ville même où mon père avait vu le jour. Tant qu'elle fut encore célibataire, elle gagna sa vie en accordant toute sorte d'amabilités à notre sexe. Elle ne refusait jamais un plaisir qu'on lui demandait, surtout quand on lui glissait dans la main le témoignage de courtoisie qui convenait. Cet aimable couple se rencontra par hasard dans la rue, et comme ils étaient tous deux un peu éméchés, ils avancèrent en titubant l'un vers l'autre avant de commencer à se chamailler.

Wie sich nun bei dieser Gelegenheit ein Teil immer noch unnützer machte als der andere und das Ding zu laut wurde, so wurden sie alle beide erst in die Scharwache, hernach aber in das Zuchthaus geschleppt. Hier sahen sie bald die Torheit ihrer Zänkerei ein, machten alles wieder gut, verliebten sich und heirateten einander. Da aber meine Mutter zu ihren alten Streichen zurückkehrte, so trennte mein Vater, der gar hohe Begriffe von Ehre hatte, sich ziemlich bald von ihr und wies ihr die Revenüen von einem Tragkorbe zu ihrem künftigen Unterhalte an. Sie vereinigte sich hierauf mit einer Gesellschaft, die mit einem Puppenspiel umherzog. Mit der Zeit führte sie das Schicksal nach Rom, wo sie eine Austerbude hielt.

Sie haben ohnstreitig insgesamt von dem Papst Ganganelli oder Clemens XIV., und wie gern dieser Herr Austern aß, gehört. Eines Freitags, als derselbe in großem Pompe nach der St. Peterskirche zur hohen Messe durch die Stadt zog, sah er meiner Mutter Austern (welche, wie sie mir oft erzählt hat, ausnehmend schön und frisch waren) und konnte unmöglich vorüberziehen, ohne sie zu versuchen. Nun waren zwar mehr als fünftausend Personen in seinem Gefolge; nichtsdestoweniger aber ließ er sogleich alles stillhalten und in die Kirche sagen, er könnte vor morgen das Hochamt nicht halten.

Tous deux rivalisant d'inanité et la chose devenant trop bruyante, on les emmena d'abord au poste de garde, puis à la prison. Ils y comprirent bien vite combien leur querelle était absurde, réparèrent tous leur torts, tombèrent amoureux et se marièrent. Ma mère revint toutefois à ses anciens travers et mon père, qui avait un grand sens de l'honneur, se sépara d'elle assez rapidement lui laissant pour seul revenu ce qu'elle pouvait ramasser dans une hotte. Elle rejoignit ensuite une compagnie qui tournait avec un théâtre de marionnettes. Avec le temps, le destin la mena à Rome, où elle ouvrit un commerce d'huîtres

Vous avez sûrement tous entendu parler du pape Ganganelli, dit Clément XIV, et vous savez avec quel appétit ce seigneur mangeait des huîtres. Un vendredi, alors que celui-ci traversait la ville en grande pompe pour la grande messe à Saint-Pierre, il vit les huîtres de ma mère (lesquelles, elle me l'a souvent raconté, étaient d'une beauté et d'une fraîcheur exceptionnelles) et ne put s'empêcher d'y goûter. Il y avait pourtant plus de cinq mille personnes à sa suite ; cela ne l'empêcha pas d'arrêter tout le cortège et de faire dire à l'église qu'il ne pourrait célébrer la messe avant le lendemain.

Sodann sprang er vom Pferde — denn die Päpste reiten allemal bei solchen Gelegenheiten —, ging in meiner Mutter Laden, aß erst alles auf, was von Austern daselbst vorhanden war, und stieg hernach mit ihr in den Keller hinab, wo sie noch mehr hatte. Dieses unterirdische Gemach war meiner Mutter Küche, Visitenstube und Schlafkammer zugleich. Hier gefiel es ihm so wohl, daß er alle seine Begleiter fortschickte. Kurz, Seine Heiligkeit brachten die ganze Nacht dort mit meiner Mutter zu. Ehe Dieselben am andern Morgen wieder fortgingen, erteilten Sie ihr vollkommenen Ablaß, nicht allein für jede Sünde, die sie schon auf sich hatte, sondern auch für alle diejenigen, womit sie sich etwa künftig noch zu befassen Lust haben möchte. Nun, meine Herren, habe ich darauf das Ehrenwort meiner Mutter — und wer könnte wohl eine solche Ehre bezweifeln? —, daß ich die Frucht jener Austernacht bin.

Il sauta aussitôt de cheval — car les papes étaient toujours en selle dans ce genre d'occasions —, entra dans la boutique de ma mère, commença par manger toutes les huîtres qu'elle y détenait, puis descendit avec elle à la cave, où elle en conservait encore plus. Ce local souterrain était à la fois la cuisine, le salon et la chambre à coucher de ma mère. Il s'y plut tant qu'il renvoya tous ses accompagnateurs. En un mot, Sa Sainteté y passa toute la nuit avec ma mère. Avant que le souverain pontife ne reparte, le lendemain matin, il lui accorda sa pleine indulgence non seulement pour tous les péchés qu'elle avait déjà commis, mais aussi pour tous ceux auxquels elle aurait encore envie de se livrer à l'avenir. Eh bien, Messieurs, j'ai la parole d'honneur de ma mère — et qui pourrait mettre en doute pareil honneur ? — que je suis le fruit de cette nuit ostréicole.

DREIZEHNTES KAPITEL

Fortgesetzte Erzählung des Freiherrn

Der Baron wurde, wie man sich leicht vorstellen kann, bei jeder Gelegenheit gebeten, seinem Versprechen gemäß in der Erzählung seiner ebenso lehrreichen als unterhaltenden Abenteuer fortzufahren; allein geraume Zeit waren alle Bitten vergebens. Er hatte die sehr löbliche Gewohnheit, nichts gegen seine Laune zu tun, und die noch löblichere, durch nichts von diesem Grundsatze sich abbringen zu lassen. Endlich aber erschien der lange gewünschte Abend, an dem ein heiteres Lächeln, mit dem er die Aufforderungen seiner Freunde anhörte, die sichere Vorbedeutung gab, daß sein Genius ihm gegenwärtig sei und ihre Hoffnungen erfüllen werde. »Conticuere omnes, intentique ora tenebant«[1], und Münchhausen begann vom hochbepolsterten Sofa :

1. Alle schwiegen und lauschten mit unverwandten Blicken (Virgil).

TREIZIÈME CHAPITRE

Suite du récit du baron

À chaque occasion, on s'en doute, on priait le baron de tenir sa promesse et de reprendre le récit de ses aventures aussi instructives que divertissantes; mais pendant un bon moment toutes les demandes restèrent vaines. Il avait la très louable habitude de ne rien faire contre son gré, et celle, plus appréciable encore, de ne jamais se laisser détourner de ce principe. Elle survint enfin, cette soirée tant attendue : un sourire joyeux répondant aux exhortations de ses amis annonça qu'il avait retrouvé son inspiration et allait exaucer leurs vœux : « *Conticuere omnes, intentique ora tenebant*[1] », et Münchhausen commença à raconter, depuis son divan bien rembourré :

1. « Tous s'étaient tus et écoutaient, le regard fixe » (Virgile).

Während der letzten Belagerung von Gibraltar segelte ich mit einer Proviantflotte unter Lord Rodneys Kommando nach dieser Festung, um meinen alten Freund, den General Elliot, zu besuchen, der durch die ausgezeichnete Verteidigung dieses Platzes sich Lorbeern erworben hat, die nie verwelken können. Sobald die erste Hitze der Freude, die immer mit dem Wiedersehen alter Freunde verbunden ist, sich etwas abgekühlt hatte, ging ich in Begleitung des Generals in der Festung umher, um den Zustand der Besatzung und die Anstalten des Feindes kennen zu lernen. Ich hatte aus London ein sehr vortreffliches Spiegelteleskop, das ich von Dollond gekauft hatte, mitgebracht. Durch Hülfe desselben fand ich, daß der Feind gerade im Begriff war, einen Sechsunddreißigpfünder auf den Fleck abzufeuern, auf dem wir standen. Ich sagte dies dem General; er sah auch durch das Perspektiv und fand meine Mutmaßung richtig. Auf seine Erlaubnis ließ ich sogleich einen Achtundvierzigpfünder von der nächsten Batterie bringen und richtete ihn — denn was Artillerie betrifft, habe ich, ohne mich zu rühmen, meinen Meister noch nicht gefunden — so genau, daß ich meines Zieles vollkommen gewiß war.

C'était pendant le dernier siège de Gibraltar. Je faisais route vers cette forteresse avec une flotte de ravitaillement commandée par lord Rodney dans l'intention d'aller rendre visite à mon vieil ami le général Elliot, qui avait conquis en défendant cette place forte des lauriers immortels. Dès que la première vague de chaleur et de joie qui accompagne toujours les retrouvailles avec de vieux amis se fut un peu refroidie, je fis en compagnie du général le tour de la forteresse pour passer en revue la garnison et inspecter les installations de l'ennemi. J'avais apporté de Londres un très remarquable télescope à miroirs que j'avais acheté chez Dollond. Il me permit d'établir que l'ennemi était en train de mettre à feu un trente-six livres pointé sur l'endroit où nous nous trouvions. J'en informai le général ; lui aussi regarda par la lunette et confirma ma supposition. Avec sa permission, je fis aussitôt apporter un quarante-huit livres emprunté à la batterie la plus proche et le dirigeai si précisément que j'étais parfaitement sûr d'atteindre mon objectif — car, sans me vanter, pour ce qui concerne l'artillerie, je n'ai pas encore trouvé mon maître.

Nun beobachtete ich die Feinde auf das schärfste, bis ich sah, daß sie die Zündrute an das Zündloch ihres Stückes legten, und in demselben Augenblicke gab ich das Zeichen, daß unsere Kanone gleichfalls abgefeuert werden sollte. Ungefähr auf der Mitte des Weges schlugen die beiden Kugeln mit fürchterlicher Stärke gegeneinander, und die Wirkung davon war erstaunend. Die feindliche Kugel prallte mit solcher Heftigkeit zurück, daß sie nicht nur dem Manne, der sie abgeschossen hatte, rein den Kopf wegnahm, sondern auch noch sechzehn andere Köpfe vom Rumpfe schnellte, die ihr auf ihrem Fluge nach der afrikanischen Küste im Wege standen. Ehe sie aber nach der Barbarei kam, fuhr sie durch die Hauptmaste von drei Schiffen, die eben in einer Linie hintereinander im Hafen lagen; und dann flog sie noch gegen zweihundert englische Meilen in das Land hinein, schlug zuletzt durch das Dach einer Bauerhütte, brachte ein altes Mütterchen, die mit offenem Munde auf dem Rücken lag und schlief, um die wenigen Zähne, die ihr noch übrig waren, und blieb endlich in der Kehle des armen Weibes stecken. Ihr Mann, der bald darauf nach Hause kam, versuchte die Kugel herauszuziehen; da er dies aber unmöglich fand, so entschloß er sich kurz und stieß sie ihr mit einem Rammer in den Magen hinunter, aus dem sie dann auf dem natürlichen Wege unterwärts abging. Unsere Kugel tat vortreffliche Dienste.

J'observai alors les ennemis avec la plus grande attention, jusqu'à ce que je les voie placer le boutefeu sur la lumière de leur pièce ; au même instant, je donnai le signe de faire tonner nos canons. À peu près au milieu de leur trajectoire, les deux boulets se heurtèrent avec une force effroyable, ce qui produisit un effet étonnant. Le boulet ennemi rebondit avec une telle énergie qu'il arracha sans bavure la tête de l'homme qui l'avait tiré, mais aussi celle de seize autres hommes qui se trouvaient sur son chemin vers la côte africaine. Avant d'arriver en Barbarie, il fracassa les grands mâts de trois navires alignés dans le port ; puis il pénétra dans les terres sur environ deux cents miles anglais, tomba pour finir à travers le toit d'une cabane de paysan, priva une petite vieille qui dormait sur le dos la bouche ouverte des quelques dents qui lui restaient, et demeura pour finir coincé dans la gorge de la pauvre femme. Son mari, qui rentra peu après à la maison, tenta d'extraire le boulet ; mais ayant jugé l'affaire impossible, il se décida rapidement et le poussa avec un pilon vers son ventre, où il descendit par la voie naturelle. Notre boulet à nous fit des merveilles.

Sie trieb nicht nur die andere auf die eben beschriebene Weise zurück, sondern setzte auch, meiner Absicht gemäß, ihren Weg fort, hob dieselbe Kanone, die gerade gegen uns gebraucht worden war, von der Lafette und warf sie mit solcher Heftigkeit in den Kielraum eines Schiffes, daß sie sogleich den Boden desselben durchschlug. Das Schiff schöpfte Wasser und sank mit tausend spanischen Matrosen und einer beträchtlichen Anzahl Soldaten, die sich auf demselben befanden, unter. — Dies war gewiß eine höchst außerordentliche Tat. Ich verlange indes keinesweges sie ganz auf die Rechnung meines Verdienstes zu setzen. Meiner Klugheit kommt freilich die Ehre der ersten Erfindung zu, aber der Zufall unterstützte sie einigermaßen. Ich fand nämlich nachher, daß unser Achtundvierzigpfünder durch ein Versehen auf eine doppelte Portion Pulver gesetzt war, wodurch allein seine unerwartete Wirkung vorzüglich in Absicht der zurückgeworfenen feindlichen Kugel begreiflich wird.

General Elliot bot mir für diesen ausnehmenden Dienst eine Offizierstelle an; ich lehnte aber alles ab und begnügte mich mit seinem Danke, den er mir denselben Abend an der Tafel in Gegenwart aller Offiziere auf die ehrenvollste Weise abstattete.

Non seulement il renvoya l'autre de la manière que j'ai décrite, mais il poursuivit son chemin comme je l'avais prévu, souleva de son affût le canon qu'on venait d'utiliser contre nous et le projeta dans la cale d'un navire avec une telle violence qu'il en perça aussitôt le plancher. Le bateau prit l'eau et coula avec mille matelots espagnols et un nombre considérable de soldats qui se trouvaient à bord. — C'était certes un acte tout à fait extraordinaire. Mais je n'en revendique nullement le mérite exclusif. C'est bien à mon intelligence que revient l'honneur de l'invention, mais le hasard lui apporta tout de même un certain soutien. Je constatai en effet par la suite que l'on avait chargé par erreur notre quarante-huit livres avec une double dose de poudre, ce qui seul peut expliquer son effet inattendu et avantageux sur le boulet ennemi renvoyé à l'expéditeur.

En récompense de ce service insigne, le général Elliot me proposa un poste d'officier ; mais je refusai tout et me contentai de ses remerciements, qu'il m'exprima le soir même de la manière la plus honorable en présence de tous ses subalternes.

Da ich sehr für die Engländer eingenommen bin, weil sie unstreitig ein vorzüglich braves Volk sind, so machte ich mir es zum Gesetze, die Festung nicht zu verlassen, bis ich ihnen noch einen Dienst würde geleistet haben; und in ungefähr drei Wochen bot sich mir eine gute Gelegenheit dazu dar. Ich kleidete mich wie ein katholischer Priester, schlich um ein Uhr des Morgens mich aus der Festung weg und kam glücklich durch die Linien der Feinde mitten in ihrem Lager an. Dort ging ich in das Zelt, in welchem der Graf von Artois mit dem ersten Befehlshaber und verschiedenen andern Offizieren einen Plan entwarfen, die Festung den nächsten Morgen zu stürmen. Meine Verkleidung war mein Schutz. Niemand wies mich zurück, und ich konnte ungestört alles anhören, was vorging. Endlich begaben sie sich zu Bette, und nun fand ich das ganze Lager, selbst die Schildwachen, in dem tiefsten Schlafe begraben. Sogleich fing ich meine Arbeit an, hob alle ihre Kanonen, über dreihundert Stück, von den Achtundvierzigpfündern bis zu den Vierundzwanzigpfündern herunter, von den Lafetten und warf sie drei Meilen weit in die See hinaus. Da ich ganz und gar keine Hülfe hatte, so war dies das schwerste Stück Arbeit, das ich je unternommen hatte,

Comme je suis très épris des Anglais, peuple incontestablement doué d'une grande bravoure, je me fis un devoir de ne pas quitter la forteresse avant de leur avoir rendu un nouveau service ; quelque trois semaines plus tard, une bonne occasion de le faire se présenta à moi. Je m'habillai en prêtre catholique, sortis discrètement de la forteresse à une heure du matin et franchis sans dommage les lignes ennemies pour entrer au beau milieu de leur camp. Une fois sur place, je pénétrai dans la tente où le comte d'Artois, ses principaux commandants et quelques autres officiers préparaient un plan visant à prendre d'assaut la forteresse, le lendemain matin. Mon déguisement était ma protection. Personne ne me refoula et je pus écouter tranquillement tout ce qui se passait. Ils allèrent finalement se coucher et je trouvai le camp tout entier, y compris les sentinelles, profondément endormi. Je me mis aussitôt au travail, démontai de leurs affûts tous leurs canons — plus de trois cents pièces, du quarante-huit livres au vingt-quatre livres — avant de les jeter à trois lieues de distance, en pleine mer. Comme je ne pouvais compter que sur moi-même, ce fut l'une des tâches les plus difficiles que j'eusse jamais entreprises,

eines etwa ausgenommen, das, wie ich höre, Ihnen neulich in meiner Abwesenheit einer meiner Bekannten zu erzählen für gut fand, da ich nämlich mit den ungeheueren, von dem Baron von Tott beschriebenen türkischen Geschütze an das gegenseitige Ufer des Meeres schwamm. — Sobald ich damit fertig war, schleppte ich alle Lafetten und Karren in die Mitte des Lagers, und damit das Rasseln der Räder kein Geräusch machen möchte, so trug ich sie paarweise unter meinen Armen zusammen. — Ein herrlicher Haufe war es, wenigstens so hoch als der Felsen von Gibraltar. — Dann schlug ich mit dem abgebrochenen Stücke eines eisernen Achtundvierzigpfünders an einem Kiesel, der zwanzig Fuß unter der Erde in einer noch von den Arabern gebauten Mauer steckte, Feuer, zündete eine Lunte an und setzte den ganzen Haufen in Brand. Ich vergaß Ihnen zu sagen, daß ich erst noch obenauf alle Kriegsvorratswagen geworfen hatte.

Was am brennbarsten war, hatte ich klüglich unten hingelegt, und so war nun in einem Augenblicke alles eine lichterlohe Flamme. Um allem Verdacht zu entgehen, war ich einer der ersten, der Lärmen machte. Das ganze Lager geriet, wie Sie sich vorstellen können, in das schreklichste Erstaunen,

hormis peut-être cet épisode que l'une de mes connaissances a, me dit-on, jugé bon de vous raconter, celui où il me fallut traverser la mer à la nage en portant la monstrueuse pièce d'artillerie turque décrite par le baron von Tott. — Dès que j'eus fini ce travail, je rassemblai tous les affûts et les chariots au milieu du camp. Pour que les roues ne fassent pas de bruit en tournant, je portai les affûts deux par deux, un sous chaque bras. — Ils formèrent au bout du compte un tas magnifique, au moins aussi haut que le rocher de Gibraltar. Puis je frappai avec un morceau de quarante-huit livres en fonte sur un caillou qui se trouvait vingt pieds sous terre, dans un mur que les Arabes avaient construit jadis, j'allumai une mèche et mis le feu à cet amoncellement. J'ai oublié de vous dire qu'auparavant j'avais hissé au sommet toutes les charrettes contenant les provisions de guerre.

J'avais eu la bonne idée de placer en bas du tas ce qui était le plus combustible, et il ne fallut pas attendre longtemps pour qu'une flamme ardente dévore cet amas de bois. Afin qu'aucun soupçon ne se porte sur moi, je fus l'un des premiers à donner l'alarme. Le camp tout entier, vous l'imaginez, fut plongé dans le plus terrible étonnement.

und der allgemeine Schluß war, daß die Schildwachen bestochen und sieben oder acht Regimenter aus der Festung zu dieser greulichen Zerstörung ihrer Artillerie gebraucht worden wären. Herr Drinkwater erwähnt in seiner Geschichte dieser berühmten Belagerung eines großen Verlustes, den die Feinde durch einen im Lager entstandenen Brand erlitten hätten, weiß aber im geringsten nicht die Ursache desselben anzugeben. Und das konnte er auch nicht; denn ich entdeckte die Sache noch keinem Menschen (obgleich ich allein durch die Arbeit dieser Nacht Gibraltar rettete), selbst dem General Elliot nicht. Der Graf von Artois lief nebst allen seinen Leuten im ersten Schrecken davon, und ohne einmal stillezuhalten, liefen sie ungefähr vierzehn Tage in einem fort, bis sie Paris erreichten. Auch machte die Angst, die sich ihrer bei diesem fürchterlichen Brande bemächtigt hatte, daß sie drei Monate nicht imstande waren, die geringste Erfrischung zu genießen, sondern chamäleonmäßig bloß von der Luft lebten.

Etwa zwei Monate, nachdem ich den Belagerten diesen Dienst getan hatte, saß ich eines Morgens mit dem General Elliot beim Frühstücke, als auf einmal eine Bombe (denn ich hatte nicht Zeit, ihre Mörser ihren Kanonen nachzuschicken) in das Zimmer flog und auf den Tisch niederfiel.

On pensa généralement que les sentinelles avaient été soudoyées et que sept ou huit régiments venus de la forteresse avaient utilisé leur artillerie pour commettre cette atroce destruction. Dans son histoire de ce fameux siège, M. Drinkwater mentionne une grande perte que les ennemis auraient subie à la suite d'un incendie survenu dans le camp, mais il est totalement incapable d'en indiquer la cause. Et comment le pourrait-il ? Je n'ai encore révélé cette affaire à personne (bien que ce travail d'une nuit m'ait permis de sauver tout Gibraltar à moi tout seul), pas même au général Elliot. L'effroi fit déguerpir le comte d'Artois et ses hommes ; ils coururent à peu près quinze jours durant sans faire la moindre halte, jusqu'à leur arrivée à Paris. La peur que leur avait causée cet incendie effroyable les empêcha de prendre la moindre collation pendant trois mois. Ils vécurent de l'air du temps, comme des caméléons.

Un matin, deux mois environ après que j'eus rendu ce service aux assiégés, je prenais mon petit déjeuner avec le général Elliot lorsqu'une bombe (car je n'avais pas eu le temps de faire subir à leurs mortiers le sort de leurs canons) vola dans la pièce et s'abattit sur la table.

Der General, wie fast jeder getan haben würde, verließ das Zimmer augenblicklich, ich aber nahm die Bombe, ehe sie sprang, und trug sie auf die Spitze des Felsen. Von hier aus sahe ich auf einem Hügel der Seeküste unweit des feindlichen Lagers eine ziemliche Menge Leute, konnte aber mit bloßen Augen nicht entdecken, was sie vorhatten. Ich nahm also mein Teleskop zu Hülfe und fand nun, daß zwei von unseren Offizieren, einer ein General und der andere ein Oberster, die noch den vorigen Abend mit mir zugebracht und sich um Mitternacht als Spione in das spanische Lager geschlichen hatten, dem Feinde in die Hände gefallen waren und eben gehängt werden sollten. Die Entfernung war zu groß, als daß ich die Bombe aus freier Hand hätte hinwerfen können. Glücklicherweise fiel mir bei, daß ich die Schleuder in der Tasche hatte, die David weiland so vorteilhaft gegen den Riesen Goliath gebrauchte. Ich legte meine Bombe hinein und schleuderte sie sogleich mitten in den Kreis. Sowie sie niederfiel, sprang sie auch und tötete alle Umstehenden, ausgenommen die beiden englischen Offiziere, die zu ihrem Glücke gerade in die Höhe gezogen waren. Ein Stück der Bombe flog indessen gegen den Fuß des Galgens, der dadurch sogleich umfiel.

Le général quitta les lieux à l'instant même comme l'aurait fait presque n'importe qui ; quant à moi, j'attrapai la bombe avant qu'elle n'explose et la portai au sommet du rocher. De là, j'aperçus sur une colline de la côte, non loin du camp ennemi, une assez grande quantité de gens dont je ne pus deviner l'activité à l'œil nu. J'eus donc recours à mon télescope et constatai que deux de nos officiers, le premier général, le second colonel, qui avaient encore passé la soirée précédente avec moi et s'étaient glissés vers minuit dans le camp espagnol pour s'y livrer à l'espionnage, avaient été capturés par l'ennemi et allaient être pendus d'un instant à l'autre. La distance était trop importante pour que je puisse projeter la bombe jusque-là à mains nues. Je me rappelai fort heureusement que j'avais dans ma poche la fronde dont David avait jadis fait si bon usage contre le géant Goliath. J'y posai ma bombe et la catapultai aussitôt au beau milieu du cercle. Elle explosa à l'instant même où elle toucha le sol et tua tous ceux qui se trouvaient autour, excepté les deux officiers anglais qu'on avait, pour leur bonheur, déjà hissés en l'air. Un fragment de la bombe vola cependant contre le pied de la potence et l'abattit.

Unsere beiden Freunde fühlten kaum terra firma, als sie sich nach dem Grunde dieser unerwarteten Katastrophe umsahen, und da sie fanden, daß Wache, Henker und alles den Einfall gekriegt hatte, zuerst zu sterben, so machten sie einander von ihren unbehaglichen Stricken los, liefen nach dem Seeufer, sprangen in ein spanisches Boot und nötigten die beiden Leute, die darin waren, sie nach einem unserer Schiffe zu rudern. Wenige Minuten nachher, da ich gerade dem General Elliot die Sache erzählte, kamen sie glücklich an, und nach gegenseitigen Erklärungen und Glückwünschen feierten wir diesen merkwürdigen Tag auf die froheste Art von der Welt.

Sie wünschen alle, meine Herren, ich sehe es Ihnen an den Augen an, zu hören, wie ich an einen so großen Schatz, als die gedachte Schleuder war, gekommen sei. Wohl! die Sache hängt so zusammen. Ich stamme, müssen Sie wissen, von der Frau des Urias ab, mit der David bekanntlich in sehr enger Verbindung lebte. Mit der Zeit aber — wie dies manchmal der Fall ist — wurden Seine Majestät merklich kälter gegen die Gräfin, denn dazu wurde sie im ersten Vierteljahre nach ihres Mannes Tod gemacht. Sie zankten sich einmal über einen sehr wichtigen Punkt, nämlich über den Fleck, wo Noahs Arche gebaut wurde und wo sie nach der Sündflut stehen blieb.

À peine nos deux amis eurent-ils senti la terre ferme qu'ils regardèrent autour d'eux pour chercher la cause de cet événement imprévu. Constatant que les gardes, le bourreau et tous les autres avaient eu la bonne idée de mourir en premier, ils se défirent l'un l'autre de leurs cordes inconfortables, coururent vers le rivage, sautèrent dans un canot espagnol et forcèrent les deux hommes qui s'y trouvaient à rejoindre l'un de nos navires à la rame. Quelques minutes plus tard, alors que j'étais justement en train de raconter l'affaire au général Elliot, ils arrivèrent sains et saufs ; après nous être expliqués et congratulés, nous fêtâmes cette étrange journée de la manière la plus joyeuse qui fût.

Vous souhaitez tous, Messieurs, je le lis dans vos yeux, apprendre comment je suis entré en possession d'un trésor aussi précieux que cette fronde. Je vais vous le raconter. Je descends, vous le savez forcément, de l'épouse d'Urie, laquelle eut, on le sait, des relations très proches avec David. Avec le temps — c'est parfois le cas —, Sa Majesté se montra sensiblement plus froide à l'égard de la comtesse, titre qu'elle avait reçu trois mois après la mort de son époux. Ils se disputèrent un jour à propos d'une question de la plus haute importance : l'endroit où avait été construite l'arche de Noé et le lieu où elle se trouvait depuis le déluge.

Mein Stammvater wollte für einen großen Altertumskundigen gelten, und die Gräfin war Präsidentin einer historischen Sozietät. Dabei hatte er die Schwäche mehrerer großen Herren und fast aller kleinen Leute, er konnte keinen Widerspruch ertragen; und sie hatte den Fehler ihres Geschlechts, sie wollte in allen Dingen recht behalten; kurz, es erfolgte eine Trennung. Sie hatte ihn oft von jener Schleuder als einem sehr großen Schatze sprechen hören und fand für gut, sie, zum Andenken wahrscheinlich, mitzunehmen. Ehe sie aber noch aus seinen Staaten war, wurde die Schleuder vermißt, und nicht weniger als sechs Mann von der Leibwache des Königs setzten ihr nach. Sie bediente sich indes des mitgenommenen Instruments so gut, daß sie einen ihrer Verfolger, der sich durch seinen Diensteifer vielleicht heben wollte und daher etwas vor den andern voraus war, gerade auf den Fleck traf, wo Goliath seine tödliche Quetschung gekriegt hatte. Als seine Gefährten ihn tot zur Erde stürzen sahen, hielten sie es nach langer weiser Überlegung für das beste, diesen neu eingetretenen Umstand fürs erste gehörigen Ortes zu melden, und die Gräfin hielt es für das beste, mit untergelegten Pferden ihre Reise nach Ägypten fortzusetzen, wo sie sehr angesehene Freunde am Hofe hatte.

Mon ancêtre se piquait d'être un grand spécialiste de l'Antiquité, et la comtesse était présidente d'une société d'histoire. Il avait cependant la faiblesse de maints grands seigneurs et de presque toutes les petites gens : il ne pouvait pas supporter la contradiction ; quant à elle, elle était affligée du défaut propre à son sexe, elle voulait avoir raison en toute chose ; bref, ils se séparèrent. Elle avait souvent entendu dire que cette fronde était extrêmement précieuse et jugea bon de l'emporter avec elle, sans doute en souvenir. Mais avant même qu'elle n'ait quitté le territoire, on constata la disparition de l'objet, et rien de moins que six hommes de la garde personnelle du roi se lancèrent à sa poursuite. Elle maniait cependant avec une telle habileté l'arme qu'elle avait dérobée qu'elle atteignit l'un de ses poursuivants — lequel voulait peut-être s'élever grâce à son ardeur et avait donc un peu d'avance sur les autres — à l'endroit précis où Goliath avait été tué. Lorsque ses compagnons le virent s'effondrer au sol, mort, ils considérèrent, après une longue et sage réflexion, qu'il valait mieux commencer par faire à l'instance compétente un rapport sur cette nouvelle situation. Quant à la comtesse, elle estima que le mieux était de poursuivre au plus vite son voyage vers l'Égypte, où elle avait des amis très prestigieux à la cour.

— Ich hätte Ihnen vorher schon sagen sollen, daß sie von mehreren Kindern, die Seine Majestät mit ihr zu zeugen geruhet hatten, bei ihrer Entfernung einen Sohn, der ihr Liebling war, mit sich nahm. Da diesem das fruchtbare Ägypten noch einige Geschwister gab, so vermachte sie ihm durch einen besondern Artikel ihres Testamentes die berühmte Schleuder; und von ihm kam sie in meist gerader Linie endlich auf mich.

Einer ihrer Besitzer, mein Ururgroßvater, der vor ungefähr zweihundertundfünfzig Jahren lebte, wurde bei einem Besuche, den er in England machte, mit einem Dichter bekannt, der zwar nichts weniger als Plagiarius, aber ein desto größerer Wilddieb war und Shakespeare hieß. Dieser Dichter, in dessen Schriften jetzt, zur Wiedervergeltung vielleicht, von Engländern und Deutschen abscheulich gewilddiebt wird, borgte manchmal diese Schleuder und tötete damit so viel von Sir Thomas Lucys Wildbret, daß er mit genauer Not dem Schicksale meiner zwei Freunde zu Gibraltar entging. Der arme Mann wurde ins Gefängnis geworfen, und mein Ältervater bewirkte seine Freiheit auf eine ganz besondere Art. Die Königin Elisabeth, die damals regierte, wurde, wie Sie wissen, in ihren letzten Jahren ihrer selbst überdrüssig. Ankleiden, Auskleiden, Essen, Trinken und manches andere, was ich nicht zu nennen brauche, machten ihr das Leben zur unerträglichen Last.

— J'aurais dû vous dire auparavant que des nombreux enfants qu'il avait plu à Sa Majesté d'engendrer avec elle, elle avait emporté un fils, son préféré. Comme l'Égypte fertile avait donné à ce dernier quelques frères et sœurs, elle lui légua la fameuse fronde dans un article particulier de son testament. Et de lui, l'objet arriva jusqu'à moi en ligne à peu près directe.

L'un de ses propriétaires, mon arrière-arrière-grand-père, qui vécut il y a à peu près deux cent cinquante ans, fit lors d'une visite en Angleterre la connaissance d'un poète qui n'avait certes rien d'un plagiaire mais était un braconnier d'autant plus redoutable, et portait le nom de Shakespeare. Ce poète, dans les écrits duquel, peut-être à titre de représailles, des Anglais et des Allemands braconnent à leur tour aujourd'hui de manière scandaleuse, empruntait parfois cette fronde et tua avec elle tellement de gibier appartenant à sir Thomas Lucy qu'il échappa d'extrême justesse au destin de mes deux amis à Gibraltar. Le pauvre homme fut jeté en prison, et mon aïeul lui fit rendre la liberté d'une manière tout à fait particulière. La reine Élisabeth, qui régnait à l'époque, passa, vous le savez, ses dernières années sans grande joie de vivre. S'habiller, se déshabiller, manger, boire et bien d'autres choses que je n'ai pas besoin de citer faisaient de son existence un poids insupportable.

Mein Ältervater setzte sie in den Stand, alles dies nach ihrer Willkür ohne oder durch einen Stellvertreter zu tun. Und was meinen Sie, daß er für dieses ganz unvergleichliche Meisterstück magischer Kunst sich ausbat? — Shakespeares Freiheit. — Weiter konnte ihm die Königin nicht das geringste aufdringen. Die ehrliche Haut hatte diesen großen Dichter so liebgewonnen, daß er gern von der Anzahl seiner Tage etwas abgegeben hätte, um das Leben seines Freundes zu verlängern.

Übrigens kann ich Ihnen, meine Herren, versichern, daß die Methode der Königin Elisabeth, gänzlich ohne Nahrung zu leben, so originell sie auch war, bei ihren Untertanen sehr wenig Beifall gefunden hat, am wenigsten bei den beef-eaters[1], wie man sie gewöhnlich noch heutigestages nennt. Sie überlebte aber selbst ihre neue Sitte nicht über achthalb Jahr.

Mein Vater, von dem ich diese Schleuder kurz vor meiner Reise nach Gibraltar geerbt habe, erzählte mir folgende merkwürdige Anekdote, die auch seine Freunde öfters von ihm gehört haben und an deren Wahrheit niemand zweifeln wird, der den ehrlichen Alten gekannt hat.

1. Rindfleischesser. Ein Name, der — nicht selten von solchen, die gerne Rindfleisch äßen und aus ökonomischen Gründen nicht dürfen — der königlichen Garde gegeben wird.

Mon ancêtre lui donna la faculté de faire tout cela exclusivement quand elle en avait envie, ou bien elle-même, ou bien par un représentant. Et que croyez-vous qu'il réclama pour ce chef-d'œuvre de la magie ? — La liberté de Shakespeare. La reine ne put rien lui faire accepter d'autre. Cet homme vénérable avait pour ce grand poète une telle affection qu'il aurait volontiers cédé une partie de ses jours pour prolonger la vie de son ami. Je peux du reste vous assurer, Messieurs, que la méthode de la reine Élisabeth, vivre en se privant totalement de nourriture, si originale fût-elle, n'avait trouvé que très peu d'assentiment chez ses sujets, et le moins chez les *beaf-eaters*[1], comme on a encore l'habitude de les appeler aujourd'hui. Elle-même ne survécut d'ailleurs pas plus de sept ans et demi à ses nouvelles mœurs.

Mon père, dont j'avais hérité cette fronde peu avant mon voyage à Gibraltar, me raconta la curieuse anecdote suivante, que ses amis ont eux aussi assez souvent entendue de sa bouche et dont nul, ayant connu ce vieil homme honorable, ne mettra en doute la véracité.

1. Mangeurs de viande de bœuf. Un nom que l'on donnait à la garde royale, et que leur attribuaient souvent ceux qui en auraient volontiers mangé et n'en avaient pas les moyens financiers.

»Ich hielt mich«, sagte er, »bei meinen Reisen geraume Zeit in England auf und ging einstens an dem Ufer der See unweit Harwich spazieren. Plötzlich kam ein grimmiges Seepferd in äußerster Wut auf mich los. Ich hatte nichts als die Schleuder bei mir, mit der ich dem Tier so geschickt zwei Kieselsteine gegen den Kopf warf, daß ich mit jedem ein Auge des Ungeheuers einschlug. Darauf stieg ich auf seinen Rücken und trieb es in die See; denn in demselben Augenblick, in dem es sein Gesicht verlor, verlor es auch seine Wildheit und wurde so zahm als möglich. Meine Schleuder legte ich ihm statt des Zaumes in den Mund und ritt es nun mit der größten Leichtigkeit durch den Ozean hin. In weniger als drei Stunden kamen wir beide an dem entgegengesetzten Ufer an, welches doch immer eine Strecke von ungefähr dreißig Seemeilen ist. Zu Helvoetsluys verkaufte ich es für siebenhundert Dukaten an den Wirt zu den drei Kelchen, der es als ein äußerst seltenes Tier sehen ließ und sich schönes Geld damit machte.« — Jetzt findet man eine Abbildung davon im Buffon. — »So sonderbar die Art meiner Reise war,« fuhr mein Vater fort, »so waren doch die Bemerkungen und Entdeckungen, die ich auf derselben machte, noch viel außerordentlicher.

« Au cours de mes voyages », dit-il, « j'ai séjourné un certain temps en Angleterre et j'allais parfois me promener au bord de la mer, non loin de Harwich. Soudain, un hippocampe hargneux, pris d'une extrême fureur, me fonça dessus. Je n'avais rien sur moi que la fronde, mais je m'en servis pour jeter deux galets contre la tête de l'animal, avec une si grande habileté que chacun creva un œil du monstre. Puis je montai sur son dos et le ramenai vers la mer. Car à l'instant où il perdit la vue, il perdit aussi sa sauvagerie et devint aussi docile que possible. Je lui plaçai ma fronde dans la bouche en guise de mors et le chevauchai avec une grande facilité à travers l'océan. En moins de trois heures, nous fûmes tous deux arrivés sur la rive opposée, ce qui représente tout de même un trajet d'une trentaine de miles nautiques. À Helvoetsluys, je le vendis pour sept cents ducats à l'aubergiste des Trois Calices, qui l'exhiba comme animal d'une extrême rareté et gagna une belle somme avec lui. » On en trouve aujourd'hui un dessin chez Buffon. « Si singulière que fût la nature de mon voyage », reprit mon père, « les remarques et les découvertes que je fis à cette occasion furent bien plus extraordinaires encore.

Das Tier, auf dessen Rücken ich saß, schwamm nicht, sondern lief mit unglaublicher Geschwindigkeit auf dem Grunde des Meeres weg und trieb Millionen von Fischen vor sich her, von denen viele ganz verschieden von den gewöhnlichen waren. Einige hatten den Kopf in der Mitte des Leibes, andere an der Spitze des Schwanzes. Einige saßen in einem großen Zirkel beisammen und sangen unaussprechlich schöne Chöre; andere baueten aus bloßem Wasser die prächtigsten durchsichtigen Gebäude auf, die mit kolossalischen Säulen umgeben waren, in welchen eine Materie, die ich für nichts anders als für das reinste Feuer halten konnte, in den angenehmsten Farben und in den reizendsten wellenförmigen Bewegungen hin und wieder lief. Verschiedene Zimmer dieser Gebäude waren auf eine sehr sinnreiche und bequeme Art zur Begattung der Fische eingerichtet; in andern wurde der zarte Laich gepflegt und gewartet; und eine Reihe weitläufiger Säle war zur Erziehung der jungen Fische bestimmt. Das Äußere der Methode, die hier beobachtet wurde — denn das Innere derselben verstand ich natürlicherweise ebensowenig als den Gesang der Vögel oder die Dialogen der Heuschrecken —,

L'animal sur le dos duquel j'étais assis ne nageait pas mais courait à une vitesse incroyable sur le fond de la mer et poussait devant lui des millions de poissons dont beaucoup étaient très différents de l'ordinaire. Certains avaient la tête au milieu du corps, d'autres au bout de la queue. Quelques-uns formaient un grand cercle et chantaient des chœurs d'une beauté inexprimable ; d'autres édifiaient avec de l'eau, rien de plus, les édifices translucides les plus somptueux, entourés de piliers colossaux à l'intérieur desquels une substance dans laquelle je reconnus du feu parfaitement pur allait et venait en produisant les couleurs les plus agréables et les mouvements ondulatoires les plus charmants. Différentes chambres de ces édifices avaient été aménagées de manière très judicieuse et confortable pour l'accouplement des poissons ; dans d'autres pièces, on soignait et l'on nourrissait le tendre frai ; l'éducation des jeunes poissons se faisait dans une série de grandes salles. La méthode employée ici — du moins vue de l'extérieur, car je comprenais bien entendu tout aussi peu son contenu que le chant des oiseaux ou le dialogue des sauterelles —

hatte so auffallende Ähnlichkeit mit dem, was ich in meinem Alter in den sogenannten Philanthropinnen und dergleichen Anstalten eingeführt fand, daß ich ganz gewiß bin, einer ihrer angeblichen Erfinder hat eine der meinigen ähnliche Reise gemacht und seine Ideen mehr aus dem Wasser geholt als aus der Luft gegriffen. Übrigens sehen Sie aus dem wenigen, was ich Ihnen gesagt habe, daß noch manches ungenutzt, noch manche Spekulation übrig ist. — doch ich fahre in meiner Erzählung fort.

»Ich kam unter anderm über eine ungeheuere Gebirgskette hin, die wenigstens so hoch war als die Alpen. An der Seite der Felsen war eine Menge großer Bäume von mannigfaltiger Art. Auf diesen wuchsen Hummer, Krebse, Austern, Kammaustern, Muscheln, Seeschnecken usw., von denen bisweilen ein einziges Stück eine Ladung für einen Frachtwagen war, und an der kleinsten hätte ein Lastträger zu schleppen gehabt. — Alles, was von der Art an die Ufer geworfen und auf unsern Märkten verkauft wird, ist elendes Zeug, das das Wasser von den Ästen abschlägt, ungefähr so wie das kleine schlechte Obst, das der Wind von den Bäumen herunterweht. — Die Hummerbäume schienen am vollesten zu sitzen; die Krebs- und Austerbäume aber waren die größten.

présentait avec ce qu'on appelait à mon époque les instituts philanthropiques et autres établissements du même genre une analogie tellement remarquable que je suis certain que l'un de leurs prétendus inventeurs a fait un voyage identique et s'est laissé inspirer par l'eau plutôt que par l'air. Du peu que je vous ai dit, vous conclurez qu'il reste encore dans le monde beaucoup de choses inutilisées et ouvertes à la spéculation. Mais je reprends mon récit.

«Je me retrouvai entre autres au-dessus d'un immense massif montagneux, au moins aussi élevé que les Alpes, et dont les flancs étaient plantés de nombreux arbres d'essences diverses. Sur ces arbres poussaient des homards, des crabes, des huîtres, des moules, des coques, des bigorneaux, etc., dont certains spécimens auraient suffi à remplir une charrette et dont le plus petit aurait exténué un portefaix. Tous les produits de cette espèce qui sont rejetés sur le rivage et vendus sur nos marchés ne sont que misérables déchets que l'eau arrache aux branches, semblables aux petits fruits piqués que le vent fait tomber des arbres. Les arbres à homards semblaient les plus chargés; mais les arbres à crabes et à huîtres étaient les plus grands.

Die kleinen Seeschnecken wachsen auf einer Art von Sträuchern, die immer an dem Fuß der Austerbäume stehen und sich fast so wie der Efeu an der Eiche an ihnen hinaufwinden. Auch bemerkte ich eine sehr sonderbare Wirkung eines untergegangenen Schiffes. Dies war, wie mir schien, gegen die Spitze eines Felsen, der nur drei Klafter unter der Oberfläche des Wassers war, gestoßen und beim Sinken umgeschlagen. Dadurch stürzte es auf einen großen Hummerbaum und stieß verschiedene Hummer ab, die auf einen darunterstehenden Krebsbaum fielen. Weil die Sache nun wahrscheinlich im Frühjahre geschah und die Hummer noch ganz jung waren, so vereinigten sie sich mit den Krebsen und brachten eine neue Frucht hervor, die mit beiden Ähnlichkeit hat. Ich versuchte der Seltenheit wegen ein Stück davon mitzunehmen, aber teils war es mir zu beschwerlich, teils wollte mein Pegasus nicht gerne stillehalten; auch hatte ich schon über die Hälfte meines Weges zurückgelegt und war gerade in einem Tale wenigstens fünfhundert Klafter unter der Meeresfläche, wo ich den Mangel der Luft allmählich etwas unbequem fand. Übrigens war meine Lage auch in andern Rücksichten nicht die angenehmste. Ich begegnete von Zeit zu Zeit großen Fischen, die, soviel ich aus ihren offenen Rachen abnehmen konnte, eben nicht ungeneigt waren, uns beide zu verschlingen.

Les petits bigorneaux poussent sur une sorte de buisson que l'on trouve toujours au pied des arbres à huîtres, où ils montent en s'enroulant comme le lierre sur le chêne. Je remarquai aussi l'effet très singulier qu'avait produit un navire naufragé. Il me sembla qu'il avait heurté un rocher dont la pointe se situait à moins de trois brasses sous la surface de l'eau et s'était renversé en coulant. Il avait ainsi heurté un grand arbre à homards et décroché différents spécimens de ces crustacés, lesquels étaient tombés sur un arbre à crabes situé en dessous. Comme cet épisode était vraisemblablement survenu au printemps et que les homards étaient encore tout jeunes, ils s'accouplèrent avec les crabes et produisirent un nouveau fruit qui tenait un peu des deux. Je tentai d'emporter l'un de ces animaux rares, mais ils étaient trop volumineux pour moi, et mon Pégase ne tenait pas à s'arrêter. Et puis j'avais déjà parcouru la moitié de mon chemin et me trouvais dans une vallée située à au moins cinq cents brasses sous la surface de la mer, où je commençais à trouver le manque d'air inconfortable. J'avais d'autres motifs d'estimer que ma position n'était pas des plus agréables. Je rencontrais de temps en temps de gros poissons qui, à en juger par leur gueule ouverte, n'auraient pas refusé de nous avaler tous les deux.

Nun war meine arme Rosinante blind, und es beruhte einzig auf meiner vorsichtigen Führung, daß ich den menschenfreundlichen Absichten dieser hungrigen Herren entging. Ich galoppierte also weidlich zu und suchte so bald wie möglich wieder trockenes Land zu gewinnen.

»Als ich dem holländischen Ufer schon ziemlich nahe war und das Wasser über meinem Kopfe keine zwanzig Klafter mehr hoch sein mochte, so kam es mir vor, als läge eine menschliche Gestalt in weiblicher Kleidung vor mir auf dem Sande. Ich glaubte einige Zeichen des Lebens an ihr zu bemerken, und als ich näher kam, sah ich auch wirklich, daß sie ihre Hand bewegte. Ich faßte diese an und brachte die Person als eine anscheinende Leiche mit mir an das Ufer. Ob man nun gleich damals in der Kunst Tote zu erwecken noch nicht so weit gekommen war, daß man so wie in unseren Tagen auf jeder Dorfschenke eine Anweisung vorfand, Ertrunkene wieder aus dem Reiche der Schatten zurückzurufen, so gelang es doch den klugen und unermüdeten Bemühungen eines dortigen Apothekers, den kleinen Funken des Lebens, den er in dieser Frau noch übrig fand, wieder anzumachen. Sie war die teuere Hälfte eines Mannes, der ein nach Helvoetsluys gehöriges Schiff kommandierte und kurz vorher aus dem Hafen abgefahren war. Unglücklicherweise hatte er in der Eile eine andere Person anstatt seiner Frau mitgenommen.

Il se trouve que ma pauvre rossinante était aveugle et seule ma conduite prudente nous permit d'échapper à l'amour dévorant que ces seigneurs affamés éprouvent pour le genre humain. J'allai donc au grand galop afin de retrouver la terre ferme dès que possible.

« Alors que j'approchais du rivage hollandais et que j'avais sans doute moins de vingt brasses d'eau au-dessus de ma tête, il me sembla apercevoir devant moi sur le sable une silhouette vêtue d'habits de femme. Je crus déceler en elle quelques signes de vie et lorsque je m'approchai d'elle, je constatai que sa main bougeait bel et bien. Je la pris et portai sur le rivage cette personne qui avait tous les airs d'un cadavre. Bien qu'on n'eût pas encore réalisé à cette époque, dans l'art de réveiller les défunts, les progrès qui font que l'on trouve, de nos jours, dans n'importe quelle auberge villageoise, des instructions pour ramener les noyés du royaume des morts, les efforts ingénieux et infatigables d'un pharmacien local parvinrent à ranimer la petite étincelle de vie qui habitait encore cette femme. Elle était la chère moitié d'un homme qui commandait un navire en partance pour Helvoetsluys et avait quitté le port peu avant. Malheureusement, dans sa hâte, il était parti avec une autre personne que son épouse.

Dies wurde ihr sogleich von einer der wachsamen Schutzgöttinnen des häuslichen Friedens hinterbracht, und weil sie fest überzeugt war, daß die Rechte des Ehebettes zu Wasser so gültig wären als zu Lande, so fuhr sie ihm wütend vor Eifersucht in einem offenen Boote nach und suchte, sobald sie auf das Oberlof seines Schiffes gekommen war, nach einer kurzen unübersetzbaren Anrede, ihre Gerechtsame auf eine so triftige Art zu beweisen, daß ihr lieber Getreuer es für ratsam fand, ein paar Schritte zurückzutun. Die traurige Folge davon war, daß ihre knöcherne Rechte den Eindruck, der den Ohren ihres Mannes zugedacht war, auf die Wellen machte, und da diese noch nachgebender waren als er, so fand sie erst auf dem Grunde der See den Widerstand, den sie suchte. — Hier brachte mich nun mein Unstern mit ihr zusammen, um ein glückliches Paar auf Erden mehr zu machen.

»Ich kann mir leicht vorstellen, was für Segenswünsche mir ihr Herr Gemahl nachgeschickt hat, als er bei seiner Rückkunft fand, daß sein zärtliches Weibchen, durch mich gerettet, seiner harre. Indes so schlimm auch immer der Streich sein mag, den ich dem armen Teufel gespielt habe, so war mein Herz doch außer aller Schuld. Der Bewegungsgrund meiner Handlung war reine, klare Menschenliebe, obgleich, wie ich nicht leugnen kann, die Folgen davon für ihn schrecklich sein mußten.«

L'une de ces vigilantes déesses qui veillent sur la paix des ménages l'en avait informée, et comme elle était fermement convaincue que les droits conjugaux s'appliquaient autant en mer que sur terre, elle s'embarqua aussitôt, folle de jalousie, dans un canot. Dès qu'elle fut arrivée sur le pont de son navire, elle chercha, après un bref discours intraduisible, à faire valoir ses droits d'une manière si énergique que son cher et fidèle mari jugea conseillé de faire quelques pas en arrière. Triste conséquence, c'est sur les vagues que la main osseuse de la femme asséna le petit présent qu'elle destinait à son mari et comme celles-là étaient encore plus molles que celui-ci, il lui fallut atteindre le fond de la mer pour rencontrer la résistance qu'elle cherchait. C'est alors que ma bonne étoile me mit sur son chemin, faisant sur la terre un couple heureux de plus.

« Je peux facilement m'imaginer quelles bénédictions m'a adressées Monsieur son époux lorsqu'il a constaté, à son retour, que sa tendre petite épouse l'attendait chez lui après que je l'eus sauvée. Mais si terrible que puisse être la plaisanterie que j'ai faite à ce pauvre diable, mon cœur était parfaitement innocent. Le motif de mon action était l'amour pur et limpide de mon prochain. Même si, c'est indéniable, les conséquences en furent certainement terribles pour lui. »

Und so weit, meine Herren, geht die Erzählung meines Vaters, an die ich durch die berühmte Schleuder erinnert wurde, die leider, nachdem sie sich so lange bei meiner Familie erhalten und ihr viele wichtige Dienste geleistet hatte, in dem Rachen des Seepferdes ihren Rest gekriegt zu haben scheint. Wenigstens habe ich den einzigen Gebrauch davon gemacht, den ich Ihnen erzählt habe, daß ich den Spaniern eine ihrer Bomben uneröffnet wieder zurückschickte und dadurch meine zwei Freunde vom Galgen rettete. Bei dieser edlen Anwendung wurde meine Schleuder, die vorher schon etwas mürbe war, vollends aufgeopfert. Das größte Teil davon flog mit der Bombe weg, und das übrige kleine Stückchen, das mir in der Hand blieb, liegt jetzt in unserm Familienarchiv, wo es nebst mehreren wichtigen Altertümern zu ewigem Andenken aufbewahret wird.

Bald darauf verließ ich Gibraltar wieder und kehrte nach England zurück. Dort begegnete mir einer der sonderbarsten Streiche meines ganzen Lebens. Ich mußte nach Wapping hinuntergehen, um verschiedene Sachen einschiffen zu sehen, die ich einigen meiner Freunde in Hamburg schicken wollte, und als ich damit fertig war, nahm ich meinen Rückweg über den Tower Wharf. Es war Mittag; ich war schrecklich müde, und die Sonne wurde mir so lästig, daß ich in eine von den Kanonen hineinkroch, um dort ein bißchen auszuruhen.

Voilà, Messieurs, où s'arrête le récit de mon père, que me rappela cette fameuse fronde — laquelle, hélas, après être restée si longtemps dans ma famille et lui avoir rendu de nombreux et importants services, semble avoir eu son compte dans la gueule de l'hippocampe. Du moins en ai-je fait l'unique usage que je vous ai raconté, en renvoyant aux Espagnols l'une de leurs bombes par retour du courrier, sauvant ainsi mes deux amis de la potence. Après cette noble action, ma fronde, déjà un peu fatiguée, rendit totalement l'âme. La plus grande partie fut projetée en même temps que la bombe, et le petit morceau qui me resta dans la main se trouve aujourd'hui dans nos archives familiales, où il est conservé pour les siècles des siècles à côté de plusieurs autres antiquités très précieuses.

Peu après, je quittai de nouveau Gibraltar et rentrai en Angleterre. J'y fus témoin de l'une des plaisanteries les plus singulières de toute mon existence. Il me fallut descendre à Wapping pour assister à l'embarquement de différents objets que je voulais envoyer à quelques-uns de mes amis à Hambourg. Lorsque j'en eus fini, je voulus rentrer chez moi en passant par la Tower Wharf. Il était midi ; j'étais épouvantablement fatigué et le soleil me pesait tant que je me glissai dans l'un des canons pour m'y reposer un petit peu.

Kaum war ich darin, so fiel ich auch sogleich in den tiefsten Schlaf. Nun war es gerade der vierte Junius[1], und um ein Uhr wurden alle Kanonen zum Andenken dieses Tages abgefeuert. Sie waren am Morgen geladen, und da niemand mich hier vermuten konnte, so wurde ich über die Häuser an der entgegengesetzten Seite des Flusses weg in den Hof eines Pächters zwischen Bermondsey und Deptford geschossen. Hier fiel ich auf einen großen Heuhaufen nieder und blieb — wie aus der großen Betäubung leicht begreiflich wird —, ohne aufzuwachen, liegen. Ungefähr nach drei Monaten wurde das Heu so erschrecklich teuer, daß der Pächter einen guten Schnitt zu machen dachte, wenn er jetzt seinen Vorrat losschlüge. Der Haufen, auf dem ich lag, war der größte auf dem Hofe und hielt wenigstens fünfhundert Fuder. Mit ihm wurde also bei dem Aufladen der Anfang gemacht. Durch den Lärmen der Leute, die ihre Leitern angelegt hatten und auf den Haufen hinaufsteigen wollten, wachte ich auf, noch halb im Schlafe und ohne im geringsten zu wissen, wo ich war, wollte ich weglaufen und stürzte herunter auf den Eigentümer des Heus. Ich selbst litt durch diesen Fall nicht den geringsten Schaden, der Pächter aber einen desto größern;

1. Der Geburtstag des regierenden Königs.

À peine m'y trouvai-je que je sombrai dans le plus profond sommeil. Mais on était précisément le quatre juin[1], et à une heure, on faisait tonner tous les canons pour célébrer cette journée. Ils avaient été chargés le matin, et comme nul ne pouvait soupçonner ma présence à l'intérieur, je fus bombardé par-dessus les maisons, sur l'autre rive du fleuve, et atterris dans la cour d'un fermier, entre Bermondsey et Deptford. J'y tombai sur un grand tas de foin et y restai couché sans me réveiller, ce que l'on comprendra facilement, assommé comme je l'étais. Au bout de trois mois environ, le foin atteignit un prix tellement élevé que le fermier pensa réaliser une bonne affaire en se débarrassant de ses réserves. Le tas sur lequel je me trouvais était le plus grand de la ferme, il aurait au moins rempli cinq cents charrettes. C'est donc par lui que l'on commença le chargement. Le bruit des gens qui avaient posé leurs échelles et voulaient monter sur le tas me réveilla. J'étais encore à demi assoupi et, ne sachant pas le moins du monde où je me trouvais, je voulus partir en courant et tombai, tout en bas, sur le propriétaire du foin. Cette chute ne me valut pas le moindre dommage, mais ceux que subit le fermier furent d'autant plus considérables ;

1. Anniversaire du roi régnant alors.

er blieb tot unter mir liegen, denn ich hatte unschuldigerweise ihm das Genick gebrochen. Zu meiner großen Beruhigung hörte ich nachher, daß der Kerl ein abscheulicher Jude war, der immer mit den Früchten seiner Ländereien so lange zurückhielt, bis erst bittere Teuerung einriß und er mit übermäßigem Profite sie verkaufen konnte, so daß also sein gewaltsamer Tod für ihn gerechte Strafe und für das Publikum wahre Wohltat war.

Wie sehr ich übrigens erstaunte, als ich wieder völlig zu mir selbst kam und nach langem Besinnen meine gegenwärtigen Gedanken an die anknüpfte, mit denen ich vor drei Monaten eingeschlafen war, und wie groß die Verwunderung meiner Freunde in London war, als ich nach vielen vergeblichen Nachforschungen auf einmal wieder erschien — das können Sie, meine Herren, sich leicht vorstellen.

Nun lassen Sie uns erst ein Gläschen trinken, und dann erzähle ich Ihnen noch ein paar meiner Seeabenteuer.

il resta mort en dessous de moi, car je lui avais, en toute innocence, brisé le cou. Je fus très tranquillisé d'apprendre que ce bonhomme était un juif répugnant qui avait coutume de retenir les produits de ses terres jusqu'à ce qu'ils atteignent un cours affreusement élevé et qu'il puisse les vendre en faisant des bénéfices démesurés, tant et si bien que cette mort violente était pour lui une juste punition et pour la collectivité un bienfait incontestable.

Vous pouvez toutefois, Messieurs, facilement imaginer quel fut mon étonnement lorsque je fus entièrement revenu à moi-même et qu'après une longue réflexion, je fis le lien entre mes pensées du moment et celles sur lesquelles je m'étais endormi trois mois plus tôt. Et vous concevrez l'émerveillement de mes amis à Londres lorsque je reparus tout d'un coup après de nombreuses et vaines recherches.

Mais commençons par boire un petit verre. Je vous raconterai ensuite quelques-unes de mes aventures en mer.

VIERZEHNTES KAPITEL

Achtes Seeabenteuer

Ohne Zweifel haben Sie von der letzten nördlichen Entdeckungsreise des Kapitäns Phipps — gegenwärtigen Lords Mulgrave — gehört. Ich begleitete den Kapitän; — nicht als Offizier, sondern als Freund. — Da wir unter einen ziemlich hohen Grad nördlicher Breite gekommen waren, nahm ich mein Teleskop, mit dem ich Sie bei der Geschichte meiner Reise nach Gibraltar schon bekannt gemacht habe, und betrachtete die Gegenstände, die ich nun um mich hatte. — Denn, im Vorbeigehen gesagt, ich halte es immer für gut, sich von Zeit zu Zeit einmal umzusehen, vorzüglich auf Reisen. — Ungefähr eine halbe Meile von uns schwamm ein Eisgebirge, das weit höher als unsere Maste war, und auf demselben sah ich zwei weiße Bären, die meiner Meinung nach in einem hitzigen Zweikampfe begriffen waren.

QUATORZIÈME CHAPITRE

Huitième aventure en mer

Vous avez sans aucun doute entendu parler du dernier voyage d'exploration mené dans le Nord par le capitaine Phipps — aujourd'hui lord Mulgrave. J'accompagnais le capitaine, non pas comme officier, mais en tant qu'ami. Comme nous étions arrivés sous une latitude septentrionale passablement élevée, je pris mon télescope (dont vous avez déjà fait connaissance lorsque je vous ai raconté mon voyage à Gibraltar) et j'observai les objets que j'avais désormais autour de moi. Car, soit dit en passant, il me paraît toujours bon de regarder autour de soi de temps en temps, surtout quand on est en voyage. À un demi-mile de nous environ flottait un iceberg dont la pointe s'élevait bien plus haut que nos mâts ; j'y vis deux ours blancs qui, me sembla-t-il, s'étaient engagés dans un duel virulent.

Ich hing sogleich mein Gewehr um und machte mich zu dem Eise hin, fand aber, als ich erst auf den Gipfel desselben gekommen war, einen unaussprechlich mühsamen und gefahrvollen Weg. Oft mußte ich über schreckliche Abgründe springen; und an andern Stellen war die Oberfläche so glatt wie ein Spiegel, so daß meine Bewegung ein ständiges Fallen und Aufstehen war. Doch endlich kam ich so weit, daß ich die Bären erreichen konnte, und zugleich sah ich auch, daß sie nicht miteinander kämpften, sondern nur spielten. Ich überrechnete schon den Wert ihrer Felle — denn jeder war wenigstens so groß als ein gut gemästeter Ochse —; allein indem ich eben mein Gewehr anlegen wollte, glitschte ich mit dem rechten Fuße aus, fiel rückwärts nieder und verlor durch die Heftigkeit des Schlages, den ich tat, auf eine kleine halbe Stunde alles Bewußtsein. Stellen Sie sich mein Erstaunen vor, als ich erwachte und fand, daß eines von den obengenannten Ungeheuern mich herum auf mein Gesicht gedrehet hatte und gerade den Bund meiner neuen ledernen Hose packte. Der obere Teil meines Leibes steckte unter seinem Bauche, und meine Beine standen voraus. Gott weiß, wohin mich die Bestie geschleppt hätte; aber ich kriegte mein Taschenmesser heraus — dasselbe, was Sie hier sehen —, hackte in seinen linken Hinterfuß und schnitt ihm drei von seinen Zehen ab.

Je mis aussitôt mon fusil en bandoulière et me dirigeai vers le bloc de glace. Mais lorsque je fus arrivé au sommet de cette montagne gelée, je me retrouvai sur un chemin indiciblement pénible et dangereux. Il me fallut souvent sauter au-dessus de crevasses terribles ; et en d'autres points, la surface était lisse comme un miroir, tant et si bien que je ne cessais plus de tomber et de me relever. Je parvins cependant à l'endroit où les ours furent à ma portée. Je vis alors qu'ils ne se battaient pas mais se contentaient de jouer. J'étais déjà en train de calculer la valeur de leur fourrure — car chacun d'eux avait au moins la taille d'un bœuf bien nourri. Mais voilà, au moment où je voulus épauler mon fusil, je glissai du pied droit, tombai en arrière, et la violence du coup que je reçus me fit perdre toute conscience pendant une petite demi-heure. Imaginez mon étonnement lorsque je me réveillai et découvris que l'un des monstres mentionnés ci-dessus m'avait retourné sur le ventre et attrapait la boucle de ma nouvelle culotte de peau. La partie supérieure de mon corps se trouvait sous son estomac, mes jambes à l'avant. Dieu sait où ce monstre m'aurait traîné ; mais je sortis mon couteau de poche — celui-là même que vous voyez ici —, le plantai dans sa patte arrière gauche et lui coupai trois de ses orteils.

Nun ließ er mich sogleich fallen und brüllte fürchterlich. Ich nahm mein Gewehr auf, feuerte auf ihn, sowie er weglief, und plötzlich fiel er nieder. Mein Schuß hatte nun zwar eines von diesen blutdürstigen Tieren auf ewig eingeschläfert, aber mehrere Tausende, die in dem Umkreis von einer halben Meile auf dem Eise lagen und schliefen, aufgeweckt. Alle miteinander kamen spornstreichs angelaufen. Zeit war nicht zu verlieren. Ich aber war verloren, oder ein schneller Einfall mußte mich retten. — Er kam. — Etwa in der Hälfte der Zeit, die ein geübter Jäger braucht, um einem Hasen den Balg abzustreifen, zog ich dem toten Bären seinen Rock aus, wickelte mich darein und steckte meinen Kopf gerade unter den seinigen. Kaum war ich fertig, so versammelte sich die ganze Herde um mich herum. Mir wurde heiß und kalt unter meinem Pelze. Indes meine List gelang mir vortrefflich. Sie kamen, einer nach dem andern, berochen mich und hielten mich augenscheinlich für einen Bruder Petz. Es fehlte mir auch nichts als die Größe, um ihnen vollkommen gleich zu sehen, und verschiedene Junge unter ihnen waren nicht viel größer als ich. Als sie alle mich und den Leichnam ihres verschiedenen Gefährten berochen hatten, schienen wir sehr gesellig zu werden; auch konnte ich alle ihre Handlungen so ziemlich nachmachen;

Il me laissa aussitôt retomber en poussant un hurlement effroyable. Je pris mon fusil, lui tirai dessus au moment où il s'enfuyait en courant, et il tomba aussitôt. Mon coup de feu avait certes endormi à tout jamais l'un de ces animaux sanguinaires, mais en avait réveillé plusieurs milliers d'autres qui somnolaient couchés sur la glace, formant un cercle d'une demi-lieue autour de nous. Tous accoururent alors au même instant et à toutes jambes. Il n'y avait pas de temps à perdre. Si une bonne idée ne venait pas rapidement me sauver, j'étais perdu. — Elle vint. La moitié du temps que met un chasseur aguerri pour retourner la peau d'un lapin me suffit à ôter son habit à l'ours mort, à m'en envelopper et à placer ma tête juste en dessous de la sienne. À peine avais-je fini que tout le troupeau se rassembla autour de moi. Sous ma couverture, je me sentais tantôt gelé, tantôt brûlant. Ma ruse se solda cependant par une admirable réussite. Ils vinrent l'un après l'autre, me flairèrent et me considérèrent visiblement comme l'un des leurs. Il ne me manquait rien d'autre que la taille pour leur ressembler parfaitement et plusieurs jeunes animaux n'étaient pas beaucoup plus grands que moi. Lorsqu'ils m'eurent tous reniflé, ainsi que la dépouille de leur défunt compagnon, il sembla que nous devînmes très familiers ; je parvins moi aussi à imiter à peu près la totalité de leurs faits et gestes ;

nur in Brummen, Brüllen und Balgen waren sie meine Meister. Sosehr ich aber wie ein Bär aussah, so war ich doch noch Mensch : — ich fing an zu überlegen, wie ich die Vertraulichkeit, die zwischen mir und diesen Tieren sich erzeugt hatte, wohl auf das vorteilhafteste nützen könnte.

Ich hatte ehedem von einem alten Feldscher gehört, daß eine Wunde im Rückgrat augenblicklich tödlich sei. Hierüber beschloß ich nun einen Versuch anzustellen. Ich nahm mein Messer wieder zur Hand und stieß es dem größten Bären nahe bei den Schultern in den Nacken. Allerdings war dies ein sehr gewagter Streich, und es war mir auch nicht wenig bange. Denn das war ausgemacht : überlebte die Bestie den Stoß, so war ich in Stücken zerrissen. Allein mein Versuch gelang glücklich; der Bär fiel tot zu meinen Füßen nieder, ohne einmal zu mucksen. Nun nahm ich mir vor, allen übrigen auf ebendie Art den Rest zu geben, und dies wurde mir auch gar nicht schwer; denn ob sie gleich ihre Brüder zur Rechten und zur Linken fallen sahen, so hatten sie doch kein Arg daraus. Sie dachten weder an die Ursache noch an die Wirkung des Niedersinkens; und das war ein Glück für sie und für mich. — Als ich sie alle tot vor mir liegen sah, kam ich mir vor wie Simson, als er die Tausende geschlagen hatte.

ils ne me surpassaient que par le grognement, le mugissement et l'art de se battre. Mais j'avais beau ressembler à un ours, j'étais tout de même encore un homme, et je me mis à me demander comment je pouvais utiliser au mieux l'intimité qui s'était établie entre moi et ces animaux.

J'avais auparavant entendu dire par un vieux chirurgien qu'une blessure à la colonne vertébrale apportait une mort instantanée. Je décidai donc d'expérimenter ce coup-là. Je repris en main mon couteau et l'enfonçai dans la nuque du plus gros des ours, à proximité de ses épaules. La tentative était cependant très risquée et ma peur n'était pas négligeable. Car une chose était sûre : si la bête survivait à ce coup, je serais taillé en pièces. Mais mon expérience fut concluante : l'ours mort s'abattit à mes pieds sans piper mot. J'entrepris alors de régler leur compte à tous les autres, et j'y parvins sans la moindre difficulté ; car ils avaient beau voir leurs frères tomber à leur droite et à leur gauche, ils n'en concevaient aucun soupçon. Ils ne pensaient ni à la cause ni à l'effet de cette chute ; ce fut une chance pour eux comme pour moi. Lorsqu'ils furent tous allongés et morts devant moi, je me fis l'effet de Samson lorsqu'il eut vaincu les mille Philistins.

Die Sache kurz zu machen, ich ging nach dem Schiffe zurück und bat mir drei Teile des Volkes aus, die mir helfen mußten, die Felle abzustreifen und die Schinken an Bord zu tragen. Wir waren in wenigen Stunden damit fertig und beluden das ganze Schiff damit. Was übrigblieb, wurde in das Wasser geworfen, ungeachtet ich nicht zweifele, daß es, gehörig eingesalzen, ebenso gut schmecken würde als die Keulen.

Sobald wir zurückkamen, schickte ich einige Schinken im Namen des Kapitäns an die Lords von der Admiralität, andere an die Lords von der Schatzkammer, etliche an den Lord-Mayor und den Stadtrat von London, einige wenige an die Handlungsgesellschaften und die übrigen an meine besondern Freunde. Von allen Orten bezeugte man mir den wärmsten Dank; die City aber erwiderte mein Geschenk auf eine sehr nachdrückliche Art, nämlich durch eine Einladung, jährlich an dem Wahltage des Lord-Mayors auf dem Rathause zu speisen.

Die Bärenfelle schickte ich an die Kaiserin von Rußland als Winterpelze für Ihre Majestät und ihren Hof. Sie dankte mir dafür in einem eigenhändigen Briefe, den sie mir durch einen außerordentlichen Gesandten überschickte und worin sie mir anbot, mit ihr die Ehre ihres Bettes und ihrer Krone zu teilen.

Pour résumer, je revins au navire et réquisitionnai les trois quarts de l'équipage pour m'aider à ôter les peaux et à porter les jambons à bord. Ce fut chose faite en quelques heures, et le navire tout entier en fut chargé. Ce qui restait fut jeté à l'eau, bien que je n'eusse pas douté que, correctement salée, cette viande aurait été aussi savoureuse que les morceaux nobles.

Dès que nous revînmes, j'envoyai au nom du capitaine quelques jambons aux lords de l'Amirauté, d'autres aux lords du Trésor, quelques-uns au lord-maire et au conseil municipal de Londres, un petit nombre aux sociétés de commerce et les autres à mes proches amis. De toute part on m'adressait les remerciements les plus chaleureux ; mais la *City* répondit à mon cadeau avec beaucoup d'empressement, en m'invitant à manger chaque année à l'hôtel de ville le jour de l'élection du lord-maire. J'envoyai les peaux d'ours à l'impératrice de Russie, afin qu'elles servent de fourrures hivernales à Sa Majesté et à sa cour. Elle m'en remercia dans une lettre écrite de sa main qu'elle me fit transmettre par un ambassadeur extraordinaire et où elle me proposait de partager l'honneur de son lit et de sa couronne.

Allein da michs eben nie sehr nach königlicher Würde gelüstet hat, so lehnte ich Ihrer Majestät Gnade in den feinsten Ausdrücken ab. Ebenderselbe Ambassadeur, der mir das kaiserliche Schreiben brachte, hatte auch den Auftrag, zu warten und Ihrer Majestät meine Antwort persönlich zurückzubringen. Ein zweiter Brief, den ich bald nachher von der Kaiserin erhielt, überzeugte mich von der Stärke ihrer Leidenschaft und der Erhabenheit ihres Geistes. — Ihre letzte Krankheit kam, wie sie — die zärtliche Seele! — sich in einer Unterredung mit dem Fürsten Dolgorucki zu erklären geruhte — allein von meiner Grausamkeit her. Ich weiß nicht, was die Damen an mir finden; aber die Kaiserin ist nicht die einzige ihres Geschlechtes, die mir vom Throne ihre Hand anbot.

Einige Leute haben die Verleumdung ausgestreuet, Kapitän Phipps sei auf seiner Reise nicht so weit gegangen, als er wohl hätte tun können. Allein hier ist es meine Schuldigkeit, ihn zu verteidigen. Unser Schiff war auf einem recht guten Wege, bis ich es mit einer solchen ungeheueren Menge von Bärenfellen und Schinken belud, daß es Tollheit gewesen sein würde, einen Versuch zu machen weiter zu gehen, da wir nun kaum imstande waren, nur gegen einen etwas frischen Wind zu segeln, geschweige gegen jene Gebirge von Eis, die in den höheren Breiten liegen.

Mais comme je n'avais guère envie de dignité royale, je repoussai la grâce de Sa Majesté en termes très choisis. L'ambassadeur qui m'avait apporté l'impériale missive était également chargé d'attendre et de rapporter personnellement ma réponse à Sa Majesté. Une deuxième lettre que je reçus peu après de l'impératrice me persuada de la force de sa passion et de l'éminence de son esprit. Comme elle daigna l'expliquer lors d'un entretien avec le prince Dolgorouki — la tendre âme ! —, sa dernière maladie fut provoquée par ma seule cruauté. Je ne sais pas ce que les dames me trouvent ; mais l'impératrice n'est pas la seule de son sexe à m'avoir proposé sa main du haut de son trône.

Certaines personnes ont fait courir la rumeur calomnieuse selon laquelle le capitaine Phipps n'est pas allé aussi loin, lors de son voyage, qu'il aurait pu le faire. Mon devoir est ici de le défendre. Notre navire était en très bonne voie jusqu'à ce que je le charge avec une quantité si monstrueuse de peaux d'ours et de jambons que tenter d'aller plus loin aurait été folie : nous étions désormais à peine en mesure de voguer face à un léger vent contraire et encore moins contre ces montagnes de glace qui se trouvent dans les hautes latitudes.

Der Kapitän hat seitdem oft erklärt, wie unzufrieden er sei, daß er keinen Anteil an dem Ruhme dieses Tages habe, den er sehr emphatisch den Bärenfelltag nennt. Dabei beneidet er mich nicht wenig wegen der Ehre dieses Sieges und sucht auf alle Art und Weise dieselbe zu schmälern. Wir haben uns schon öfter hierüber gezankt und sind auch jetzt noch über den Fuß gespannt. Unter anderm behauptet er geradezu, ich dürfe mir das nicht zum Verdienst anrechnen, daß ich die Bären betrogen habe, da ich mit einem ihrer Felle bedeckt gewesen sei; er hätte ohne Maske unter sie gehen wollen, und sie hätten ihn doch für einen Bären halten sollen.

Dies ist nun freilich ein Punkt, den ich für allzu zart und spitz halte, als daß ein Mann, der auf gefällige Sitten Anspruch macht, mit irgendjemand, am allerwenigsten mit einem edlen Pair darüber streiten darf.

Le capitaine a depuis souvent expliqué combien il était insatisfait de ne pas avoir eu sa part de gloire pour cette journée qu'il nomme, de manière très emphatique, la journée de la peau d'ours. Il m'envie considérablement l'honneur de cette victoire et tente de l'amoindrir par tous les moyens. Nous nous sommes déjà assez souvent querellés sur ce point et nos relations en sont encore tendues aujourd'hui. Il affirme entre autres tout bonnement que je ne suis pas en droit de me vanter d'avoir trompé les ours puisque j'étais revêtu de l'une de leurs peaux, que lui se serait promené sans masque parmi eux et se serait tout de même fait prendre pour un ours.

Mais il s'agit d'un point que je considère comme trop délicat pour qu'un homme qui se prétend éduqué soit en droit d'en discuter avec quiconque, et a fortiori avec un noble pair.

FÜNFZEHNTES KAPITEL

Neuntes Seeabenteuer

Eine andere Seereise machte ich von England aus mit dem Kapitän Hamilton. Wir gingen nach Ostindien. Ich hatte einen Hühnerhund bei mir, der, wie ich im eigentlichsten Sinne behaupten konnte, nicht mit Gold aufzuwiegen war; denn er betrog mich nie. Eines Tages, da wir, nach den besten Beobachtungen, die wir machen konnten, wenigstens noch dreihundert Meilen vom Lande entfernt waren, markierte mein Hund. Ich sah ihn fast eine volle Stunde mit Erstaunen an und sagte den Umstand dem Kapitän und jedem Offizier am Bord und behauptete, wir müßten dem Lande nahe sein, denn mein Hund witterte Wild. Dies verursachte ein allgemeines Gelächter, durch das ich mich aber in der guten Meinung von meinem Hunde gar nicht irremachen ließ.

QUINZIÈME CHAPITRE

Neuvième aventure en mer

J'entrepris depuis l'Angleterre une autre traversée, en compagnie du capitaine Hamilton. Nous partîmes pour les Indes orientales. J'avais avec moi un chien d'arrêt qui valait littéralement de l'or, car il ne m'induisit jamais en erreur. Un jour où, selon les observations les plus précises qu'il nous fût possible de faire, nous nous trouvions encore à au moins trois cents miles de la terre, mon chien se mit à l'arrêt. Je l'observai avec étonnement presque une heure durant, informai le capitaine et chaque officier du bord de cet état de fait et en déduisis que nous devions être à proximité d'une terre, car mon chien flairait le gibier. Cela provoqua un éclat de rire général qui ne m'incita cependant nullement à modifier la bonne opinion que j'avais de mon animal.

Nach vielem Streiten für und wider die Sache erklärte ich endlich dem Kapitän mit der größten Festigkeit, daß ich zu der Nase meines Tray mehr Zutrauen habe als zu den Augen aller Seeleute am Bord, und schlug ihm daher kühn eine Wette von hundert Guineen vor — der Summe, die ich für diese Reise akkordiert hatte —, wir würden in der ersten halben Stunde Wild finden.

Der Kapitän — ein herzensguter Mann — fing wieder an zu lachen und ersuchte Herrn Crawford, unsern Schiffschirurgus, mir den Puls zu fühlen. Er tat es und berichtete, ich wäre vollkommen gesund. Darauf entstand ein Geflüster zwischen beiden, wovon ich indes das meiste deutlich genug verstand.

»Er ist nicht recht bei Sinnen,« sagte der Kapitän; »ich kann mit Ehre die Wette nicht annehmen.«

»Ich bin ganz der entgegengesetzten Meinung«, erwiderte der Chirurgus. »Es fehlt ihm nicht das mindeste. Nur er verläßt sich mehr auf den Geruch seines Hundes als auf den Verstand jedes Offiziers am Bord. — Verlieren wird er auf alle Fälle; aber er verdient es auch.«

»So eine Wette«, fuhr der Kapitän fort, »kann von meiner Seite niemals so ganz redlich sein. Indes, es wird desto rühmlicher für mich sein, wenn ich ihm nachher das Geld wieder zurückgebe.«

Lorsque les nombreuses querelles soulevées par cette affaire se furent apaisées, j'affirmai au capitaine, avec la plus grande fermeté, que j'avais plus de confiance dans le nez de mon chien (il s'appelait Tray) que dans les yeux de tous les marins embarqués, et je lui proposai donc audacieusement de parier cent guinées — la somme que j'avais versée pour ce voyage — que nous trouverions du gibier sous une demi-heure.

Le capitaine — un homme d'une grande bonté — recommença à rire et pria M. Crawford, notre chirurgien de bord, de me prendre le pouls. Il le fit et l'informa que j'étais en parfaite santé. Débuta alors entre les deux hommes une conversation à voix basse dont je pus cependant comprendre les grandes lignes.

« Il n'a pas toute sa raison », dit le capitaine. « Un homme honnête ne peut accepter pareil pari. »

« Je suis d'opinion totalement opposée », répondit le chirurgien. « Il ne lui manque pas une once de quoi que ce soit. Seulement, il se fie plus à l'odorat de son chien qu'à l'entendement de n'importe quel des officiers à bord. En tout cas, il perdra ; mais il le mérite bien. »

« Un tel pari », reprit le capitaine, « ne peut en aucun cas être parfaitement loyal de ma part. Mais le tenir sera d'autant plus glorieux si je lui restitue l'argent après coup. »

Während dieser Unterredung blieb Tray immer in derselben Stellung und bestätigte mich noch mehr in meiner Meinung. Ich schlug die Wette zum zweiten Male vor; und sie wurde angenommen.

Kaum war topp und topp auf beiden Seiten gesagt, als einige Matrosen, die in dem langen Boote, das an das Hinterteil des Schiffes befestigt war, fischten, einen außerordentlich großen Hai erlegten, den sie auch sogleich an Bord brachten. Sie fingen an, den Fisch aufzuschneiden, und — siehe! — da fanden wir nicht weniger als sechs Paar lebendige Rebhühner in dem Magen des Tieres.

Diese armen Geschöpfe waren schon so lange in dieser Lage gewesen, daß eine von den Hennen auf fünf Eiern saß, wovon eines gerade ausgebrütet war, als der Hai geöffnet wurde.

Diesen jungen Vogel zogen wir mit einem Wurfe kleiner Katzen auf, die wenige Minuten vorher zur Welt gekommen waren. Die alte Katze hatte ihn so lieb als eines ihrer vierbeinigen Kinder und tat immer erstaunend übel, wenn das Huhn etwas zu weit wegflog und nicht gleich wieder zurückkommen wollte. — Unter den übrigen Rebhühnern hatten wir vier Hennen, von denen immer eine oder mehrere saßen, so daß wir während unserer ganzen Reise beständig einen Überfluß von Wildbret auf des Kapitäns Tafel hatten.

Pendant cet entretien, Tray n'avait pas quitté sa posture, me confortant encore dans mon opinion. Je proposai une deuxième fois mon pari ; et il fut relevé.

À peine avions-nous topé là que quelques matelots pris par une partie de pêche dans le long canot arrimé à l'arrière du navire attrapèrent un requin d'une taille extraordinaire qu'ils montèrent aussitôt à bord. Ils commencèrent à ouvrir le poisson et, tenez-vous bien, nous ne trouvâmes pas moins de six paires de perdrix vivantes dans le ventre de l'animal.

Ces pauvres créatures étaient dans cette situation depuis si longtemps que l'une des femelles couvait cinq œufs dont l'un vint à éclosion à l'instant précis où l'on ouvrit le requin.

Nous élevâmes ce jeune oiseau avec une portée de chatons venus au monde quelques minutes auparavant. La vieille chatte l'appréciait autant que l'un de ses petits à quatre pattes et se fâchait toujours de manière étonnante lorsque la perdrix s'envolait un peu trop loin et ne voulait pas revenir tout de suite. — Parmi les autres volatiles, nous avions quatre femelles, dont en permanence une ou deux qui couvaient, si bien qu'on servit pendant toute notre traversée une grande abondance de gibier à la table du capitaine.

— Dem armen Tray ließ ich, zum Danke für die hundert Guineen, die ich durch ihn gewonnen hatte, täglich die Knochen geben und bisweilen auch einen ganzen Vogel.

Quant au vieux Tray, en remerciement des cent guinées que j'avais gagnées grâce à lui, je lui faisais chaque jour donner les os et aussi, parfois, un oiseau tout entier.

SECHZEHNTES KAPITEL

Zehntes Seeabenteuer.
Eine zweite Reise nach dem Monde

Ich habe Ihnen, meine Herren, schon ehemals von einer kleinen Reise erzählt, die ich nach dem Monde machte, um meine silberne Axt wiederzuholen. Ich kam nachher noch einmal auf eine viel angenehmere Art dahin und blieb lange genug daselbst, um von verschiedenen Dingen mich gehörig zu unterrichten, die ich Ihnen nun so genau, als mein Gedächtnis mir erlaubt, beschreiben will.

Ein weitläufiger Verwandter von mir hatte sich die Grille in den Kopf gesetzt, es müßte notwendig ein Volk geben, das dem an Größe gleichkäme, welches Gulliver in dem Königreiche Brobdingnag gefunden haben will. Dies aufzusuchen, ging er auf eine Entdeckungsreise aus und bat mich, ihn zu begleiten. Ich meines Orts hatte nun zwar jene Erzählung nie für etwas mehr gehalten als für ein gutes Märchen und glaubte so wenig an ein Brobdingnag als an ein Eldorado;

SEIZIÈME CHAPITRE

Dixième aventure maritime. Un deuxième voyage vers la Lune

Je vous ai déjà raconté, Messieurs, un petit voyage que je fis sur la Lune pour récupérer ma hache d'argent. J'y revins plus tard par un moyen bien plus agréable et y restai suffisamment pour m'informer comme il convient de différentes choses que je vais à présent vous décrire avec toute la précision que me permet ma mémoire.

Un lointain parent à moi s'était mis en tête qu'il existait nécessairement un peuple semblable, par la taille, à celui que Gulliver prétend avoir trouvé dans le royaume de Brobdingnag. C'est pour en avoir le cœur net qu'il partit en voyage d'exploration et me demanda de l'accompagner. Pour ma part, je n'avais jamais considéré ce récit comme autre chose qu'une bonne fable et croyais tout aussi peu à l'existence d'un Brobdingnag qu'à celle d'un Eldorado;

indes der Mann hatte mich zum Erben eingesetzt, und ich war ihm also wieder Gefälligkeiten schuldig. Wir kamen auch glücklich nach der Südsee, ohne daß uns irgend etwas aufstieß, das verdiente angeführt zu werden; außer einige fliegende Männer und Weiber, die in der Luft Menuett tanzten oder Springerkünste machten, und dergleichen Kleinigkeiten.

Den achtzehnten Tag, nachdem wir bei der Insel Otahiti vorbeigekommen waren, führte ein Orkan unser Schiff wenigstens tausend Meilen von der Oberfläche des Wassers weg und hielt es geraume Zeit in dieser Höhe. Endlich füllte ein frischer Wind unsere Segel, und nun gings mit unglaublicher Geschwindigkeit fort. Sechs Wochen waren wir über den Wolken gereiset, als wir ein großes Land entdeckten, rund und glänzend, gleichsam eine schimmernde Insel. Wir liefen in einen bequemen Hafen ein, gingen an das Ufer und fanden das Land bewohnt. Unter uns sahen wir eine andere Erde mit Städten, Bäumen, Bergen, Flüssen, Seen, usw., das, wie wir vermuteten, die Welt war, die wir verlassen hatten. — Im Monde — denn das war die schimmernde Insel, an der wir gelandet hatten — sahen wir große Gestalten, die auf Geiern ritten, von denen jeder drei Köpfe hatte.

cet homme m'avait cependant couché sur son testament, je lui devais donc certaines complaisances. Nous arrivâmes heureusement dans le sud du Pacifique sans qu'il nous arrive quoi que ce soit méritant d'être raconté, mis à part quelques hommes et femmes volants qui dansaient le menuet ou faisaient les acrobates en l'air, et autres bagatelles.

Le dix-huitième jour après que nous fûmes passés près de l'île d'Otahiti, un ouragan souleva notre navire à au moins mille lieues de la surface de l'eau et le garda un certain temps à cette altitude. Au bout d'un moment, un vent frais gonfla notre voile, et notre parcours reprit à une vitesse incroyable. Nous avions voyagé six semaines durant au-dessus des nuages lorsque nous découvrîmes un grand pays rond et brillant, une sorte d'île scintillante. Nous entrâmes dans un port d'accès commode, débarquâmes et constatâmes que cette contrée était habitée. En dessous de nous, nous vîmes une autre terre, avec des villes, des arbres, des montagnes, des fleuves, des mers, etc., et nous supposâmes qu'il s'agissait du monde que nous avions quitté. Sur la Lune — car c'était elle, cette île chatoyante où nous avions débarqué —, nous vîmes de grands personnages chevauchant des vautours à trois têtes.

Um Ihnen einen Begriff von der Größe dieser Vögel zu geben, muß ich Ihnen sagen, daß die Entfernung von einem Ende ihres Flügels bis zum andern sechsmal so lang war als das längste Segeltau an unserm Schiffe. — Anstatt wir nun in dieser Welt auf Pferden reiten, fliegen die Einwohner des Mondes auf diesen Vögeln umher.

Der König hatte gerade einen Krieg mit der Sonne. Er bot mir eine Offizierstelle an; allein ich verbat mir die Ehre, die Seine Majestät mir zudachte.

Alles ist in dieser Welt außerordentlich groß; eine gewöhnliche Fliege z. B. ist nicht viel kleiner als eines unserer Schafe. Die vorzüglichsten Waffen, deren sich die Einwohner des Mondes im Kriege bedienen, sind Rettiche, die wie Wurfspieße gebraucht werden, und den, der damit verwundet wird, augenblicklich töten. Ihre Schilde sind aus Pilzen gemacht, und wenn die Zeit der Rettiche vorbei ist, so vertreten Spargelstangen ihre Stelle.

Ich sah auch hier einige von den Eingebornen des Hundssterns, die der Handlungsgeist zu dergleichen Streifereien verleitet. Diese haben ein Gesicht wie große Bullenbeißer. Ihre Augen stehen zu beiden Seiten der Spitze oder vielmehr des untern Endes ihrer Nase. Sie haben keine Augenlider, sondern bedecken ihre Augen, wenn sie schlafen gehen, mit ihrer Zunge.

Pour vous donner une idée de la taille de ces oiseaux, je dois vous dire que la distance séparant les deux extrémités de leurs ailes était six fois plus longue que le plus grand câble de notre navire. Alors que nous, dans ce monde, nous déplaçons à cheval, les habitants de la Lune voyagent sur ces oiseaux.

Le roi était justement en guerre avec le Soleil. Il m'offrit un poste d'officier ; mais je ne pus accepter l'honneur que Sa Majesté voulait me faire.

Tout dans ce monde est d'une taille exceptionnelle ; une mouche ordinaire, par exemple, n'est pas beaucoup plus petite que l'un de nos moutons. Les armes les plus remarquables dont les habitants de la Lune font usage en temps de guerre sont des tiges de raifort utilisées comme des javelots et qui tuent instantanément ceux qu'elles blessent. Leurs boucliers sont en champignon, et lorsque la saison du raifort est passée, ce sont les pointes d'asperges qui les remplacent.

Je vis aussi dans ces lieux quelques natifs de Sirius, que le goût de l'action pousse à ce genre de querelles. Ceux-ci ont un visage de grand bouledogue. Ils ont les yeux au bout du nez, ou plus exactement sur la partie inférieure de son extrémité. Ils n'ont pas de paupières et couvrent leurs yeux avec leur langue lorsqu'ils vont dormir.

Gewöhnlich sind sie zwanzig Fuß hoch; von den Einwohnern des Mondes aber ist keiner unter sechsunddreißig Fuß. Der Name, den die letztern führen, ist etwas sonderbar. Sie heißen nicht Menschen, sondern kochende Geschöpfe, weil sie ebenso wie wir ihre Speisen beim Feuer zurechtmachen. Übrigens nimmt ihnen das Essen sehr wenig Zeit weg; denn sie öffnen nur die linke Seite und schieben die ganze Portion auf einmal in den Magen hinein; darin schließen sie wieder zu, bis nach Verfluß eines Monats derselbe Tag wiederkommt. Sie haben mithin das ganze Jahr hindurch nicht mehr als zwölf Mahlzeiten — eine Einrichtung, die jeder, der kein Fresser oder Schlemmer ist, der unsern weit vorziehen muß.

Die Freuden der Liebe sind im Monde gänzlich unbekannt; denn sowohl unter den kochenden Geschöpfen als allen übrigen Tieren gibt es nur ein einziges Geschlecht. Alles wächst auf Bäumen, die aber nach ihren verschiedenen Früchten auch an der Größe und den Blättern sich sehr voneinander unterscheiden. Diejenigen, auf denen die kochenden Geschöpfe oder die Menschen wachsen, sind viel schöner als die andern, haben große, gerade Äste und fleischfarbene Blätter, und ihre Frucht besteht in Nüssen, die sehr harte Schalen haben und wenigstens sechs Fuß lang sind.

Ils mesurent généralement vingt pieds de haut; mais aucun des habitants de la Lune n'en mesure moins de trente-six. Le nom que portent les derniers est bien singulier, puisqu'on ne les appelle pas humains, mais créatures cuisinantes, du fait que, tout comme nous, ils préparent leurs plats sur le feu. Les repas leur prennent cependant très peu de temps; ils se contentent d'ouvrir leur flanc gauche et versent toute leur portion d'un seul coup dans le ventre; puis ils le referment jusqu'au mois suivant. Ainsi, de toute l'année, ils ne prennent pas plus de douze repas — un régime que tout homme n'ayant nature ni de glouton ni de viveur ne peut que largement préférer au nôtre.

Les plaisirs de l'amour sont totalement inconnus sur la Lune; car il n'existe qu'un seul sexe, aussi bien parmi les créatures cuisinantes que chez tous les autres animaux. Tout pousse sur des arbres qui se distinguent beaucoup par la diversité de leurs fruits, mais aussi par leur taille et leurs feuilles. Ceux où poussent les créatures cuisinantes ou les êtres humains sont beaucoup plus beaux que les autres, ont de grandes branches droites et des feuilles couleur chair; leurs fruits sont des noix pourvues de coquilles très dures et mesurant au moins six pieds de long.

Wenn diese reif sind, welches man an der Veränderung ihrer Farbe sehen kann, so werden sie mit großer Sorgfalt gepflückt und so lange, als man es für gut findet, aufgehoben. Will man nun den Samen dieser Nüsse lebendig haben, so wirft man sie in einen großen Kessel kochenden Wassers, und in wenigen Stunden öffnen sich die Schalen, und das Geschöpf springt heraus.

Ihr Geist ist immer schon, ehe sie in die Welt kommen, von der Natur zu einer besondern Bestimmung gebildet. Aus einer Schale kommt ein Soldat, aus einer andern ein Philosoph, aus einer dritten ein Gottesgelehrter, aus einer vierten ein Jurist, aus einer fünften ein Pächter, aus einer sechsten ein Bauer usf.; und jeder fängt sogleich an, sich in der Ausübung dessen, was er vorher bloß theoretisch wußte, vollkommen zu machen. — Der Schale mit Gewißheit anzusehen, was in ihr steckt, ist sehr schwer; doch machte ein lunarischer Theologe zu meiner Zeit mächtigen Lärmen, er sei im Besitze dieses Geheimnisses. Man achtete aber wenig auf ihn und hielt ihn durchgängig für krank.

Wenn die Leute im Monde alt werden, so sterben sie nicht, sondern lösen sich in Luft auf und verfliegen wie Rauch.

Trinken haben sie nicht nötig, denn es finden gar keine Ausleerungen bei ihnen statt, ausgenommen durch das Aushauchen.

Lorsque celles-ci sont mûres, ce qu'annonce la mutation de leur couleur, on les épluche très soigneusement et on les conserve aussi longtemps qu'on le juge bon. Si l'on veut avoir vivante la semence de ces noix, on les jette dans une grande marmite d'eau bouillante ; quelques heures plus tard, la coquille s'ouvre, et la créature en sort en bondissant.

Avant même qu'elles ne viennent au monde, la nature a assigné à leur esprit une destination bien précise. De telle coquille sort un soldat, de telle autre un philosophe, d'une troisième un théologien, d'une quatrième un juriste, d'une cinquième un fermier, d'une sixième un paysan, etc. ; et chacun se met aussitôt à se parfaire dans l'exercice de ce qu'il connaissait jusque-là sur le plan purement théorique. Il est très difficile de savoir avec certitude ce que contient une coquille avant qu'elle ne se soit ouverte ; pourtant, de mon temps, un théologien lunaire criait sur tous les toits qu'il détenait ce secret. On ne lui prêtait guère attention et on le considérait généralement comme un malade.

Lorsque les gens de la Lune vieillissent, ils ne meurent pas, mais se dissolvent dans l'air et partent en fumée.

Ils n'ont pas besoin de boire, car ils ne produisent aucune autre excrétion que leur souffle.

Sie haben nur einen Finger an jeder Hand, mit dem sie alles tun können, so gut oder noch besser als wir, die wir außer dem Daumen viere haben.

Ihren Kopf haben sie unter dem rechten Arm, und wenn sie auf eine Reise oder an eine Arbeit gehen, bei der sie sich heftig bewegen müssen, so lassen sie ihn gemeiniglich zu Hause; denn um Rat fragen können sie ihn, sie mögen von ihm entfernt sein, so weit sie wollen. Auch pflegen die Vornehmen unter den Mondbewohnern, wenn sie gerne wissen möchten, was unter dem gemeinen Volke vorgeht, nicht unter dasselbe sich zu begeben. Sie bleiben zu Hause, d.h. der Körper bleibt zu Hause und schickt nur den Kopf aus, der inkognito gegenwärtig sein kann und dann nach Gefallen seines Herrn mit der eingezogenen Kundschaft zurückkehrt.

Die Traubenkerne im Monde sind vollkommen unserm Hagel ähnlich, und ich bin fest überzeugt, daß, wenn ein Sturm im Monde die Trauben von ihren Stielen abschlägt, die Kerne darin auf unsere Erde herunterfallen und den Hagel bilden. Ich glaube auch, daß diese meine Bemerkung manchen Weinverkäufern schon lange bekannt sein muß; wenigstens habe ich öfter Wein bekommen, der aus Hagelkörnern gemacht zu sein schien und vollkommen so schmeckte wie der Mondwein.

Ils n'ont qu'un seul doigt à chaque main mais peuvent s'en servir pour tout faire, aussi bien ou encore mieux que nous, qui en avons quatre en sus du pouce.

Ils tiennent leur tête sous le bras droit et lorsqu'ils partent en voyage ou vont se livrer à un travail au cours duquel ils doivent produire des mouvements vifs, ils la laissent généralement à la maison. Car si éloignée soit-elle, ils peuvent lui demander conseil. Les notables de la Lune ont aussi coutume, lorsqu'ils veulent savoir ce qui se passe dans le peuple ordinaire, de ne pas se rendre auprès de celui-ci. Ils restent chez eux, ou, plus exactement, le corps reste à la maison et n'envoie que la tête, laquelle peut être présente incognito et revient ensuite, selon le bon vouloir de son seigneur, avec le renseignement désiré.

Sur la Lune, les pépins de raisin sont parfaitement semblables à notre grêle, et je suis profondément persuadé que lorsqu'une tempête y casse des grappes, ce sont les pépins qui tombent sur notre Terre sous forme de grêlons. Plus d'un marchand de vin, ce me semble, a dû lui aussi faire cette constatation. En tout cas, on m'a assez souvent servi ici du vin qui semblait être fait de grêlons et avait exactement le goût du vin de Lune.

Einen merkwürdigen Umstand hätte ich bald vergessen. — Der Bauch tut den Leuten im Monde ganz die Dienste, die uns ein Ranzen tut; sie stecken in ihn hinein, was sie nötig haben, und schließen ihn ebenso wie ihren Magen nach Belieben auf und zu; denn mit Gedärmen, Leber, Herz und andern Eingeweiden sind sie nicht beschwert, ebensowenig als mit Kleidern; sie haben aber auch kein Glied an ihrem ganzen Körper, das ihnen die Schamhaftigkeit zu bedecken geböte.

Ihre Augen können sie nach Gefallen herausnehmen und einsetzen und ebensogut damit sehen, wenn sie in ihrem Kopfe als wenn sie in ihrer Hand sind. Verlieren oder beschädigen sie zufälligerweise eines, so können sie ein anderes borgen oder kaufen und dasselbe so gut gebrauchen als ihr eigenes. Man trifft daher allenthalben im Monde Leute an, die mit Augen handeln; und in dieser einzigen Sache haben alle Einwohner durchaus ihre Grillen; bald sind grüne, bald gelbe Augen Mode.

Ich gestehe, diese Dinge klingen seltsam; aber ich stelle es jedem, der den geringsten Zweifel hat, frei, selbst nach dem Monde zu gehen und sich zu überzeugen, daß ich der Wahrheit so getreu geblieben bin als vielleicht nur wenige andere Reisende.

Mais j'allais presque oublier un détail remarquable. Sur la Lune, le ventre remplit tout à fait pour les gens les services que nous apporte une sacoche. Ils y rangent ce dont ils ont besoin, ils l'ouvrent et le referment à l'envi, tout comme leur estomac. Ils ne sont pas encombrés en effet d'intestins, de foie, de cœur et autres entrailles, tout aussi peu que de vêtements. Il est vrai que sur tout leur corps ils n'ont aucun membre que la décence leur ordonnerait de recouvrir.

Ils peuvent ôter ou remettre leurs yeux à leur gré et voir aussi bien lorsque ceux-ci sont sur leur tête que lorsqu'ils se trouvent dans leur main. Qu'ils viennent à en perdre ou à en endommager un, ils peuvent en emprunter ou en acheter un autre, qui leur fera aussi bon usage que le leur. On rencontre donc partout sur la Lune des gens qui font le commerce des yeux ; et sur cet unique point, tous les habitants ont leurs petites lubies ; tantôt la mode est aux yeux verts, tantôt aux jaunes.

Je l'avoue, ces choses paraissent bien étranges ; mais je laisse quiconque a le moindre doute libre de se rendre lui-même sur la Lune et de se persuader que peu d'autres voyageurs, sans doute, ont été aussi fidèles que moi à la vérité.

SIEBZEHNTES KAPITEL

Reise durch die Welt nebst andern merkwürdigen Abenteuern

Wenn ich Ihren Augen trauen darf, meine Herren, so möchte ich wohl eher müde werden, Ihnen sonderbare Begebenheiten meines Lebens zu erzählen, als Sie, mich anzuhören. Ihre Gefälligkeit ist mir zu schmeichelhaft, als daß ich, wie ich mir vorgenommen hatte, mit meiner Reise nach dem Monde meine Erzählung schließen sollte. Hören Sie also, wenn es Ihnen beliebt, noch eine Geschichte, die an Glaubwürdigkeit der letztern gleichkommt, an Merkwürdigkeit und Wunderbarkeit sie vielleicht noch übertrifft.

Brydones Reisen nach Sizilien, die ich mit ungemeinem Vergnügen durchlesen habe, machten mir Lust, den Berg Ätna zu besuchen. Auf meinem Wege dahin stieß mir nichts Merkwürdiges auf. Ich sage *mir*; denn mancher andere hätte wohl manches äußerst merkwürdig gefunden und zum Ersatz der Reisekosten umständlich dem Publikum erzählt, was mir alltägliche Kleinigkeit war, womit ich keines ehrlichen Mannes Geduld ermüden mag.

DIX-SEPTIÈME CHAPITRE

Voyage à travers le monde, à côté d'autres aventures remarquables

Si j'en juge à vos yeux, Messieurs, je serais fatigué de vous raconter les singulières aventures de mon existence avant que vous ne le soyez de m'écouter. Votre complaisance est trop flatteuse pour que je conclue mon récit par mon voyage sur la Lune, comme j'avais prévu de le faire. Si l'envie vous en prend, écoutez donc encore une histoire dont la véracité est égale à celle des dernières mais qui les dépasse peut-être encore par son caractère étrange et merveilleux.

J'ai lu avec un plaisir extraordinaire les récits que fait Brydone de son voyage en Sicile ; ils m'ont donné envie d'aller visiter le mont Etna. Rien de particulier ne m'arriva en chemin. Je dis bien ne *m*'arriva, car plus d'un aurait sans doute trouvé certaines choses extrêmement curieuses et les aurait racontées en détail au public pour couvrir leurs frais de voyage, alors qu'elles n'étaient pour moi que de petits épisodes quotidiens avec lesquels je ne me permets pas de mettre à l'épreuve la patience de gens honnêtes.

Eines Morgens reisete ich früh aus einer am Fuß des Berges gelegenen Hütte ab, fest entschlossen, auch wenn es auf Kosten meines Lebens geschehen sollte, die innere Einrichtung dieser berühmten Feuerpfanne zu untersuchen und auszuforschen. Nach einem mühseligen Weg von drei Stunden befand ich mich auf der Spitze des Berges. Er tobte damals gerade und hatte schon drei Wochen getobt. Wie er unter den Umständen aussieht, das ist schon so oft geschildert worden daß, wenn Schilderungen es darstellen können, ich auf alle Fälle zu spät komme; und wenn sie, wie ich aus Erfahrung sagen darf, es nicht können, so wird es am besten getan sein, wenn nicht auch ich über dem Versuche einer Unmöglichkeit die Zeit verliere und Sie die gute Laune.

Ich ging dreimal um den Krater herum — den Sie sich als einen ungeheueren Trichter vorstellen können —, und da ich sah, daß ich dadurch wenig oder nichts klüger wurde, so faßte ich kurz und gut den Entschluß, hineinzuspringen. Kaum hatte ich dies getan, so befand ich mich auch in einem verzweifelt warmen Schwitzkasten, und mein armer Leichnam wurde durch die rotglühenden Kohlen, die beständig heraufschlugen, an mehreren Teilen, edlen und unedlen, jämmerlich gequetscht und verbrannt.

Un matin, je quittai de bonne heure une cabane située au pied de la montagne, fermement décidé, cela dût-il me coûter la vie, à étudier et à explorer l'aménagement intérieur de cette célèbre fournaise. Après trois heures d'un pénible parcours, je me retrouvai au sommet de la montagne. Elle était justement en fureur ce jour-là, et ce depuis trois semaines. On a déjà si souvent raconté ce à quoi elle ressemble dans ces circonstances que si les descriptions pouvaient vraiment en donner un tableau, j'arriverais de toute façon trop tard ; et si elles ne le peuvent pas, ce que l'expérience me permet de dire, mieux vaut que je ne perde pas mon temps et que je ne vous gâte pas l'humeur en tentant moi aussi l'impossible.

Je fis trois fois le tour du cratère — que vous pouvez vous représenter comme un monstrueux entonnoir — et, voyant que cela ne m'apprenait rien ou pas grand-chose, je décidai, sur un coup de tête, de sauter à l'intérieur. À peine l'avais-je fait que je me retrouvai dans une étuve où régnait une chaleur désespérante ; quant à ma pauvre anatomie, les charbons ardents qui jaillissaient sans arrêt la heurtèrent et la brûlèrent misérablement en plusieurs parties, nobles et moins nobles.

So stark übrigens die Gewalt war, mit der die Kohlen heraufgeschmissen wurden, so war doch die Schwere, mit der mein Körper heruntersank, ein beträchtliches größer, und ich kam in kurzer Zeit glücklicherweise auf den Grund. Das erste, was ich gewahr wurde, war ein abscheuliches Poltern, Lärmen, Schreien und Fluchen, das rings um mich zu sein schien. — Ich schlug die Augen auf, und siehe da! — ich war in der Gesellschaft des Vulkans und seiner Zyklopen. Diese Herren — die ich in meinem weisen Sinne längst ins Reich der Lügen verwiesen hatte — hatten sich seit drei Wochen über Ordnung und Subordination gezankt, und davon war der Unfug in der Oberwelt gekommen. Meine Erscheinung stellte auf einmal unter der ganzen Gesellschaft Friede und Eintracht her. Vulkan hinkte sogleich nach seinem Schranke hin und holte Pflaster und Salben, die er mir mit eigner Hand auflegte; und in wenigen Augenblicken waren meine Wunden geheilt. Auch setzte er mir einige Erfrischungen vor, eine Flasche Nektar und andere kostbare Weine, wie nur Götter und Göttinnen zu kosten kriegen. Sobald ich mich etwas erholt hatte, stellte er mich seiner Gemahlin, der Venus, vor und befahl ihr, mir jede Bequemlichkeit zu verschaffen, die meine Lage forderte.

Quelle que fût la violence avec laquelle les charbons étaient projetés à l'extérieur, le poids qui attirait mon corps vers le bas était cependant beaucoup plus important, et fort heureusement je ne tardai pas à me retrouver au fond du puits. La première chose dont je pris conscience fut un vacarme épouvantable, fait de coups, de bruits, de cris et de malédictions, où j'eus l'impression d'être entièrement plongé. J'ouvris les yeux et, tenez-vous bien, je me retrouvai en compagnie de Vulcain et de ses cyclopes. Ces messieurs — que ma sagesse avait depuis longtemps renvoyés au royaume des mensonges — se disputaient depuis trois semaines pour des questions d'ordre et de hiérarchie, et c'est de là qu'était venu le désordre dans le monde supérieur. Mon apparition rétablit d'un seul coup la paix et l'harmonie dans toute cette société. Vulcain se dirigea aussitôt en boitant vers son armoire et en rapporta des pansements et des onguents qu'il m'appliqua personnellement ; en quelques instants, mes blessures étaient guéries. Il me servit aussi des rafraîchissements, ouvrant une bouteille de nectar et d'autres vins précieux comme seuls peuvent en déguster les dieux et les déesses. Dès que je me fus un peu reposé, il me présenta son épouse, Vénus, et lui ordonna de me procurer toutes les commodités qu'exigeait la situation.

Die Schönheit des Zimmers, in das sie mich führte, die Wollust des Sofas, auf das sie mich setzte, der göttliche Zauberreiz ihres ganzen Wesens, die Zärtlichkeit ihres weichen Herzens — alles das ist weit über allen Ausdruck der Sprache erhaben, und schon der Gedanke daran macht mich schwindeln.

Vulkan gab mir eine sehr genaue Beschreibung von dem Berg Ätna. Er sagte mir, daß derselbe nichts als eine Aufhäufung der Asche wäre, die aus seiner Esse ausgeworfen würde, daß er häufig genötigt wäre, seine Leute zu strafen, daß er ihnen dann im Zorn rotglühende Kohlen auf den Leib würfe, die sie oft mit großer Geschicklichkeit parierten und in die Welt hinaufschmissen, um sie ihm aus den Händen zu bringen. »Unsere Uneinigkeiten«, fuhr er fort, »dauern bisweilen mehrere Monate, und die Erscheinungen, die sie auf der Welt veranlassen, sind das, was ihr Sterbliche, wie ich finde, Ausbrüche nennet. Der Berg Vesuv ist gleichfalls eine meiner Werkstätten, zu der mich ein Weg führt, der wenigstens dreihundertundfünfzig Meilen unter der See hinläuft. Ähnliche Uneinigkeiten bringen auch dort ähnliche Ausbrüche hervor.« Gefiel mir der Unterricht des Gottes, so gefiel mir noch mehr die Gesellschaft seiner Gemahlin, und ich würde vielleicht nie diese unterirdischen Paläste verlassen haben,

La beauté de la chambre dans laquelle elle me guida, le délice du divan sur lequel elle me fit asseoir, le charme enchanteur de toute sa personne — tout cela est plus sublime qu'on ne peut l'exprimer, et le seul fait d'y penser me donne le vertige.

Vulcain me fit une description très précise du mont Etna. Il me dit que celui-ci n'était qu'un amas de cendre projeté depuis sa cheminée : il était souvent obligé de punir ses hommes. La colère le poussait alors à les bombarder de charbons ardents que ceux-ci paraient souvent avec une grande habileté et jetaient vers le haut, dans le monde, afin qu'il ne puisse plus s'en servir. « Nos discordes », reprit-il, « durent parfois plusieurs mois, et les phénomènes qu'elles provoquent sur la terre sont ce que vous, mortels, appelez me semble-t-il des éruptions. Le mont Vésuve est un autre de mes ateliers. Le chemin qui m'y conduit passe à au moins trois cent cinquante lieues sous la mer. Là-bas aussi, des désaccords analogues provoquent le même type d'éruptions. » Si l'enseignement que me prodiguait le dieu me plaisait, la compagnie de son épouse m'était encore plus agréable, et je n'aurais sans doute jamais quitté ces palais souterrains

wenn nicht einige geschäftige schadenfrohe Schwätzer Vulkan einen Floh ins Ohr gesetzt und ein heftiges Feuer der Eifersucht in seinem gutmütigen Herzen angeblasen hätten. — Ohne mir vorher nur den geringsten Wink zu geben, nahm er mich eines Morgens, als ich eben der Göttin bei ihrer Toilette aufwarten wollte, trug mich in ein Zimmer, das ich niemals noch gesehen hatte, hielt mich über einen tiefen Brunnen, wie es mir vorkam, und: »Undankbarer Sterblicher«, sagte er, »kehre zurück zu der Welt, von der du kamst.« Mit diesen Worten ließ er mich, ohne mir einen Augenblick Zeit zur Verteidigung zu geben, mitten in den Abgrund hinunterfallen. Ich fiel und fiel mit immer zunehmender Geschwindigkeit, bis die Angst meiner Seele mir endlich alle Besinnung nahm. Plötzlich aber wurde ich aus meiner Ohnmacht aufgeweckt, indem ich auf einmal in eine ungeheuere See von Wasser kam, die durch die Strahlen der Sonne erleuchtet wurde. Ich konnte von meiner Jugend auf gut schwimmen und alle mögliche Wasserkünste machen. Daher war ich gleich wie zu Hause, und in Vergleichung mit der fürchterlichen Lage, aus der ich eben befreit war, kam mir meine gegenwärtige wie ein Paradies vor. — Ich sah mich auf allen Seiten um, sah aber leider auf allen Seiten nichts als Wasser;

si quelques bavards affairés n'avaient malicieusement mis la puce à l'oreille de Vulcain et attisé dans son cœur bienveillant le terrible feu de la jalousie. Sans m'adresser le moindre avertissement, il me prit un matin au moment où j'allais présenter mes hommages à la déesse pendant sa toilette, me porta dans une pièce que je n'avais encore jamais vue, me hissa au-dessus d'un puits qui me parut très profond et dit : « Mortel ingrat, retourne dans le monde d'où tu viens ! » Et sur ces mots, sans me laisser un seul instant pour assurer ma défense, il me précipita dans le vide. Je tombai, tombai sans fin et de plus en plus vite, jusqu'à ce que la peur que ressentait mon âme finît par me faire perdre connaissance. Mais je sortis brusquement de mon inconscience en arrivant tout d'un coup dans une gigantesque mer éclairée par les rayons du soleil. Je savais bien nager depuis ma jeunesse, et connaissais tous les arts aquatiques. Je fus donc tout de suite chez moi, et par comparaison avec la situation effroyable d'où je venais d'être libéré, celle où j'étais désormais me faisait l'effet d'un paradis. Je regardai de toute part autour de moi, mais le seul spectacle qui s'offrait à mes yeux était, hélas, celui de l'eau ;

auch unterschied sich das Klima, unter dem ich mich nun befand, sehr unbehaglich von Meister Vulkans Esse. Endlich entdeckte ich in einiger Entfernung etwas, das wie ein erstaunlich großer Felsen aussah und auf mich zuzukommen schien. Bald zeigte sichs, daß es eines der schwimmenden Eisgebirge war. Nach langem Suchen fand ich endlich eine Stelle, an der ich auf dasselbe hinauf und bis zur obersten Spitze kommen konnte. Allein zu meiner größten Verzweiflung war es mir auch von hier aus noch unmöglich, Land zu entdecken. Endlich, kurz vor Dunkelwerden, sah ich ein Schiff, das gegen mich zufuhr. Sobald ich nahe genug war, rief ich; man antwortete mir holländisch; ich sprang in die See, schwamm zu dem Schiffe hin und wurde an Bord gezogen. Ich erkundigte mich, wo wir wären, und erhielt die Antwort: im Südmeere. Diese Entdeckung lösete auf einmal das ganze Rätsel. Es war nun ausgemacht, daß ich von dem Berge Ätna durch den Mittelpunkt der Erde in die Südsee gefallen war; ein Weg, der auf alle Fälle kürzer ist als der um die Welt. Noch hatte ihn niemand versucht als ich, und mache ich ihn wieder, so werde ich gewiß sorgfältigere Beobachtungen anstellen.

Ich ließ mir einige Erfrischungen geben und ging zu Bette. Ein grobes Volk aber ist es um die Holländer.

le climat dans lequel je me trouvais à présent tranchait lui aussi très désagréablement avec celui de la forge de maître Vulcain. Je découvris enfin à quelque distance quelque chose qui ressemblait à un rocher aux dimensions étonnantes et semblait se diriger vers moi. Il s'avéra bientôt qu'il s'agissait d'une montagne de glace flottante. Après avoir longtemps cherché, je dénichai enfin un endroit où il me fut possible de monter sur l'iceberg et d'accéder à son sommet. Mais à mon grand désespoir, même de ce promontoire, il me fut impossible d'apercevoir la terre. Enfin, peu avant la tombée du soir, je vis un navire qui faisait route vers moi. Dès que je fus assez près de lui, je me mis à crier ; on me répondit en hollandais. Je me jetai à la mer, nageai jusqu'au bateau, on me hissa à bord. Je demandai où nous étions, et l'on me répondit : dans le sud du Pacifique. Cette découverte résolut en un instant toute l'énigme. Il était désormais avéré que j'étais tombé depuis l'Etna dans le Pacifique en passant par le centre de la Terre, un chemin plus court en tout cas que celui qui fait le tour de la planète. Personne d'autre que moi n'avait encore mené cette expérience, et si je le refais un jour, je me livrerai certainement à des observations plus attentives.

Je me fis servir quelques rafraîchissements et allai me coucher. Mais les Hollandais sont un peuple mal dégrossi.

Ich erzählte meine Abenteuer den Offizieren ebenso aufrichtig und simpel als Ihnen, meine Herren, und einige davon, vorzüglich der Kapitän, machten Miene, als zweifelten sie an meiner Wahrhaftigkeit. Indes, sie hatten mich freundschaftlich in ihr Schiff genommen, ich mußte durchaus von ihrer Gnade leben und folglich, wollte ich wohl oder übel, den Schimpf in die Tasche stecken.

Ich erkundigte mich nun, wohin ihre Reise ginge. Sie antworteten mir, sie wären auf neue Entdeckungen ausgefahren, und wenn meine Erzählung wahr wäre, so sei ihre Absicht auf alle Fälle erreicht. Wir waren nun gerade auf dem Wege, den Kapitän Cook gemacht hatte, und kamen den andern Morgen nach der Botany-Bay — ein Ort, nach dem die englische Regierung wahrhaftig nicht Spitzbuben schicken sollte, um sie zu strafen, sondern verdiente Männer, um sie zu belohnen, so reichlich hat hier die Natur ihre besten Geschenke ausgeschüttet.

Wir blieben hier nur drei Tage; den vierten nach unserer Abreise entstand ein fürchterlicher Sturm, der in wenig Stunden alle unsere Segel zerriß, unser Bugspriet zersplitterte und die große Bramstenge umlegte, die gerade auf das Behältnis fiel, in dem unser Kompaß verschlossen war, und das Kästchen und der Kompaß in Stücken schlug.

Je racontai mes aventures aux officiers, aussi sincèrement et simplement qu'à vous, Messieurs, et certains d'entre eux, notamment le capitaine, firent mine de douter de la véracité de mes dires. Mais bon, ils m'avaient aimablement accueilli sur leur navire, je vivais grâce à leur secours et il me fallut donc, que je le veuille ou non, ravaler cet outrage.

Je m'enquis alors de leur destination. Ils me répondirent qu'ils étaient partis faire de nouvelles découvertes, et que si mon récit était véridique, leur objectif était atteint quoi qu'il arrive désormais. Nous étions précisément sur la voie qu'avait empruntée le capitaine Cook, et nous arrivâmes le matin suivant à Botany Bay — un lieu où le gouvernement anglais devrait envoyer non pas des gredins pour les punir, mais des hommes méritants, afin de les récompenser, tant la nature a déposé ici ses plus beaux présents.

Nous n'y restâmes que trois jours; le quatrième jour après notre départ se leva une épouvantable tempête qui déchira toutes nos voiles, fit éclater notre beaupré et renversa la grande vergue de perroquet, laquelle s'abattit droit sur la boîte renfermant notre compas, réduisant l'une et l'autre en morceaux.

Jedermann, der zur See gewesen ist, weiß, von welchen traurigen Folgen ein solcher Verlust ist. Wir wußten nun weder aus noch ein. Endlich legte sich der Sturm, und es folgte ein anhaltender munterer Wind. Drei Monate waren wir gefahren, und notwendig mußten wir eine ungeheuere Strecke Weg zurückgelegt haben, als wir auf einmal an allem, was um uns war, eine erstaunliche Veränderung bemerkten. Wir wurden so leicht und froh; unsere Nasen wurden mit den angenehmsten Balsamdüften erfüllt; auch die See hatte ihre Farbe verändert und war nicht mehr grün, sondern weiß.

Bald nach dieser wundervollen Veränderung sahen wir Land und nicht weit von uns einen Hafen, auf den wir zusegelten und den wir sehr geräumig und tief fanden. Statt des Wassers war er mit vortrefflich schmeckender Milch angefüllt. Wir landeten, und — die ganze Insel bestand aus einem großen Käse. Wir hätten dies vielleicht gar nicht entdeckt, wenn uns nicht ein sonderbarer Umstand auf die Spur geholfen hätte. Es war nämlich auf unserm Schiffe ein Matrose, der eine natürliche Antipathie gegen den Käse hatte. Sobald dieser ans Land trat, fiel er in Ohnmacht. Als er wieder zu sich selbst kam, bat er, man möchte doch den Käse unter seinen Füßen wegnehmen, und da man zusah, fand sichs, daß er vollkommen recht hatte, die ganze Insel war, wie gesagt, nichts als ein ungeheuerer Käse.

Quiconque a été en mer connaît les tristes conséquences d'une telle perte. Nous ne savions à présent ni comment poursuivre notre route ni comment rentrer. La tempête s'apaisa enfin, laissant place à un vent allègre et durable. Nous étions en route depuis trois mois et nous avions certainement parcouru un chemin gigantesque lorsque nous remarquâmes soudain une étrange transformation dans tout ce qui nous entourait. Nous nous sentîmes alors légers et joyeux ; nos nez s'emplirent des plus agréables parfums balsamiques ; la mer, elle aussi, avait changé de couleur : elle n'était plus verte, mais blanche.

Peu après cette merveilleuse transformation, nous vîmes la terre et non loin de nous un port vers lequel nous mîmes le cap et que nous trouvâmes très vaste et profond. Il n'était pas rempli d'eau, mais d'un lait au goût exquis. Nous débarquâmes... pour constater que l'île tout entière n'était qu'un grand fromage. Nous ne l'aurions peut-être pas remarqué si une circonstance singulière ne nous avait mis sur la piste. Il y avait en effet sur notre navire un matelot souffrant d'une aversion innée pour le fromage. Dès que celui-ci mit pied à terre, il perdit connaissance... Lorsqu'il revint à lui, il demanda qu'on veuille bien enlever le fromage sous ses pieds et quand on y regarda de plus près, il s'avéra qu'il avait parfaitement raison : comme je l'ai dit, toute l'île n'était qu'un monstrueux fromage.

Von dem lebten auch die Einwohner größtenteils, und so viel bei Tage verzehrt wurde, wuchs immer des Nachts wieder zu. Wir sahen eine Menge Weinstöcke mit schönen großen Trauben, die, wenn sie gepreßt wurden, nichts als Milch gaben. Die Einwohner waren aufrechtgehende, hübsche Geschöpfe, meistens neun Fuß hoch, hatten drei Beine und einen Arm, und wenn sie erwachsen waren, auf der Stirn ein Horn, das sie mit vieler Geschicklichkeit brauchten. Sie hielten auf der Oberfläche der Milch Wettläufe und spazierten, ohne zu sinken, mit so vielem Anstande darauf herum als wir auf einer Wiese. Auch wuchs auf dieser Insel oder diesem Käse eine Menge Korn, mit Ähren, die wie Erdschwämme aussahen, in denen Brote lagen, die vollkommen gar waren und sogleich gegessen werden konnten. Auf unsern Streifereien über diesen Käse entdeckten wir sieben Flüsse von Milch und zwei von Wein.

Nach einer sechzehntägigen Reise kamen wir an das Ufer, das dem, an welchem wir gelandet hatten, gegenüberlag. Hier fanden wir eine ganze Strecke des angegangenen blauen Käses, aus dem die wahren Käseesser so viel Wesens zu machen pflegen. Anstatt daß aber Milben darin gewesen wären, wuchsen die vortrefflichsten Obstbäume darauf, als Pfirsiche, Aprikosen und tausend andere Arten, die wir gar nicht kannten.

C'est lui qui assurait la plus grande partie de la subsistance des habitants, et tout ce que l'on consommait pendant la journée repoussait pendant la nuit. Nous vîmes une quantité de pieds de vigne chargés de beaux et gros raisins qui, lorsqu'on les pressait, ne produisaient que du lait. Les habitants étaient de jolies créatures qui marchaient debout, mesuraient le plus souvent neuf pieds de haut, avaient trois jambes, un bras et portaient au front, arrivés à l'âge adulte, une corne qu'ils utilisaient avec une grande adresse. Ils faisaient des courses à la surface du lait et s'y promenaient sans s'enfoncer, avec autant d'aplomb que nous sur une prairie. Sur cette île — ou sur ce fromage — poussait aussi en abondance du blé dont les épis, qui ressemblaient à des vesses-de-loup, contenaient des pains parfaitement cuits que l'on pouvait manger sans attendre. Lors de nos promenades sur ce fromage, nous découvrîmes sept rivières de lait et deux de vin.

Au terme de seize journées de voyage, nous arrivâmes sur la rive qui faisait face à celle où nous avions débarqué. Nous y trouvâmes toute une étendue de ce fromage bleu bien mûr dont les véritables amateurs de ce genre de mets font d'ordinaire grand cas. Au lieu de moisissures, ce sont les plus remarquables arbres fruitiers qui y poussaient : pêchers, abricotiers et mille autres espèces que nous ne connaissions pas.

Auf diesen Bäumen, die erstaunlich groß sind, waren eine Menge Vogelnester. Unter andern fiel uns ein Eisvogelnest in die Augen, das im Umkreise fünfmal so groß war als das Dach der St. Paulskirche in London. Es war künstlich aus ungeheueren Bäumen zusammengeflochten, und es lagen wenigstens — warten Sie — denn ich mag gern alles genau bestimmen — wenigstens fünfhundert Eier darin, und jedes war ungefähr so groß als ein Oxhoft. Die Jungen darin konnten wir nicht nur sehen, sondern auch pfeifen hören. Als wir mit vieler Mühe ein solches Ei aufgemacht hatten, kam ein junges unbefiedertes Vögelchen heraus, das ein gut Teil größer war als zwanzig ausgewachsene Geier. Wir hatten kaum das junge Tier in Freiheit gesetzt, so ließ sich der alte Eisvogel herunter, packte in eine seiner Klauen unsern Kapitän, flog eine Meile weit mit ihm in die Höhe, schlug ihn heftig mit den Flügeln und ließ ihn dann in die See fallen.

Die Holländer schwimmen alle wie die Ratten; er war bald wieder bei uns, und wir kehrten nach unserm Schiffe zurück. Wir nahmen aber nicht den alten Weg und fanden daher auch noch viele ganz neue und sonderbare Dinge. Unter andern schossen wir zwei wilde Ochsen, die nur ein Horn haben, das ihnen zwischen den beiden Augen herauswächst.

Sur ces arbres à la taille étonnante, on trouvait une foule de nids d'oiseaux. Notre attention fut entre autres attirée par un nid de martins-pêcheurs, nid dont le périmètre était cinq fois supérieur à la taille de la coupole de l'église Saint-Paul à Londres. Il avait été tressé avec art à partir d'arbres gigantesques, et l'on y trouvait au moins — attendez un instant, car j'aime à tout décrire avec précision — au moins cinq cents œufs ayant chacun la contenance d'un muid. Nous pouvions non seulement voir les petits à l'intérieur, mais aussi les entendre siffler. Lorsque nous eûmes, à grand-peine, ouvert l'un de ces œufs, nous en vîmes sortir un oisillon déplumé dont la taille dépassait celle de vingt vautours adultes. À peine avions-nous libéré le jeune animal que le vieux martin-pêcheur descendit, attrapa notre capitaine entre ses serres, s'éleva avec lui à une lieue d'altitude et lui asséna un violent coup d'aile avant de le laisser tomber dans la mer.

Les Hollandais nagent tous comme des rats; le capitaine ne tarda donc pas à nous rejoindre et nous revînmes à notre navire. Mais nous prîmes un autre chemin qu'à l'aller et rencontrâmes donc encore beaucoup de choses entièrement nouvelles et singulières. Nous abattîmes entre autres deux bœufs sauvages qui n'avaient qu'une corne entre les deux yeux.

Es tat uns nachher leid, daß wir sie erlegt hatten, da wir erfuhren, daß die Einwohner sie zahm machen und, wie wir die Pferde, zum Reiten und Fahren gebrauchen. Ihr Fleisch soll, wie man uns sagte, vortrefflich schmecken, ist aber einem Volke, das bloß von Milch und Käse lebt, gänzlich überflüssig.

Als wir noch zwei Tagereisen von unserm Schiffe entfernt waren, sahen wir drei Leute, die an hohe Bäume bei den Beinen aufgehängt waren. Ich erkundigte mich, was sie begangen hätten, um eine so harte Strafe zu verdienen, und hörte, sie wären in der Fremde gewesen und hätten bei ihrer Zurückkunft nach Hause ihre Freunde belogen und ihnen Plätze beschrieben, die sie nie gesehen, und Dinge erzählt, die sich nie zugetragen hätten. Ich fand die Strafe sehr gerecht; denn nichts ist mehr eines Reisenden Schuldigkeit, als strenge der Wahrheit anzuhängen.

Sobald wir bei unserm Schiffe angelangt waren, lichteten wir die Anker und segelten von diesem außerordentlichen Lande ab. Alle Bäume am Ufer, unter denen einige sehr große und hohe waren, neigten sich zweimal vor uns, genau in einem Tempo, und nahmen dann wieder ihre vorige gerade Stellung an.

Nous regrettâmes de les avoir tués lorsque nous apprîmes que les habitants les domestiquaient et les utilisaient en montures et en attelages, comme nous avec les chevaux. On nous dit que leur chair avait un goût exquis, ce qui était parfaitement inutile à un peuple qui vit exclusivement de lait et de fromage.

Deux journées de marche nous séparaient encore de notre navire lorsque nous vîmes trois personnes suspendues par les pieds à de hauts arbres. Je demandai quels crimes ils avaient commis pour mériter une peine aussi dure. On me répondit qu'ils avaient été à l'étranger et, à leur retour, avaient menti à leurs amis, leur avaient décrit des lieux qu'ils n'avaient jamais vus et raconté des choses qui ne s'étaient jamais produites. Je jugeai cette punition très équitable ; car le plus grand devoir d'un voyageur est de s'en tenir rigoureusement à la vérité.

Dès que nous fûmes arrivés auprès de notre navire, nous levâmes l'ancre et quittâmes ce paysage extraordinaire. Tous les arbres du rivage, dont certains étaient très larges et très hauts, s'inclinèrent devant nous à deux reprises, tous au même rythme, avant de reprendre leur position verticale.

Als wir drei Tage umhergesegelt waren, der Himmel weiß wo — denn wir hatten noch immer keinen Kompaß —, kamen wir in eine See, welche ganz schwarz aussah. Wir kosteten das vermeinte schwarze Wasser, und siehe, es war der vortrefflichste Wein. Nun hatten wir genug zu hüten, daß nicht alle Matrosen sich darin berauschten. — Allein die Freude dauerte nicht lange. Wenige Stunden nachher fanden wir uns von Walfischen und andern unermeßlich großen Tieren umgeben, unter denen eines war, dessen Größe wir selbst mit allen Fernröhren, die wir zu Hülfe nahmen, nicht übersehen konnten. Leider wurden wir das Ungeheuer nicht eher gewahr, als bis wir ihm ziemlich nahe waren; und auf einmal zog es unser Schiff mit stehenden Masten und vollen Segeln in seinen Rachen zwischen die Zähne, gegen die der Mast des größten Kriegsschiffes ein kleines Stöckchen ist. Nachdem wir einige Zeit in seinem Rachen gelegen hatten, öffnete es denselben ziemlich weit, schluckte eine unermeßliche Menge Wasser ein und schwemmte unser Schiff, das, wie Sie sich leicht denken können, kein kleiner Bissen war, in den Magen hinunter. Und hier lagen wir nun so ruhig, als wenn wir bei einer toten Windstille vor Anker lägen. Die Luft war, das ist nicht zu leugnen, etwas warm und unbehaglich.

Lorsque nous eûmes vogué à l'aveuglette pendant trois jours, Dieu sait où — car nous n'avions toujours pas de compas —, nous arrivâmes dans une mer qui paraissait entièrement noire. Nous goûtâmes ce que nous pensions être de l'eau de charbon et, tenez-vous bien, c'était du vin de la meilleure qualité. Il nous fallut désormais veiller à ce que tous les marins ne s'y enivrent pas. Mais la joie ne dura pas longtemps. Quelques heures plus tard, nous nous trouvâmes entourés de baleines et autres animaux immenses dont l'un était si grand que même avec toutes les lorgnettes auxquelles nous eûmes recours, il était impossible d'en voir le bout. Pour que nous remarquions la présence de ce monstre, il fallait hélas que nous soyons tout près de lui. D'un seul coup, il aspira entre ses dents, à côté desquelles le mât du plus grand vaisseau de guerre n'était qu'un bâtonnet, notre navire, ses vergues et ses voiles qui battaient au vent. Lorsque nous fûmes restés un certain temps dans sa gorge, il ouvrit grand la bouche, avala une quantité d'eau démesurée et fit descendre dans son estomac notre embarcation qui, vous vous en doutez, n'était pas un amuse-gueule. Nous y fûmes autant au calme que si nous avions jeté l'ancre par calme plat. L'air, c'est indéniable, était un peu chaud et désagréable.

— Wir fanden Anker, Taue, Boote, Barken und eine beträchtliche Anzahl Schiffe, teils beladene, teils unbeladene, die dieses Geschöpf verschlungen hatte. Alles, was wir taten, mußte bei Fackeln geschehen. Für uns war keine Sonne, kein Mond und keine Planeten mehr. Gewöhnlich befanden wir uns zweimal des Tages auf hohem Wasser und zweimal auf dem Grunde. Wenn das Tier trank, so hatten wir Flut, und wenn es sein Wasser ließ, so waren wir auf dem Grunde. Nach einer mäßigen Berechnung nahm es gemeiniglich mehr Wasser zu sich, als der Genfer See hält, der doch einen Umfang von dreißig Meilen hat.

Am zweiten Tag unserer Gefangenschaft in diesem Reiche der Nacht wagte ich es bei der Ebbe, wie wir die Zeit nannten, wenn das Schiff auf dem Grunde saß, nebst dem Kapitän und einigen Offizieren, eine kleine Streiferei zu tun. Wir hatten uns natürlich alle mit Fackeln versehen und trafen nun gegen zehntausend Menschen aus allen Nationen an. Sie wollten gerade eine Beratschlagung halten, wie sie wohl ihre Freiheit wiedererlangen könnten. Einige von ihnen hatten schon mehrere Jahre in dem Magen des Tieres zugebracht. Eben als der Präsident uns über die Sache unterrichten wollte, wegen der wir versammelt waren, wurde unser verfluchter Fisch durstig und fing an zu trinken;

— Nous trouvâmes des ancres, des cordages, des canots, des barques et une quantité considérable de navires, certains chargés, d'autres non, que cette créature avait engloutis. Nous devions accomplir à la torche chacun de nos actes. Il n'existait plus pour nous de Soleil, de Lune ou d'autre planète. D'ordinaire, nous nous trouvions deux fois par jour en eau profonde et deux fois sur le fond. Lorsque l'animal buvait, nous avions une crue, et lorsqu'il laissait échapper son eau, nous étions à sec. Selon un calcul prudent, il absorbait généralement une plus grande quantité d'eau que celle contenue par le lac de Genève, lequel a tout de même trente lieues de circonférence.

Le deuxième jour de notre captivité dans ce royaume de la nuit, à marée basse, comme nous appelions la période où le navire reposait sur le fond, je me risquai à faire une petite patrouille en compagnie du capitaine et de quelques officiers. Nous nous étions bien sûr tous munis de torches et nous découvrîmes bientôt dix mille personnes de toutes les nations. Ces gens s'apprêtaient justement à délibérer sur le moyen de recouvrer leur liberté. Certains d'entre eux avaient déjà passé plusieurs années dans le ventre de la bête. Au moment précis où le président voulut nous instruire du sujet pour lequel nous étions réunis, notre maudit poisson eut soif et se mit à boire ;

das Wasser strömte mit solcher Heftigkeit herein, daß wir alle uns augenblicklich nach unsern Schiffen retirieren oder riskieren mußten, zu ertrinken. Verschiedene von uns retteten sich nur mit genauer Not durch Schwimmen.

Einige Stunden nachher waren wir glücklicher. Sobald sich das Ungeheuer ausgeleert hatte, versammelten wir uns wieder. Ich wurde zum Präsidenten gewählt und tat den Vorschlag, zwei der größten Mastbäume zusammenzufügen, diese, wenn das Ungeheuer den Rachen öffnete, zwischenzusperren und so das Zuschließen ihm zu verwehren. Dieser Vorschlag wurde allgemein angenommen und hundert starke Männer zu der Ausführung desselben ausgesucht. Kaum hatten wir unsere zwei Mastbäume zurechtegemacht, so bot sich auch eine Gelegenheit an, sie zu gebrauchen. Das Ungeheuer gähnte, und sogleich keilten wir unsere zusammengesetzten Mastbäume dazwischen, so daß das eine Ende durch die Zunge gegen den untern Gaumen, das andere gegen den obern stand; wodurch denn wirklich das Zumachen des Rachens ganz unmöglich gemacht war, selbst wenn unsere Maste noch viel schwächer gewesen wären.

Sobald nun alles in dem Magen flott war, bemannten wir einige Boote, die sich und uns in die Welt ruderten.

l'eau afflua avec une telle force que nous dûmes tous nous retirer à l'instant même sur nos bateaux, sauf à risquer de nous noyer. Certains d'entre nous se sauvèrent de justesse à la nage.

Quelques heures plus tard, nous fûmes plus chanceux. Dès que le monstre se fut vidé, nous nous rassemblâmes de nouveau. Je fus élu président et proposai d'assembler deux des plus grands mâts, de les caler au moment où le monstre ouvrirait la gueule et de l'empêcher ainsi de la refermer. Cette proposition rencontra une approbation générale et l'on choisit cent hommes forts pour la mener à bien. À peine avions-nous attaché nos deux mâts que s'offrit à nous une occasion de les utiliser. Le monstre bâilla, et nous hissâmes immédiatement notre gigantesque levier dont une extrémité, traversant la langue, se trouva plantée dans le bas de sa bouche, et l'autre dans le haut du palais, ce qui rendait totalement impossible la fermeture de la gueule et l'aurait empêchée même si nos mâts avaient été encore beaucoup plus faibles.

Dès que nos navires furent à flot dans le ventre du monstre, nous répartîmes des matelots dans quelques canots qui nous remorquèrent dans le monde.

Das Licht des Tages bekam uns nach einer, soviel wir beiläufig rechnen konnten, vierzehntägigen Gefangenschaft unaussprechlich wohl. — Als wir uns sämtlich aus diesem geräumigen Fischmagen beurlaubt hatten machten wir gerade eine Flotte von fünfunddreißig Schiffen aus von allen Nationen. Unsere Mastbäume ließen wir in dem Rachen des Ungeheuers stecken, um andere vor dem schrecklichen Unglück zu sichern, in diesen fürchterlichen Abgrund von Nacht und Kot eingesperrt zu werden.

Unser erster Wunsch war nun, zu erfahren, in welchem Teile der Welt wir uns befanden, und anfänglich konnten wir darüber gar nicht zur Gewißheit kommen. Endlich fand ich nach vormaligen Beobachtungen, daß wir in der Kaspischen See wären. Da diese See ganz mit Land umgeben ist und keine Verbindung mit andern Gewässern hat, so war es uns ganz unbegreiflich, wie wir dahingekommen wären. Doch einer von den Einwohnern der Käseinsel, den ich mit mir gebracht hatte, gab uns einen sehr vernünftigen Aufschluß darüber. Nach seiner Meinung hatte uns nämlich das Ungeheuer, in dessen Magen wir so lange eingesperrt waren, durch irgendeinen unterirdischen Weg hierhergebracht. — Genug, wir waren nun einmal da und freueten uns, daß wir da waren, und machten, daß wir so bald als möglich ans Ufer kamen. Ich war der erste, der landete.

Après quinze jours de captivité, si nous comptions bien, la lumière du jour nous fit un bien indicible. Lorsque nous eûmes tous pris congé de ce vaste ventre, nous formions une flotte de trente-cinq navires provenant de toutes les nations. Nous laissâmes nos mâts dans la gueule du monstre afin d'éviter à d'autres le terrible malheur d'être enfermés dans cet abîme effroyable où régnaient la nuit et les excréments.

Notre premier désir fut ensuite d'apprendre dans quelle partie du monde nous nous trouvions. Dans un premier temps, nous ne pûmes nous faire aucune certitude à ce sujet. En me fondant sur mes observations antérieures, j'établis finalement que nous étions dans la mer Caspienne. Comme celle-ci est entièrement ceinturée par les terres et n'a aucune liaison avec d'autres eaux, nous ne parvenions pas à comprendre comment nous étions arrivés ici. Mais l'un des habitants de l'île au fromage, que j'avais emmené avec moi, nous donna sur ce point une explication très rationnelle. Selon lui, le monstre dans le ventre duquel nous étions restés si longtemps enfermés nous avait conduits ici par un passage souterrain. Mais suffit, nous étions là et nous réjouissions d'y être. Nous fîmes en sorte d'accoster au plus vite. Je fus le premier à débarquer.

Kaum hatte ich meinen Fuß auf das Trockene gesetzt, so kam ein dicker Bär gegen mich angesprungen. Ha! dacht ich, du kommst mir eben recht. Ich packte mit jeder Hand eine seiner Vorderpfoten und drückte ihn erst zum Willkomm so herzlich, daß er greulich zu heulen anfing; ich aber, ohne mich dadurch rühren zu lassen, hielt ihn so lange in dieser Stellung, bis ich ihn zu Tode gehungert hatte. Dadurch setzte ich mich bei allen Bären in Respekt und keiner wagte sich, mir wieder in die Quere zu kommen.

Ich reisete von hier aus nach Petersburg und bekam dort von einem alten Freunde ein Geschenk, was mir außerordentlich teuer war, nämlich einen Jagdhund, der von der berühmten Hündin abstammte, die, wie ich Ihnen schon einmal erzählte, während sie einen Hasen jagte, Junge warf. Leider wurde er mir bald nachher von einem ungeschickten Jäger erschossen, der statt einer Kette Hühner den Hund traf, der sie stand. Ich ließ mir zum Andenken aus dem Felle des Tieres diese Weste hier machen, die mich immer, wenn ich zur Jagdzeit ins Feld gehe, unwillkürlich dahin bringt, wo Wild zu finden ist. Bin ich nun nahe genug, um schießen zu können, so fliegt ein Knopf von meiner Weste weg und fällt auf die Stelle nieder, wo das Tier ist; und da ich immer meinen Hahnen gespannt und Pulver auf meiner Pfanne habe, so entgeht mir nichts.

À peine avais-je le pied sur la terre ferme qu'un gros ours bondit dans ma direction. Ah ! me dis-je, tu tombes bien. J'attrapai avec chaque main l'une de ses pattes antérieures et commençai par les lui serrer de si bon cœur, pour lui souhaiter la bienvenue, qu'il se mit à pleurer affreusement ; mais loin de me laisser émouvoir, je le retins dans cette position jusqu'à ce qu'il soit mort de faim. Cela me valut le respect de tous les ours, et aucun n'osa plus se mettre en travers de mon chemin.

Je fis, de là, le voyage de Saint-Pétersbourg, où un vieil ami m'offrit un cadeau qui me fut extraordinairement précieux : un chien de chasse né de la fameuse chienne qui, je vous l'ai raconté, mettait des petits au monde tout en poursuivant un lièvre. Un chasseur maladroit me le tua hélas peu après : au lieu d'un vol de perdrix, il abattit le chien qui les avait levées. En sa mémoire, je me suis fait tailler dans la peau de l'animal ce gilet qui, à chaque fois que je vais par les champs en temps de chasse, me mène malgré moi là où se trouve le gibier. Quand je suis assez près pour pouvoir tirer, un bouton se détache de mon gilet et tombe là où se trouve l'animal ; et comme mon fusil est toujours armé et chargé, je ne laisse rien passer —

— Ich habe nun, wie Sie sehen, nur noch drei Knöpfe übrig, sobald aber die Jagd wieder aufgeht, soll meine Weste auch wieder mit zwei neuen Reihen besetzt werden.

Besuchen Sie mich alsdann, und an Unterhaltung soll es Ihnen gewiß nicht fehlen. Übrigens für heute empfehle ich mich und wünsche Ihnen angenehme Ruhe.

comme vous le voyez, il ne me reste plus que trois boutons, mais dès que la chasse sera de nouveau ouverte, mon gilet en recevra deux nouvelles rangées.

Rendez-moi alors visite, et vous ne manquerez sûrement pas de divertissement. Pour aujourd'hui, cela dit, je vous présente mon meilleur souvenir et vous souhaite un agréable repos.

DANS LA MÊME COLLECTION

ANGLAIS

BARNES *Letters from London* / Lettres de Londres
CAPOTE *One Christmas / The Thanksgiving visitor* / Un Noël / L'invité d'un jour
CAPOTE *Breakfast at Tiffany's* / Petit déjeuner chez Tiffany
Collectif (Martin Amis, Graham Swift, Ian McEwan) *Contemporary English Stories* / Nouvelles anglaises contemporaines
CONAN DOYLE *Silver Blaze and other adventures of Sherlock Holmes* / Étoile d'argent et autres aventures de Sherlock Holmes
CONAN DOYLE *The Man with the Twisted Lip and other adventures of Sherlock Holmes* / L'homme à la lèvre tordue et autres aventures de Sherlock Holmes
CONRAD *Gaspar Ruiz* / Gaspar Ruiz
CONRAD *Heart of Darkness* / Au cœur des ténèbres
CONRAD *The Duel / A Military Tale* / Le duel / Un récit militaire
CONRAD *The Secret Sharer* / Le Compagnon secret
CONRAD *Typhoon* / Typhon
CONRAD *Youth* / Jeunesse
DAHL *The Great Switcheroo / The Last Act* / La grande entourloupe / Le dernier acte
DAHL *The Princess and the Poacher / Princess Mammalia* / La Princesse et le braconnier / La Princesse Mammalia
DAHL *The Umbrella Man and other stories* / L'homme au parapluie et autres nouvelles
DICKENS *A Christmas Carol* / Un chant de Noël
FAULKNER *A Rose for Emily / That Evening Sun / Dry September* / Une rose pour Emily / Soleil couchant / Septembre ardent
FAULKNER *As I lay dying* / Tandis que j'agonise
FAULKNER *The Wishing Tree* / L'Arbre aux Souhaits
HARDY *Two Stories from Wessex Tales* / Deux contes du Wessex
HEMINGWAY *Fifty Grand and other short stories* / Cinquante mille dollars et autres nouvelles
HEMINGWAY *The Snows of Kilimanjaro and other short stories* / Les neiges du Kilimandjaro et autres nouvelles
HEMINGWAY *The Old Man and the Sea* / Le vieil homme et la mer

HIGGINS *Harold and Maude* / Harold et Maude
JAMES *Daisy Miller* / Daisy Miller
JAMES *The Birthplace* / La Maison natale
JOYCE *A Painful Case / The Dead* / Un cas douloureux / Les morts
KEROUAC *Lonesome Traveler* / Le vagabond solitaire (choix)
KIPLING *Stalky and Co.* / Stalky et Cie
KIPLING *Wee Willie Winkie* / Wee Willie Winkie
LAWRENCE *Daughters of the Vicar* / Les filles du pasteur
LAWRENCE *The Virgin and the Gipsy* / La vierge et le gitan
LONDON *The Call of the Wild* / L'appel de la forêt
LOVECRAFT *The Dunwich Horror* / L'horreur de Dunwich
MELVILLE *Benito Cereno* / Benito Cereno
MELVILLE *Bartleby the Scrivener* / Bartleby le scribe
ORWELL *Animal Farm* / La ferme des animaux
POE *Mystification and other tales* / Mystification et autres contes
POE *The Murders in the Rue Morgue and other tales* / Double assassinat dans la rue Morgue et autres histoires
RENDELL *The Strawberry Tree* / L'Arbousier
SCOTT FITZGERALD *The Crack-Up and other short stories* / La fêlure et autres nouvelles
STEINBECK *The Pearl* / La perle
STEINBECK *The Red Pony*/ Le poney rouge
STEVENSON *The Rajah's Diamond* / Le diamant du rajah
STEVENSON *The strange case of Dr Jekyll and Mr Hyde* / L'étrange cas du Dr Jekyll et M. Hyde
STYRON *Darkness Visible / A Memoir of Madness* / Face aux ténèbres / Chronique d'une folie
SWIFT *A voyage to Lilliput* / Voyage à Lilliput
TWAIN *Is he living or is he dead ? And other short stories* / Est-il vivant ou est-il mort ? / Et autres nouvelles
UHLMAN *Reunion* / L'ami retrouvé
WELLS *The Country of the Blind and other tales of anticipation* / Le Pays des Aveugles et autres récits d'anticipation
WELLS *The Time Machine* / La Machine à explorer le temps
WILDE *A House of Pomegranates* / Une maison de grenades
WILDE *The Portrait of Mr. W. H.* / Le portrait de Mr. W. H.
WILDE *Lord Arthur Savile's crime* / Le crime de Lord Arthur Savile
WILDE *The Canterville Ghost and other short fictions* / Le Fantôme des Canterville et autres contes

ALLEMAND

BERNHARD *Der Stimmenimitator* / L'imitateur
BÖLL *Der Zug war pünktlich* / Le train était à l'heure
BÜRGER *Wunderbare Reisen des Freiherrn von Münchhausen* / Les merveilleux voyages du baron de Münchhausen
CHAMISSO *Peter Schlemihls wundersame Geschichte* / L'étrange histoire de Peter Schlemihl
EICHENDORFF *Aus dem Leben eines Taugenichts* / Scènes de la vie d'un propre à rien
FREUD *Selbstdarstellung* / Sigmund Freud présenté par lui-même
FREUD *Die Frage der Laienanalyse* / La question de l'analyse profane
FREUD *Das Unheimliche und andere Texte* / L'inquiétante étrangeté et autres textes
FREUD *Eine Kindheitserinnerung des Leonardo da Vinci* / Un souvenir d'enfance de Léonard de Vinci
GOETHE *Die Leiden des jungen Werther* / Les souffrances du jeune Werther
GRIMM *Märchen* / Contes
GRIMM *Das blaue Licht und andere Märchen* / La lumière bleue et autres contes
HANDKE *Die Lehre der Sainte-Victoire* / La leçon de la Sainte-Victoire
HANDKE *Kindergeschichte* / Histoire d'enfant
HANDKE *Lucie im Wald mit den Dingsdda* / Lucie dans la forêt avec les trucs-machins
HOFMANNSTHAL *Andreas* / Andréas
KAFKA *Die Verwandlung* / La métamorphose
KAFKA *Brief an den Vater* / Lettre au père
KAFKA *Ein Landarzt und andere Erzählungen* / Un médecin de campagne et autres récits
KAFKA *Beschreibung eines Kampfes* / *Forschungen eines Hundes*/ Les recherches d'un chien / Description d'un combat
KLEIST *Die Marquise von O...* / *Der Zweikampf* / La marquise d'O... / Le duel
KLEIST *Die Verlobung in St. Domingo* / *Der Findling* / Fiançailles à Saint-Domingue / L'enfant trouvé
MANN *Tonio Kröger* / Tonio Kröger
MORIKE *Mozart auf der Reise nach Prag* / Un voyage de Mozart à Prague
RILKE *Geschichten vom lieben Gott* / Histoires du Bon Dieu
RILKE *Zwei Prager Geschichten* / Deux histoires pragoises
WALSER *Der Spaziergang* / La promenade

RUSSE

BABEL *Одесскне рассказы* / Contes d'Odessa
BOULGAKOV *Роковые яйца* / Les Œufs du Destin
DOSTOÏEVSKI *Записки из подполья* / Carnets du sous-sol
DOSTOÏEVSKI *Кроткая* / *Сон смешного человека* / Douce / Le songe d'un homme ridicule
GOGOL *Записки сумасшедшего* / *Нос* / *Шинель* / Le journal d'un fou / Le nez / Le manteau
GOGOL *Портрет* / Le portrait
LERMONTOV *Герой нашего времени* / Un héros de notre temps
POUCHKINE *Пиковая дама* / La Dame de pique
POUCHKINE *Дубровского* / Doubrovsky
TCHÉKHOV *Дама с собачкой* / *Архиерей* / *Невеста* / La dame au petit chien / L'évêque / La fiancée
TCHÉKHOV *Палата N° 6* / Jeunesse
TOLSTOÏ *Дьявол* / Le Diable
TOLSTOÏ *Смерть Ивана Ильича* / La Mort d'Ivan Ilitch
TOLSTOÏ *Крейцерова соната* / La sonate à Kreutzer
TOURGUÉNIEV *Первая любовь* / Premier amour
TOURGUÉNIEV *Часы* / La montre
TYNIANOV *Подпоручик Киже* / Le lieutenant Kijé

ITALIEN

CALVINO *Fiabe italiane* / Contes italiens
D'ANNUNZIO *Il Traghettatore ed altre novelle della Pescara* / Le passeur et autres nouvelles de la Pescara
DANTE *Vita Nuova* / Vie nouvelle
GOLDONI *La Locandiera* / La Locandiera
GOLDONI *La Bottega del caffè* / Le Café
MACHIAVEL *Il Principe* / Le Prince
MALAPARTE *Il Sole è cieco* / Le Soleil est aveugle
MORANTE *Lo scialle andaluso ed altre novelle* / Le châle andalou et autres nouvelles
MORAVIA *L'amore conjugale* / L'amour conjugal
PASOLINI *Racconti romani* / Nouvelles romaines

PAVESE *La bella estate* / Le bel été
PAVESE *La spiaggia* / La plage
PIRANDELLO *Novelle per un anno (scelta)* / Nouvelles pour une année (choix)
PIRANDELLO *Novelle per un anno II (scelta)* / Nouvelles pour une année II (choix)
PIRANDELLO *Sei personaggi in cerca d'autore* / Six personnages en quête d'auteur
SCIASCIA *Il contesto* / Le contexte
SVEVO *Corto viaggio sentimentale* / Court voyage sentimental
VASARI/CELLINI *Vite di artisti* / Vies d'artistes
VERGA *Cavalleria rusticana ed altre novelle* / Cavalleria rusticana et autres nouvelles

ESPAGNOL

ASTURIAS *Leyendas de Guatemala* / Legéndes du Guatemala
BORGES *El libro de arena* / Le livre de sable
BORGES *Ficciones* / Fictions
CARPENTIER *Concierto barroco* / Concert baroque
CARPENTIER *Guerra del tiempo* / Guerre du temps
CERVANTES *Novelas ejemplares (selección)* / Nouvelles exemplaires (choix)
CERVANTES *El amante liberal* / L'amant généreux
CERVANTES *El celoso extremeño* / *Las dos doncellas* / Le Jaloux d'Estrémadure / Les Deux Jeunes Filles
CORTÁZAR *Las armas secretas* / Les armes secrètes
CORTÁZAR *Queremos tanto a Glenda (selección)* / Nous l'aimions tant, Glenda (choix)
FUENTES *Los huos del conquistador* / Les fils du conquistador
UNAMUNO *Cuentos (selección)* / Contes (choix)
VARGAS LLOSA *Los cachorros / Les chiots.*

PORTUGAIS

EÇA DE QUEIROZ *Singularidades de uma rapariga loira* / Une singulière jeune fille blonde
MACHADO DE ASSIS *O alienista* / L'aliéniste

COLLECTION FOLIO

Dernières parutions

4233. Martin Winckler — *La Maladie de Sachs.*
4234. Cees Nooteboom — *Le matelot sans lèvres.*
4235. Alexandre Dumas — *Le Chevalier de Maison-Rouge.*
4236. Hector Bianciotti — *La nostalgie de la maison de Dieu.*
4237. Daniel Boulanger — *Le tombeau d'Héraldine.*
4238. Pierre Clementi — *Quelques messages personnels.*
4239. Thomas Gunzig — *Le plus petit zoo du monde.*
4240. Marc Petit — *L'équation de Kolmogoroff.*
4241. Jean Rouaud — *L'invention de l'auteur.*
4242. Julian Barnes — *Quelque chose à déclarer.*
4243. Yves Bichet — *La part animale.*
4244. Christian Bobin — *Louise Amour.*
4245. Mark Z. Danielewski — *Les lettres de Pelafina.*
4246. Philippe Delerm — *Le miroir de ma mère.*
4247. Michel Déon — *La chambre de ton père.*
4248. David Foenkinos — *Le potentiel érotique de ma femme.*
4249. Eric Fottorino — *Caresse rouge.*
4250. J.M.G. Le Clézio — *L'Africain.*
4251. Gilles Leroy — *Grandir.*
4252. Jean d'Ormesson — *Une autre histoire de la littérature française I.*
4253. Jean d'Ormesson — *Une autre histoire de la littérature française II.*
4254. Jean d'Ormesson — *Et toi mon cœur pourquoi bats-tu.*
4255. Robert Burton — *Anatomie de la mélancolie.*
4256. Corneille — *Cinna.*
4257. Lewis Carroll — *Alice au pays des merveilles.*
4258. Antoine Audouard — *La peau à l'envers.*
4259. Collectif — *Mémoires de la mer.*
4260. Collectif — *Aventuriers du monde.*
4261. Catherine Cusset — *Amours transversales.*

4262. A. Corréard et H. Savigny	*Relation du naufrage de la frégate la* Méduse.
4263. Lian Hearn	*Le clan des Otori, III : La clarté de la lune.*
4264. Philippe Labro	*Tomber sept fois, se relever huit.*
4265. Amos Oz	*Une histoire d'amour et de ténèbres.*
4266. Michel Quint	*Et mon mal est délicieux.*
4267. Bernard Simonay	*Moïse le pharaon rebelle.*
4268. Denis Tillinac	*Incertains désirs.*
4269. Raoul Vaneigem	*Le chevalier, la dame, le diable et la mort.*
4270. Anne Wiazemsky	*Je m'appelle Élisabeth.*
4271. Martin Winckler	*Plumes d'Ange.*
4272. Collectif	*Anthologie de la littérature latine.*
4273. Miguel de Cervantes	*La petite Gitane.*
4274. Collectif	*«Dansons autour du chaudron».*
4275. Gilbert Keeith Chesterton	*Trois enquêtes du Père Brown.*
4276. Francis Scott Fitzgerald	*Une vie parfaite* suivi de *L'accordeur.*
4277. Jean Giono	*Prélude de Pan* et autres nouvelles.
4278. Katherine Mansfield	*Mariage à la mode* précédé de *La Baie.*
4279. Pierre Michon	*Vie du père Foucault — Vie de Georges Bandy.*
4280. Flannery O'Connor	*Un heureux événement* suivi de *La Personne Déplacée.*
4281. Chantal Pelletier	*Intimités* et autres nouvelles.
4282. Léonard de Vinci	*Prophéties* précédé de *Philosophie et aphorismes.*
4283. Tonino Benacquista	*Malavita.*
4284. Clémence Boulouque	*Sujets libres.*
4285. Christian Chaix	*Nitocris, reine d'Égypte T. 1.*
4286. Christian Chaix	*Nitocris, reine d'Égypte T. 2.*
4287. Didier Daeninckx	*Le dernier guérillero.*
4288. Chahdortt Djavann	*Je viens d'ailleurs.*
4289. Marie Ferranti	*La chasse de nuit.*
4290. Michael Frayn	*Espions.*
4291. Yann Martel	*L'Histoire de Pi.*

4292. Harry Mulisch — *Siegfried. Une idylle noire.*
4293. Ch. de Portzamparc/ Philippe Sollers — *Voir Écrire.*
4294. J.-B. Pontalis — *Traversée des ombres.*
4295. Gilbert Sinoué — *Akhenaton, le dieu maudit.*
4296. Romain Gary — *L'affaire homme.*
4297. Sempé/Suskind — *L'histoire de Monsieur Sommer.*
4298. Sempé/Modiano — *Catherine Certitude.*
4299. Pouchkine — *La Fille du capitaine.*
4300. Jacques Drillon — *Face à face.*
4301. Pascale Kramer — *Retour d'Uruguay.*
4302. Yukio Mishima — *Une matinée d'amour pur.*
4303. Michel Schneider — *Maman.*
4304. Hitonari Tsuji — *L'arbre du voyageur.*
4305. George Eliot — *Middlemarch.*
4306. Jeanne Benameur — *Les mains libres.*
4307. Henri Bosco — *Le sanglier.*
4308. Françoise Chandernagor — *Couleur du temps.*
4309. Colette — *Lettres à sa fille.*
4310. Nicolas Fargues — *Rade Terminus*
4311. Christian Garcin — *L'embarquement.*
4312. Iegor Gran — *Ipso facto.*
4313. Alain Jaubert — *Val Paradis.*
4314. Patrick Mcgrath — *Port Mungo.*
4315. Marie Nimier — *La Reine du silence.*
4316. Alexandre Dumas — *La femme au collier de velours.*
4317. Anonyme — *Conte de Ma'rûf le savetier.*
4318. René Depestre — *L'œillet ensorcelé.*
4319. Henry James — *Le menteur.*
4320. Jack London — *La piste des soleils.*
4321. Jean-Bernard Pouy — *La mauvaise graine.*
4322. Saint Augustin — *La Création du monde et le Temps.*
4323. Bruno Schulz — *Le printemps.*
4324. Qian Zhongshu — *Pensée fidèle.*
4325. Marcel Proust — *L'affaire Lemoine.*

Composition Interligne
Impression Bussière à Saint-Amand (Cher),
le 7 février 2006.
Dépôt légal : février 2006.
Numéro d'imprimeur : 060415/1.
ISBN 2-07-031390-5./Imprimé en France.

127924